사事 애愛

事愛
사애

황승원

3 5 살 세일러 문

바른북스

차례

Prologue ———————————————————— 6
시작되는 연인들을 위해 ———————————————— 7
판치기와 마젤란 ——————————————————— 8
낚시터에서 ————————————————————— 18
송골매는 어쩌다 마주친 그대를 불렀다지만 ———————— 30
니가 왜 거기서 나와? ————————————————— 35
선은 네가 그어놓고? —————————————————— 42
발랄하고 기운찬 대단한 할머니 ————————————— 45
정말 가야 하나요? —————————————————— 58
바쿠스 님 좀 쉬세요, 네? ———————————————— 63
장광설 —————————————————————— 71
슈바빙의 고독했던 영혼 ————————————————— 76
이두근, 삼두근, 전완근 ————————————————— 88
Funky Tonight ————————————————————— 94
풋풋, 성숙, 우아, 관록 —————————————————— 96
35살 세일러문의 마술 지팡이 —————————————— 104

참고자료

작가의 말

부록
나도 취업하고 싶다(A Second Helping)
(유학을 마치고 귀국하니 자소설이 유행하기에 한번 써본 이력서와 자소설)

Prologue

인생의 기회는 3번이라는데
사랑도 3번일까?
2번이라도 괜찮을 것 같은데…
35살 남녀의 싱숭생숭 오춘기.

시작되는 연인들을 위해

현명은 자신의 앞에 놓여진 상자에서 종이를 꺼내어 펼쳐보았다.

이. 아. 인!!! 잘 부탁해!♡

이아인의 이름이 쓰여져 있었다.
"이아인이라…. 참 이아인스럽다…."
현명은 종이에 쓰여져 있는 아인의 이름을 확인하고서는 중얼거려 본다. 그리고 상자를 뒤로 넘겼다.

판치기와 마젤란

여름방학이 끝나고 성일중학교에는 2학기 수업이 시작되었다. 더운 여름 학생들이 없어 조용했던 학교는 다시 학생들이 모이면서 활기가 찾아오기 시작했다. 점심시간 학교에선 추격전이 펼쳐진다.

"튕기면 잡아!"

3점 슛을 시도했던 남학생은 슛이 잘못된 것을 느끼며 같이 농구를 하는 학생들에게 말한다. 운동장의 농구장에선 남학생 10명이 공을 쫓는 추격전이 펼쳐지고 있다.

교실에는 5명의 남학생이 책상 하나를 둘러싸고 있다. 합의를 마친 학생들은 500원 동전을 꺼내 '품작'이라고 쓰여진 이미 꼬질꼬질하고 누더기가 된 교과서에 올려놓는다. 표지만 그렇지 속지는 아주 깨끗한 교과서이다. 동전 5개를 일렬로 맞추고는 가위바위보를 통해 순서를 정한다. 남학생들은 판치기 판을 벌렸다.

이른바 판치기 500원빵!

교과서 위에 동전을 일렬로 맞추고서 교과서를 손바닥으로 내리쳐 모든 동전을 반대 면으로 일치시키면 승리하여 돈을 따내는 게임을 시작했다. 가위바위보를 하여 순서가 정해진 순번대로 게임을 시작한다. 첫 번째 학생은 한 번으로 동전을 넘겨 이겨볼 심산으로 교과서를 내리쳤다. 5개의 동전 중 4개는 앞면인 학의 반대면으로 넘어갔지만, 1개의 동전이 숫자 500이 쓰여진 뒷면 그대로 있었다. 한 번에 다 넘어갔으면 하는 아쉬움만 남았다. 2번째 학생은 1개의 동전을 넘기기 위해 손가락을 이용해 보기로 한다. 오른쪽 3번째 손가락을 왼손을 이용해 뒤로 가능할 만큼 당기고 그 힘을 이용해서 동전을 넘겨보려고 했다. 하지만 손가락 하나는 500원의 무게를 넘길 수가 없었다. 100원은 가능했지만 500원은 안 된다는 사실에 절망하고 만다. 3번째 학생은 500원 1개만 넘기기 위해 섬세하게 교과서를 내려쳤다. 동전은 공중으로 튀어 올라 몇 바퀴를 회전하고 내려왔으나 500 숫자가 쓰여진 면으로 내려왔다. 실망해 버리고 만다. 기회가 오지 않을 것이라 포기하고 있었던 4번째 학생에게 기회가 왔다. 신중하게 교과서를 내려친다. 동전은 공중으로 튀어 올라 몇 바퀴 회전을 하고 교과서로 내려왔다. 동전은 500 숫자도 앞면도 아닌 상태로 내려와 피겨 선수마냥 교과서에서 회전을 하고 있다. 그렇게 회전을 하던 동전은 다른 동전과 부딪친 후 앞면을 보이며 넘어졌다. 4번째 학생은 게임에 이겨 기뻐하며 돈을 회수할 찰나, 교과서를 건드리지도 못했던 5번째 학생은 억울했던지 2,500원을 손에 쥐고 교실을 나와 복도를 질주하며 도망가기 시작한다.

"저 새끼 째고 튄다, 잡아!"

놀란 나머지 학생들은 5번째 학생을 잡으려고 복도를 질주하며 따라간다. 남학생들은 판치기를 하다 선생에게 걸리면 판돈을 회수당하고 반성문이나 매를 맞는다. 누군가가 째고 튀게 되면 되레 일이 커지기에 100원짜리 동전으로 하는 것이 좋을 수도 있었다.

하지만, 500원빵의 짜릿함은 안 해본 사람들은 모른다. 100원 놓고 400원을 먹느냐, 500원 놓고 2,000원을 먹느냐 이건 좀 다른 문제이다. 국민아이템 펑클빵을 100원으로 1개를 먹느냐, 빵 1개를 포기하는 대신 4개를 더 먹느냐는 정말 큰 차이였다.

좋은 의미든, 나쁜 의미든 세상을 놀라게 하려면, 신문이나 뉴스의 사회면을 장악하려면 담력과 배짱이 필요한데, 그 담력과 배짱을 기르는 데는 판치기 500원빵만 한 것이 없었다.

수학여행의 담력훈련은 시시하고 재미가 없었다. 재미가 있었으면 수학여행의 담력훈련에 대해 무언가 기억에 남아 쓰여질 것이라도 있을 것인데 쓸만한 것이 아무것도 없다. 선생님의 말을 잘 듣는 착한 학생은 그냥 착한 학생이다. 생각해 보자. 판치기를 하다 걸리면 돈을 회수당하고 맞을 것을 알면서도, 진다면 하루치의 핑클빵이 날아가는 것을 알면서도 벌이는 판치기 500원빵. 소년들의 굳건한 용맹과 결의를! 핑클빵 500원빵! 누군가가 페르디난도 마젤란에 대해 이렇게 평했다.

"항해의 욕망을 끝까지 밀어붙였던 마젤란은 지구가 둥글다는 것을 증명한 세계사의 증인으로 남았다."

판치기 500원빵에 대한 결의와 욕망은, 마젤란의 항해 욕망이 마젤란해협과 푼타아레나스(칠레의 도시)를 발견하여 세계 최초로 대서양과 태평양을 이어버린 것과 같았다.

선생님 몰래 학교 담 넘어 도망간 놈들이 세상을 놀라게 한다. 어느 학교든, 어느 시대든 그런 놈들은 꼭 있다. 판치기 500원빵은 그런 '세상을 놀라게 할' 혹은 '되는 놈'들의 통과의례였다. 판치기 500원빵은 어떤 의미로는 학생들의 마약, 뽕 같은 것이었다.
"묻고 더블로 가."가 아닌 이미 학창시절에 5배를 불려버린 놈들이었다. '도박'은 인생의 매력이라고 한 보들레르가 말한 매력을 아는 놈들.

어쨌거나, 농구공은 게임의 룰을 지켜가며 쫓아야 하지만, 돈은 사회의 룰을 지키지 않아도 된다. 돈을 쫓기 위해 사회의 룰과 개인의 양심을 지키는 짓은 되레 어리숙한 사람이 되는 것 같기도 하다. 우린 학교에서 돈을 쫓기 위해 사회의 룰과 개인의 양심을 지키라고 교육을 받지만, 사회에 나오면 그렇게 돈을 버는 사람들은 거의 없기 때문이다. 룰을 무시하고 양심을 내다 팔며 돈을 쫓다가 발각되는 누군가는 "그저 운이 좋지 않았다."고 하면 되기에. 특히 지금 시대의 어른들처럼.

같은 교실의 한편에선 여학생들이 HOT, 젝스키스, NRG 등에 대한 열띤 토론을 한다. 용돈을 모아 콘서트는 꼭 갈 거라는 이야기와 함께. 아마 이들은 콘서트장에서 팬끼리 모여 세력다툼을 했을 것이다. 사생팬은 이때부터 생겼을지도 모른다. 과격하고 드센 여학생들은 좋아하던 아이돌 그룹이 해체를 하는 뉴스를 듣고 소속사 사장의 차량을 부셔버렸다. 그런데 그 차량은 소속사 사장의 차가 아니라 어떤 리포터의 차량이었다. 판치기 500원빵 하는 남학생들만큼이나 과격했다. 지금도 과격할 것이고. 인간이라면 소비해야 하고 분출해야 할 지랄이라는 것. 이른바 지랄총량의 법칙. 광기, 분노 그리고 사춘기라는 명분으로 약간 분출시킨 것뿐이었다. 그들에겐 분출해야 할 많은 지랄들이 남아 있을 것이다. 거 좀 살살하십시다.

학생들은 매점에서 핑클빵을 산다. 빵 봉지를 뜯어 나온 빵이 아닌 스티커에 관심이 모인다. 하지만 학생들은 이내 실망한다.

"또 옥 씨야!! 이젠 꿈에 나올까 무섭다!!"

옥 씨는 자신의 의지도 아니었음에도 학생들에게 악녀라는 이름을 떨침과 동시에 공포와 실망의 대상이 되어버렸다. 옥 씨는 자신의 사진을 빵에 넣을 권한이 없었지만, 다른 사람이 나오길 바라는 학생들은 그런 권한까지 생각할 겨를이 없었다.

점심시간엔 장난기 가득한 녀석은 방구탄을 가져와 터트린다. 그렇게 무언가 터지는 소리와 함께 도시락 반찬 냄새 폴폴 풍기는 교실에 계란 썩은 냄새가 채워졌다. 모두 점심 먹고 있는데 어쩌자고 이런 역한 냄새를 풍기는 물건을 터트릴 생각을 했을까? 이런 장난으로 미운털이 박혀 앞으로의 학교생활 힘들 것 같은 아이들이 되레 즐거운 학교생활을 한다. 그 특유의 잔머리로. 이들은 졸업하고 사회에 나와 야바위판을 벌리며, 시대를 선도하고 유행할 것들을 만들어 내며 잘 살아갈 것이다. 그들이 학교에서 벌이는 장난은 졸업하고 사회에 나와 그저 자신답게 살기 위한 연습일 것이다. 판치기 500원빵 하는 놈들, 연예인이 그만둔다고 차를 부셔버린 여학생들과 같이 세상을 놀라게 할 놈들이다. 아무튼 방학 동안 조용했던 학교는 이런저런 일로 시끄러워진다. 가을이 되어 학교

축제를 하면 누군가를 좋아한다고 하는 학생은 매년 꼭 등장한다. "쪽팔린다.", "용기 있다."라는 소리와 함께.

하이텔이니, 천리안이니 하는 통신수단이 등장하기 시작해서 세기말 Y2K(Year 2000 Problem) 문제, 노스트라다무스의 예언으로 떠들썩했으며, 가수들은 인터넷이라는 가상공간에서의 사랑을 이야기하는 노래를 불렀으며, 영화도 현실이 아닌 가상공간에서 만나는 남녀의 이야기도 있었다. 인간이 아닌 사이버가수도 아담도 등장했다. AI가 사회적으로 대두되기 시작한 것이 2020년대였는데, 그 AI의 시조가 되는 사이버가수 아담은 무려 1997년에 등장했다. PC방과 하두리얼짱, 스타크래프트. 그리고 새롭게 생겨난 게이머라는 직업.

아, 잊지 말아야 할 포트리스. 자리발로 상대 팀 2명을 낙사시킬 수 있는 캐논탱과 바람을 이용한 백샷의 미사일탱은 잊지 말아야 한다.

가을학기가 시작한 3학년 5반 담임인 은지는 새로운 분위기로 시작하고 싶었다. 1학기에는 이 남녀합반 교실을 남자 짝, 여자 짝으로 만들었는데 2학기는 남녀 짝으로 바꿔서 시작해 보고 싶었다. 어차피 남녀합반에 남자 짝, 여자 짝이든 남녀 짝이든 별 큰 차이가 없기에. 그런데 여기에 신경 쓰이는 문제가 있었다. 자신의 반에 이 학교의 스타인 이아인이 있다.

  이아인. 공부도 잘하고 다른 학생에게도 친절하며 모범이 되는 아이. 이과 계열 성적이 월등했다. 꿈을 일찌감치 의사나 약사가 될 것이라고 정해놓은 아이였다. 그래서 고등학교의 진학도 특목고나 명문고 진학을 목표로 하고 있었다. 학교에서도 아인이 같은 아이의 진학은 신경 쓰지 않을 수가 없다. 특목고, 명문고에 진학한 학생들의 숫자가 학교의 명예로 이어지기에. 은지는 이 남녀합반의 교실에서 남녀 짝을 만들어 둔 것이 아인이에게 나쁜 영향이 있을까 생각해 본다. 남학생으로 인해 괜히 나쁜 영향이 있을까 하는. 하지만 그런 생각도 이내 접어버렸다. 어느 반이나 문제가 되는 남학생들이 있어 선생인 자신도 감당하지 못하는 경우도 있는데, 이번 연도에 담당한 자신의 반의 남학생들은 대부분 온순한 남학생들이었다. 크게 문제를 일으키거나 하는 남학생들이 없었다. 다른 반의 윤정 선생은 남학생 하나가 문제를 일으켜 시도 때도 없이 경찰서를 들락날락하는 신세가 되어버린 것에 비하면, 자신은 편안하게 선생 노릇을 하고 있다고 생각하고 있다. 그래서 결정했다. 1학기 때와 다른 반 분위기를 만들어 보자고. 그래서 이번에 남녀 짝을 시키기로 했다. 여학생들이 자신의 이름을 적어 상자에 넣고, 남학생들에게 자신이 될 짝을 선택하게 했다. 남학생들은 자신의 짝이 될 여학생이 누구인지 알 수가 없다. 그저 운에 달린 문제였다. 그렇게 상자를 남학생들에게 돌리고 결과를 확인했는데 아인의 짝은 현명으로 결정되었다. 은지는 아인의 짝이 현명으로 결정된 것에 난감함을 느꼈다.

박현명. 그는 부모가 없이 할머니 손에서 자라고 있는 학생이었다. 6개월 전 신학기가 시작될 무렵 은지는 현명의 할머니를 만나게 되어 현명에 대해 들었다. 현명의 부친은 현명이가 국민학교에 입학할 무렵 일하던 중 산업재해로 인해 사망했고, 남편의 사망에 충격을 받은 모친은 실성해서 정신병원에 있다고 듣게 되었다. 은지는 참 난감했다. 부모가 없는 학생을 어떻게 교육시켜야 하는지 알 수가 없었기에. 윤정 선생이 시도 때도 없이 경찰서에 가고 있는 것은 그 남학생도 아빠가 없는 한부모가정 학생이기 때문이었다. 자신이 한부모가정에서 자라오지 않았기에 이런 아이들을 이해할 수가 없었다. 하지만 한편으로는 안도가 되는 것이, 현명은 자신이 담당한 반에 존재하는 아이인가, 가상의 존재인가 알 수가 없었다. 평소 말도 없고, 시키는 것도 특별히 문제없이 해오기 때문이었다. 한부모가정의 아이들은 가끔 뛰어난 재능이 있기에 그런 재능이라도 보인다면 그 재능으로 갈 수 있게 교육시켜 볼 수도 있겠는데, 현명의 성적은 50명의 학생 중 25~30등. 중학교 선생으로 많은 아이들을 보며 지내왔지만, 현명은 어떻게 교육시켜야 하는지 알 수가 없었다. 내년에 고등학교 진학이 있으니 일단 아무런 사고 없이 진학시키는 것을 생각하고 있다.

상자가 모든 남학생들에게 돌아가고, 짝이 결정된 여학생들은 자신의 짝을 찾아간다. 현명에게 아인이 찾아왔다.

"현명아 안녕."

아인은 현명에게 특유의 미소를 지어준다. 그리고 의자에 앉은 아인은 필통에서 매직을 꺼내 2인용 나무 책상의 절반 지점에 선을 긋는다.

"여기 내 자리니까 선 넘어오지 마라."

자리에 앉자마자 선전포고를 해버리는 아인. 만화 『H2』를 보며 만화대여점에서 다음 회를 빌려 읽을 것을 생각하고 있던 현명은 아인에게 전혀 신경 쓰고 있지 않았는데, 아인의 선전포고를 듣고서는 아인에 대해 생각해 보게 되었다. 자신의 이름에 마침표 2개와 느낌표 3개나 필요로 하는 아인은 정말 아인답다고 생각했다.

그렇게 2학기는 시작했다.

낚시터에서

나의 손을 잡아봐 주위 눈칠 보지 마
망설일 필요 없어 나와 함께 Funky 춤을
이 밤이 다 가도록 사랑의 눈빛으로
나와 함께 둘이서 사랑의 Funky 춤을
예예예 오늘 밤은 너와 나의 리듬 속에
예예예 이 밤이 다 지나도록 Funky 춤을
예예예 오늘 밤은 너와 나의 사랑속에
예예예 이 밤이 다 가기 전에 Funky Lover

아인은 오락실 펌프 기계의 노래에 맞춰 스텝을 밟고 있다. 2학기가 시작된 후 아인은 한껏 예민해졌다. 학교에서 아인이 명문고에 입학하는 것을 바라기 때문에 스트레스가 이만저만이 아니다. 학교만이 아니라 아인의 부모님도 아인이가 명문고에 입학하기를 바라고 있기 때문이다. 평상시의 아인은 학교가 끝나면 학원에 간다. 학원에 가기 전 시간이 남아 친구들과 학교 앞 분식집에서 떡볶이를 먹고 오락실 펌프 기계에서 스텝을 밟으며 스트레스를 해소하고 학원에 간다. 그런데 오늘은 학원에 가는 것이 너무 싫었다. 그래서 학교가 끝난 후 친구들에게 약속이 있다고 하며 바로 오락실에 왔다. 혼자서 끝까지 스텝을 밟아 끝냈다. 하지만 끝낸 후에 해방감이나, 해냈다는 느낌이 들지 않았다. 가방을 메면서 친구들과 같이 왔으면 다른 느낌이었을까 생각해 본다. 혼자가 된 아인은 그냥 발길 가는 대로 걸어보자 하고 걷기 시작했다. 오늘의 아인에겐 응석받이가 필요했다.

현명은 식자재마트에서 할머니가 시킨 심부름을 하고 있다. 현명의 할머니 미옥은 아들이 죽고 며느리는 정신병원에 들어간 뒤 아들의 사망 후 받은 보상금으로 시청 앞에 식당을 차렸다. 식당은 아들의 친구인 용재와 같이 운영하고 있다. 용재는 아들과 같이 일을 했었다. 폭발 사고 당시 아들은 죽었지만, 용재는 운이 좋게 살 수 있었다. 다만 폭발 후 날아온 파편이 왼발에 박혔고, 이 손상된 상처를 어떤 치료를 해도 가망이 없어서 결국 발목을 잘라내고 의족을 사용하게 되었다. 사고 후 그는 결혼 생각을 접었다. 사망한 친구의 어머니와 일하면서 친구의 자식을 키우기로 생각했다. 그렇게 생각하고 미옥과 같이 시청 앞에서 식당을 운영하기 시작했다.

미옥과 용재가 운영하는 식당엔 시청 공무원들이 자주 찾아왔다. 그런데 어느 날 식당에서 공무원들의 마을 재개발에 관한 이야기를 들을 수 있었다. 마을 재개발에 관해 알게 된 두 사람은 일생일대의 찬스라고 생각했다. 식당에서 재개발에 관한 정보를 접하는 대로 조금씩 부동산을 사두었고, 재개발이 시작되고 아파트와 편의시설이 생겨나면서 부동산 가격이 올라 한순간에 많은 돈을 벌었다. 두 사람은 이미 충분한 재력을 만들어 두었다. 이렇게 번 돈으로 용재는 식당운영과 동시에 여러 가지 일들을 벌이고 있다. 미옥은 용재가 결혼하기를 바랐지만 용재는 그런 생각이 없는듯했으며, 유흥가의 여자들을 만나고 있는듯했다. 그런 용재에게 잔소리라도 해서 결혼하여 안정된 생활을 하게 할까 했지만, 자신의 아들도 아닌데 괜히 주제넘은 것 같고, 유흥가 여자들을 만나 방탕하게 지내는 것 같아도 모아둔 돈을 까먹거나 하는 것은 아니었기에 그냥 그러려니 하고 있다.

미옥은 부모가 없는 손자 현명에게 식당의 자질구레한 일을 시키고 있다. 주문한 물건을 사 오는 심부름 같은 것들. 은행에서 거래처에 돈을 보내는 일 등. 자신도 언젠가 가게 되면 혼자 남을 손자가 이런 일들을 해서라도 셈에 대해 익히고, 세상일이 돌아가는 것을 나름대로 알게 되었으면 좋겠다고 생각해서이다. 현명은 그 일들을 무리 없이 해가고 있는 중이었다. 오늘도 현명은 미옥이 주문한 물품들을 식자재마트에 부탁하며 대금을 치르고 있다. 심부름을 끝낸 현명은 쌍쌍바 하나를 사고 마트를 나왔다. 자전거를 끌고 걸어가며 보고 있는 만화의 다음 회를 빌리려고 대여점으로 향하던 중이었다. 그런 현명을 아인이 발견하고 말을 건다.

"어? 현명아, 어디 가니?"

"응? 아인이구나?"

실은 현명과 아인은 짝이었음에도 그렇게 친하지는 않았다. 친한 사이가 되기에는 아인은 이래저래 너무 바쁜 아이였다. 고교진학으로 바쁜 아인은 현명이에게 살갑게 대할 기회가 거의 없었다. 그렇다고 해서 현명이가 그런 아인이에게 친하게 지내자고 하거나, 곰살궂게 대하는 것도 이상하다고 생각하여 그냥 데면데면한 사이로 지내왔다. 아인을 손에 쥐고 싶은 마음이 있건 없건 애당초 손에 쥘 수 없는 그런 존재였다. 그런 아인이었기에 학교 끝나고 거리에서 만나서 말을 걸어오는 것이 한편으로는 놀라기도 했다. 지금까지 학교 끝나고 이렇게 거리에서 아인이를 만나는 일은 한 번도 없었기도 했기에.

"학원 가야 하는데 오늘은 가고 싶지 않아서. 그냥 여기저기 돌아다니고 있어."

"그래?"

의외였다. 좋은 고등학교에 가려고 열심히 공부하는 줄 알았는데 학원에 안 간다고 하는 것이. 평소의 아인은 공부도 잘하고 해서 일탈 같은 것 없는 모범생으로 생각했었다.

"뭐 재밌는 거 없어?"

"재밌는 거?"

아인이가 재밌는 것 있냐고 물어오는 것은 더 의외였다. 자신도 친구 만나는 시간 아니면 만화나 빌려 보는 것이 전부였기에 무슨 대답을 해야 할지 몰랐다. 혼자 있는 시간엔 가끔 낚시를 가긴 했지만.

"재밌는지는 모르겠는데 가끔 가는 곳이 있는데 같이 가볼래?"
"그래? 한번 가보자. 짝인데 이번에 같이 뭔가 하면 좋을 것 같아."
"자전거로 30분 정도 가야 하는데 괜찮겠어?"
"30분…."

아인은 잠시 생각 좀 해보더니 현명의 제안을 받아들인다.
"그래, 한번 가보자."
"그래, 그럼 가보자."

현명은 자전거를 타기 전에 마트에서 산 쌍쌍바를 뜯는다. 그리고 쌍쌍바를 반으로 갈랐는데 실패했다. 도끼 모양으로 갈라져 버렸다. 도끼 모양으로 갈라진 부분은 입에 물고 짧은 부분은 아인에게 준다. 그리고서 아인을 태우고 자전거 페달을 밟기 시작했다.

포장된 도로를 20분 달린 후, 현명이 낚시를 하기 위해 저수지에 가는 비포장길이 나온다. 울퉁불퉁한 비포장도로를 달리고 있으니 아인은 엉덩이가 아프다고 한다. 자전거의 철제받침은 짐을 싣는 용도이지 사람을 태우기 위한 것이 아니었다. 현명은 가방에서 사회과부도 교과서를 꺼내 받침에 올려준다. 그리고 다시 달리기 시작했다. 아인이에게서 아프다는 말은 없었다. 10분을 달려 저수지에 도착했다.

저수지에는 수철이 있었다. 수철은 용재의 친구이다. 마을의 재개발이 시작되었을 때 용재와 함께 공사장 반장에게 뇌물을 찔러주고 공사장에서 나오는 고철을 넘겨받아 팔아 그렇게 몇 년간 많은 돈을 벌 수 있었다. 지금은 용재와 같이 도박장 하우스를 운영하고 있다. 불법이지만 이미 경찰과 결탁해서 잡혀갈 일은 없다. 경찰도 연말에 실적을 내야 하는데 하우스에서 들려오는 소문 중에 실적이 될만한 것들을 넘겨주면 되었다. 이 저수지 낚시터는 그냥 명목상의 사업이었고, 돈을 버는 수단은 따로 있었다. 수철은 현명이가 용재의 죽은 친구의 아들임을 용재가 친아들처럼 키우고 있다는 사실을 이미 알고 있다.

"아저씨, 안녕하세요."

"현명이 왔냐? 그런데 같이 온 여자애는 누구야?"

수철은 현명이가 가끔씩 혼자서 낚시하러 오는 것을 알고 있었지만, 오늘은 처음 보는 여학생을 데려온 것에 놀란다.

"아, 학교 친구예요. 같은 반 짝이요. 오늘 학원 가기 싫다고 해서 한번 데리고 와봤어요."

"그래? 벌써 여자친구도 생기고 좋겠네."

"여자친구는 아니구요, 아무튼 이 친구하고 낚시 좀 할까 하구요 미끼 좀 가져갈게요."

"그래 그렇게 해."

현명은 창고에서 자신이 쓰는 낚싯대를 꺼내 온다. 그리고 수철의 매점에서 갯지렁이와 글루텐 떡밥을 가져온다. 갯지렁이와 떡밥을 찌에 매다는 솜씨가 처음 해본 솜씨가 아니다. 자기가 쓸 3개의 낚싯대에 미끼를 걸고 저수지에 던진 후 낚싯대를 고정시켰다. 그리고 남은 낚싯대에 미끼를 매달고 아인에게 넘겨준다.

"저수지에 던지고 여기에 고정시킨 후 물고기가 물면 잡아 올리면 돼, 물고기 올릴 때 손맛은 경험해 본 적 없지? 이것도 해보면 재밌어."

아인은 현명이를 따라 해보지만 잘될 리가 없다. 낚시라는 것을 해본 적이 없으니까. 현명이가 대신 던져주고 고정까지 시켜준다. 그리고 둘은 파라솔 그늘에 앉았다. 현명은 낚싯대를 주시하고 있지만 아인은 낚시가 재미가 없다. 학원에 가기 싫어 큰마음 먹고 시작한 일탈인데 이런 조용한 낚시가 아인에게 재미있을 수 없었다. 차라리 친구들과 노래방에서 소리라도 지르고 방방 뛰어다니면 스트레스라도 풀리겠는데 조용한 낚시터에서 낚싯대나 뚫어지게 바라보는 것이 너무 심심했다. 얼마간 앉아 있던 아인은 낚시를 포기하고 그대로 현명 옆에 누워버렸다.

"낚시 재밌어?"

이런 재미없는 낚시를 어떻게 하는지 궁금해하며 물어본다.

"가끔 하긴 하는데 잡힌 물고기 올리는 손맛이 짜릿하기도 하고, 그냥 조용하게 혼자 있고 싶을 때 오기도 하고, 학교는 너무 시끄러워서. 그리고 이렇게 낚시하고 있으면 세월을 낚았다던 강태공이 되는 것 같기도 하고."

"에이 난 재미없다. 넌 이런 아저씨들이나 하는 낚시도 하는구나. 차라리 여기 오지 말고 친구들 하고 노래방에 갈 것을."

현명은 아인의 말을 듣고 피식 웃고 만다. 아인은 모른다. 이곳은 현명이 혼자 있고 싶을 때만 오는 곳이고, 아무도 이곳을 현명과 와본 사람이 없다는 사실을. 수철이에게 아인과 같이 온 것을 보여주었기에 나중에 생길 곤란한 소문까지 감수해 가며 이곳에 데려온 사실을 아인은 알 수가 없다.

아인은 말이 없다. 물고기도 미끼를 물 기미가 보이지 않았다. 낚시에 집중이 흐려진 현명은 양팔을 뒤로하여 상체를 지탱하는 자세로 쉬고 있었다. 잠깐 이러고 있을 생각이었는데 언제 잠들었는지도 모른 아인이 잠결에 현명의 팔을 잡아당겨서 베고 자고 있다. 졸지에 아인이에게 팔베개를 해주게 된 현명은 누울 수밖에 없었다. 급한 김에 옆에 있던 가방을 베고 낚싯대를 주시하지만 찌는 움직이지 않았다.

아인이 현명의 팔을 베고 잠들고 어느 정도 지났을 무렵, 현명이 시계를 보니 5시 30분이었다. 아인을 깨워서 집에 보내야 할 시간이라고 생각했다. 집에도 보내야 하지만, 팔의 감각이 사라졌다. 감각이 돌아올 때까지 팔을 쓸 수 없을 것 같았다. 물고기가 미끼라도 물면 깨우기라도 하겠는데, 한 마리도 물지 않았다.

"아인아, 일어나. 집에 가야지."
"악! 여기 어디야? 지금 몇 시야?"
잠에서 깬 아인은 화들짝 놀란다.
"5시 30분. 이제 집에 가야지."
"나한테 나쁜 짓 하지 않았지?"
"무슨 나쁜 짓을 하나? 갑자기 팔을 베개처럼 써서 팔에 힘이 없다."
꿀 같은 낮잠에서 깨어나 정신이 없는 아인은 부산하게 짐 정리를 한다. 왼쪽 팔에 감각이 없어 겨우 정리를 끝낸 현명이는 아인을 자전거에 태운다. 안 그래도 아인을 태우기 위해 가방도 앞으로 메고 있는데 왼팔에 감각이 없어서 오른손으로만 운전을 하고 있으니 균형 잡기가 쉽지가 않다.
"팔 괜찮아? 잘 때 『세일러문』 인형 껴안고 자는데 잠결에 팔을 끌고 잤나 봐."
"『세일러문』이라니 너도 여자구나. 성격이 괄괄해서 남자인 줄 알았거든."
퍽!!!
말이 끝나자 무섭게 아인은 현명의 등을 손바닥으로 때린다.
"남자라니 죽을래? 난 나를 한 번도 남자라고 생각한 적 없다. 세일러 소녀들처럼 예쁘게 변하고 싶은 로망이 있는 여자라구!!!"
현명은 아인이 때린 것은 아프지 않았는데 맞은 순간 균형을 잃고 넘어질 뻔했다.
"그렇게 때리지 마. 팔 하나로 자전거 운전하는데 비포장도로라서 균형 잡기 힘들어 넘어질 뻔했어. 균형 잡게 좀 잘 잡아줄래?"

아인은 어떻게 해야 할지 몰라서 양팔로 현명의 허리를 감싸안았다.

"난 『세일러문』 인형이 아니야. 그렇게 안으면 간지러워서 운전 못 하니까 차라리 내 등의 가방끈을 잡아."

아인이 가방끈을 잡고 나니 운전이 훨씬 쉬워졌다.

"그래, 이제 좀 나아진 것 같아."

"그럼 다행이다. 넘어지지 않게 천천히 가."

"『세일러문』 중에 누굴 좋아해?"

현명은 자전거 운전 중에 그냥 한번 물어보았다.

"세일러 마스를 좋아해. 나하고 별자리가 같거든. 둘 다 양자리."

현명은 『세일러문』을 본 적은 없지만 세일러 마스라는 말을 납득하게 되었다. 사람은 필요한 것을, 되고 싶은 것을 말한다고 생각하고 있기 때문이었다.

"넌 생일이 며칠이야?"

아인이 되물어온다.

"나? 9월 23일."

"9월 23일? 9월 23일이면 처녀인가? 천칭? 세일러 머큐리? 비너스?"

생일만 말해줬는데 머뭇거림 없이 처녀, 천칭이니, 『세일러문』 이야기하는 것을 보니 아인은 평범한 여자아이인가 싶었다. 자신은 별자리 같은 것은 하나도 모르기에 더더욱 그렇게 느껴졌다.

"세일러 머큐리는 머리가 좋아서 참모인데 그런 친구 있으면 세상 편할 것 같아. 그런데 23일이면 생일 얼마 안 남았네? 생일날 선물 줄게. 그래도 짝에게 생일선물은 해줘야지. 나 그렇게 매정한 여자 아니다."
"어, 고마워. 그런데 『세일러문』은 사양할 거야."
"설마 너에게 『세일러문』을 선물로 주겠니? 『슬램덩크』로 해줄까?"
"그러든가."
『세일러문』이니 『슬램덩크』니 실없는 대화를 하고 있던 중 팔의 감각이 돌아오기 시작했다. 양손으로 운전을 하게 되어 균형에 자유로워진 현명은 자전거 속도를 올린다. 늦여름의 저수지에서 불어오는 바람은 상쾌했다.

그렇게 10분을 달리니 비포장도로가 끝나고, 포장도로의 버스정류장이 보인다. 저 정류장에서 버스를 타면 아인은 집에 갈 수 있다. 정류정에 아인이를 내려주니 때마침 버스가 온다. 아인은 버스를 타려고 뛰어간다.
"오늘 고마웠어. 내일 학교에서 봐."
아인은 뒤돌아서 인사를 하고 버스에 탄다. 아인은 버스 후문 앞 좌석에 앉아 가게 되었다.
"잘됐네. 자전거 오래 타서 불편했을 텐데."
아인이 탄 버스가 멀어지는 것을 본 현명은 집으로 향했다.

다음 날 아인에게 사회과부도 교과서를 돌려받은 후에 서로 이렇다 할 추억이 더는 없었다. 그해 현명의 생일은 추석 연휴에 있었기에 연휴 기간 학교에서 서로 만나지 못한 두 사람은 생일에 대한 것은 까맣게 잊어버렸다. 원래 현명은 생일을 따로 챙기거나 생각하고 지내지 않았기 때문에 자신의 생일날 무엇을 했는지도 모른다. 미옥과 용재도 현명의 탄생에 직접 관여한 사람들이 아니기에 현명의 생일이 며칠인지 알지 못했다. 보통 현명이 생일은 추석 연휴 근처에 잡히게 되는데, 이 두 사람은 추석 대목으로 돈을 벌 생각이 앞서기에 현명의 생일은 챙길 여유가 없었다. 추석 연휴가 끝나고 중간고사, 졸업앨범을 위한 촬영, 학교축제, 기말고사, 고등학교 입시 준비로 바쁜 날들을 보냈기에 둘은 추억을 쌓을 수가 없었다. 아인은 본인이, 부모가, 학교가 원했던 명문 여고에 진학할 수 있었으며, 현명은 근처 일반고에 진학하게 되었다. 중학교 졸업 후 그들은 서로의 갈 길을 위해 헤어질 수밖에 없었다.

송골매는 어쩌다 마주친 그대를
불렀다지만

고교에 진학한 아인은 진로에 대해 고민해 봤다. 의사가 되느냐, 약사가 되느냐. 의사가 되는 것은 좋은 일이지만, 매일 눈앞에 아픈 사람이 있는 것을 상상해 보니 의사는 아닌 것 같았다. 그런 아픈 사람들을 매일 상대하다 보면 되레 자신이 우울증에 걸릴 것 같았기 때문이었다. 그렇다면 약사가 되기로. 약사는 아픈 사람들을 매일 상대하지 않아도 괜찮으니까. 아인은 많은 사람을 치료할 수 있는 약을 개발하는 약사가 되는 꿈을 가지고 공부하기 시작했다. 아인은 여고에서도 스타가 되었고, 최고 대학인 서울대 약대 입시에 성공하여 여고의 전설로 남게 되었다.

고교에 진학한 현명의 일상은 중학시절과 별다른 일이 없었다. 다만 고3 대입수능시험을 가까이 두고 미옥이 사망했다. 원인은 폐암이었다. 자식을 잃고 난 후 슬픔을 달래기 위한 줄담배가 암의 원인이었다. 몸에 이상이 있어 검진해 보니 암이었는데 의사들도 더는 손을 쓸 수 없는 암이었기에 어쩔 수가 없었다. 미옥은 자신의 모든 뒷일을 용재에게 부탁하고 갔다. 미옥의 장례가 끝난 후 용재는 현명에게 앞으로 어떻게 살아갈지 물었다. 현명이 삶의 계획이 있어야 도와줄 수 있었기에.

"현명아, 이제 할머니도 가셨는데 앞으로 어떻게 살아갈 거니? 내가 네 아빠는 아니지만 그래도 할머니와 같이 일도 해서 경제력도 만들어 놓았으니 네 앞길은 도와줘야겠지. 뭘 할지 모르겠는데 하고 싶은 것 말해. 일단 대학은 갈 거야?"

"예, 일단 학교 졸업하고 대학에 갈 거예요. 공부하고 싶은 것이 있거든요. 근데 올해는 할머니 장례도 있고 해서 대학엔 못 갈 것 같으니 재수해서 내후년에 갈려구요."

"그래 대학에 간다니 다행이다. 어떤 공부를 하고 싶은데?"

용재는 현명이 대학에 진학한다는 말에 안도감을 느낀다. 자기 자식은 아니지만, 자신처럼 합법, 편법과 불법의 사이를 내달리는 삶을 살아가지 않았으면 하는 바람이 있었기 때문이다. 장애인이라는 삶의 핸디캡이 그렇게 만들었다. 그 장애인이라는 것은 어드벤티지가 되기도 했지만.

"대학에서 철학을 공부할까 해요."

"철학? 그거 실생활에 도움도 안 되는데 철학을 공부한다고? 경영학 같은 거 공부하면 좋을 텐데?"

"그냥 하고 싶은 거 공부할래요."

"그래 공부는 네가 하고 싶은 것을 해야지. 대학은 어디로 갈 건데? 멀리 가게 되면 이사도 해야 되고 하니 이것저것 준비해야 해서."

"멀리까지 가야 하는 대학에는 딱히 안 갈 생각이에요. 서울대에 철학과가 있는데 거기에 갈 수 있었으면 좋겠네요."

"서울대? 거기 정말 입학할 수 있는 거야?"

현명이 서울대에 가겠다고 하니 용재는 놀랄 수밖에 없었다. 대학 문턱을 밟아본 적도 없는 그였지만 서울대가 한국의 최고 대학이라는 것은 알고 있고, 현명이 서울대에 가겠다고 하니 그동안 현명에게 소홀히 했었다는 것이 괜히 신경 쓰였기 때문이다.

"한번 해보려 해요. 실은 학교에서 따라가는 공부는 그다지 하고 싶지 않았어요. 어쩌다 성적 잘 나오게 되면 선생들이 관심을 가지며 서울대에 가니, 다른 대학에 가니 하는 것들 것이 참 귀찮아서요. 그런 관심들이 되레 공부에 방해되어서요. 올해도 우리 학교에 서울대 간다, 못 간다 하는 아이가 있는데 이래저래 힘든 것 같아요. 서울대에 붙으면 좋겠지만, 못 가게 되면 사람들의 기억에서 사라지겠죠. 영웅 취급이니 그런 거 좋아하지 않아요. 그래서 올해는 연습 삼아 수능 한번 보고 내년에 확실히 공부해서 도전해 볼까 해요."

용재는 여태까지 돈을 모으려고 현명에게 소홀히 했는데, 이 말을 듣고 한편으로는 안도감을 느낀다. 입시 공부가 무엇인지는 모르겠지만, 그래도 현명이 확고한 생각을 가지고 있으니 믿어보기로 한다.

"그래, 한번 해봐. 재수학원 등록할 거면 말해."

"네, 알겠어요."

"며칠 전 네 엄마에게 갔다 왔다. 엄마가 소일거리 한다고 물감이니, 붓이니 하길래 넣어주고 왔어. 그리고 네 엄마하고 혼인 신고 하려하는데 괜찮을까? 서류상으로만 결혼. 병원에서 나올 일 없어 같이 사는 일은 없겠지만, 결혼으로 법적보호망을 만들어 놔야 세 사람에게 안정이 생길 것 같아서. 네가 싫다고 하면 할 생각 없다."

용재는 장애인이 되고 나서 양아치와 비슷한 삶을 살아가지만, 친구에 대한 의리는 강한 사람이었다.

"알겠어요. 그렇게 하세요. 저도 졸업하기 전에 엄마에게 다녀와야겠어요."

그렇게 현명은 학교를 졸업했고, 재수를 시작했다. 아이에게 부모가 없다는 것은 불행한 일이지만, 불행하다고 슬픈 것은 아닐 수도 있다. 인생의 결핍으로 어떤 무언가가 생겨나기 때문이다. 시각을 잃은 맹인이 손의 감각이 좋아져 좋은 안마사가 된다는 그런 것. 용재에게는 돈냄새를 기가 막히게 맡는 능력을. 그런 결핍은 바비 피셔에게 체스를 주었고, 작가 최명희에겐 『혼불』을 주었다. 마찬가지로 현명에게는 제도권의 정규교육이 필요하지 않았다. 그렇게 재수를 시작한 현명은 말했던 대로 서울대 철학과에 입학할 수 있었다.

현명과 아인은 1년의 시간을 두고 같은 대학에 입학했지만, 대학에서 서로를 한 번도 마주친 적이 없었다. 아인의 약대는 6년제이기에 현명보다 오래 학교에 있었지만, 그래도 그들은 한 번도 마주친 적이 없었다.

니가 왜 거기서 나와?

"아인 씨, 이 지원자 한번 면접 볼 건데 이력서 확인 좀 해볼래요?"

영미는 아인에게 한 지원자의 이력서를 건네줬다. 영미는 몇 명의 직원이 있는 작은 출판사의 사장이다. 50대인 영미는 몇 년 전 남편과 이혼했다. 남편의 직업이 바뀌었는데 더는 함께할 수 없을 것 같아서 내린 결정이었다. 영미는 여권신장에 대해 관심이 많아 그런 책들을 내거나, 행사들을 진행하기도 한다. 영미는 이혼녀 모임에서 아인을 만났다. 이혼녀 모임에서 만난 아인은 폐인의 모습이었다. 그러던 중 아인과 같은 대학을 졸업했다는 사실도 알게 되었다. 그래서 일단 자신의 출판사에서 일하자고 권유했고, 아인도 그러하겠다고 했다.

대학에 입학한 아인은 일단 학업에 집중했다. 전국에서 모인 수재라는 학생에게 뒤처지기 싫었기 때문이다. 그렇게 노력해서 어느 정도 학업에 안정을 얻고 나서 약대생 축제 등 여러 가지 활동을 해보기로 했다. 아인은 친구들과 점집에 가면 꼭 듣는 말이 있었다.

"남자 복이 없으니 결혼은 기대하지 말고, 정 하고 싶으면 40 정도 되어 만혼."

한 군데만이 아니었다. 어느 점집을 가도 들려오는 말이었다. 처음에는 대수롭지 않게 생각했었다. 하지만 석사 진학 후 20대 후반이 되어 친구들이 결혼 이야기를 하면서 아인은 어느 정도 체감하게 되었다. 약대생들 축제의 남녀미팅에 참여해도 자신은 인기 없던 여자였다. 약대엔 여대생이 많아서 그렇다고 위안을 해보았지만, 위안이란 것이 그렇게 쉬운 일은 아니었다.

그런 아인에게 다행스럽게도 남자는 있었다. 졸업 후 제약회사에 취업하여 알게 된 남자였다. 같은 대학 약대 선배였다. 남자는 미국에서 석박사를 하고 미국취업을 하려고 했으나 리먼쇼크사태로 인해 취업이 되지 않아 일단 한국으로 돌아왔다. 하지만 다시 미국취업을 생각하고 있던 남자였다. 남자는 고군분투 끝에 미국의 제약회사에 취업되었고, 아인에게 청혼했다. 결혼하게 되면 남편의 회사에서 아인에게 미국에서 박사진학 기회도 주었기에 아인은 결혼하기로 했고 결혼 후 남편과 미국으로 갔다.

미국에서의 결혼 생활은 행복했다. 한국에서의 결혼은 시월드라는 것으로 어떠하든 시어머니와 마주쳐야 했지만, 미국에선 마주하지 않아도 상관없었으니까. 둘의 결혼은 행복했지만 오래가지는 않았다. 둘 사이에 아이가 생기지 않았다. 어쩌다가 한 임신도 유산으로 끝나버렸다. 손자, 손녀를 바라는 시어머니의 광적인 바람으로 인해 시험관까지 시도해 보았으나 두 번의 시도도 실패로 돌아가고 문제가 생겼다. 아인과 남편과의 문제는 아니었다. 남편은 아이가 없어도 아인과 생활하고 싶어 했으나 시어머니가 문제였다. 무슨 일이 있어도 손자, 손녀를 봐야 하겠다는 바람. 자기 자식은 아버지 되는 것을 보고 죽겠다는 집착이 결혼생활의 문제였고, 남편은 그런 어머니를 거역하지 못했다. 그렇게 둘은 이혼하고 아인은 한국으로 돌아왔다.

한국으로 돌아온 아인은 아무것도 할 수 없었다. 인생에 있어 처음 겪었던 실패였다. 누구도 만나기 싫었고 외출도 없이 수면제와 술만 들이켜며 지냈다. 그렇게 1년을 지내면서 어느 날 거울을 보니 얼굴엔 주름과 살찐 자신의 모습이 보였다. 체중을 확인하니 70kg. 아인은 이렇게 살면 안 된다고 생각하고 예전의 자신으로 돌아가고 싶었다. 그렇게 이혼녀 모임에 가면서 살을 빼는 노력도 하기 시작했다.

세상은 아인과 같은 사람에게는 계속 앞으로 나가라고 하지, 인간사 불가피한 일에 마주쳤을 때 해야 할 일들에 대해 알려주지 않는다. 다행히도 아인은 이혼녀 모임에서 아인처럼 이혼한 여자들을 알게 되었으며, 이를 계기로 인간의 불가피한 일에 어떻게 대해야 하는지 알아가기 시작했다. 그렇게 출판사 사장인 영미를 알게 되었고 영미의 권유로 출판사에서 일하기로 했다. 아인의 35세의 일이었다.

영미는 여권시장에 관심이 있기에 그런 콘텐츠를 준비하고 있었다. 그래서 나혜석과 전혜린에 관한 콘텐츠를 만들어 볼 생각이었다. 둘 다 해외체류 경험이 있기에 해외에 나갈 일이 필요했다. 나혜석은 외교관 남편을 따라 유럽에 간 기록이 있지만 살다 온 기록이 아니기에 유럽에 갈 필요는 없어 보였다. 전혜린은 서울대 법학과에서 독어독문으로 전공을 바꿔 독일로 유학을 갔기에 조사가 필요해 보였다. 자신이 독일에 가보기엔 출판사와 이혼녀 모임 등의 대내외적 일로 인해 갈 수가 없었다. 그래서 아인을 보내고자 했다. 그런데 신경 쓰이는 것이 있었다. 자신은 여자 혼자서 해외에 나가는 시대를 경험해 보지 못하고 일만 해왔기 때문에 여자 혼자 해외에 보내는 것이 무엇인지 알 수가 없었다. 물론 아인은 결혼생활을 미국에서 했기에 영어로 소통이 가능해 독일에 가는 것은 문제가 없었다. 그렇다고 혼자 보내자니 유럽에서 늘어나고 있는 이슬람 이민자들의 범죄가 문제였다. 독일에서 이슬람 이민자들의 사건, 사고 뉴스를 보고서 아인 혼자 보낼 수 없었다. 그래서 아인과 같이 독일에 같이 갈 사람이 필요했다. 독일에 유럽인도 아닌 아시아인 혼자 돌아다니면 범죄의 표적이 될 수도 있으니 남자면 좋겠다는 생각을 했다. 그런데 그 자리에 현명이 지원한 것이었다. 나이는 아인과 같은 데다 출신 대학도 같은 대학. 그런데 아인과는 다르게 1년 늦게 입학한 것으로 되어 있다. 사정으로 인한 재수였을까 생각되었다. 나이도 같다면 더욱 괜찮지 않을까 싶었다.

아인은 영미로부터 이력서를 받았다. 박현명. 처음엔 이름이 기억나지 않았다. 사진도 현명인 줄 몰랐다. 20년 전의 중학생과 지금의 모습은 당연히 차이가 있기 때문에. 같은 출생년. 그러다가 눈에 띈 학력 사항의 성일중학교. 자신과 같은 중학교 출신에 의문을 가지게 된다. 서울대를 자신보다 1년 늦게 입학. 출신 고등학교가 자신이 졸업한 여고와 같은 지역이었다. 기억은 없지만 느낌상 아는 사람인 것 같았다.

"사장님 면접 한번 해보세요, 아는 사람인 것 같아요. 이력서만으로는 모르겠는데 직접 만나보면 느껴지는 기운이 있을지도 모르겠어요."

"알았어요, 아인 씨 말대로 이분 한번 면접 진행해 볼게요."

영미는 현명과의 면접을 실시했다. 의문이 있었는데 현명은 철학과를 졸업했음에도 철학에 관한 경력은 없고, 몇 회사의 대표를 담당했다고 써 있었다. 현명은 대학은 철학과를 나왔지만 가족 관련 사업이었기에 대표를, 그리고 몇 번의 벤처기업 대표를 했다고 했다. 현명의 이력은 딱히 문제는 없어 보였다. 앞으로 해야 할 일에 대해 설명해 주었다. 여기서 조금 일하다가 여직원과 함께 독일에 출장을 가는 것으로. 여직원은 나이도 같으며, 같은 학교 출신이라고 알려줬다. 자신도 지금 마땅히 일이 없는 공백기이기에 하겠다고 했다. 나이가 같은 여직원과 독일에 가는 것이 신경 쓰이긴 했지만 해외에 나가보는 것은 좋을 것 같았다.

한편, 아인은 현명의 이름을 계속 떠올리며 생각한다. 기억이 날 듯하면서 안 나는 그런 상태가 며칠간 계속되었다. 박현명이 과연 누구인가 생각해 보다가 만나게 되면 알게 되겠지 하며 그만 생각하기로 했다. 머지않은 조카의 생일에 장난감을 사 주려고 완구 사이트에서 상품들을 보던 중 『세일러문』 상품을 발견했다.
"그놈이다! 낚시터에서 나를 남자라고 했던 그놈."

사람은 자신에게 친절했던 사람, 착하다고 느껴지는 사람은 금방 잊어버린다. 타인은 나에게 친절하고 착해야 한다고 바라며 그것이 당연하다고 생각하기 때문이다. 당연한 것은 사람에게 기억되지 않는다. 기억되는 것은 이상한 것, 나사 빠진 것, 삐딱한 표지판, 떡 하나 더 줘야 하는 미운 아이, 미남미녀 배우들이 출연한 드라마가 아닌 그들의 사생활, 상대를 압도할 능력 혹은 재능.

어쨌든 아인은 그렇게 현명을 기억해 냈다. 누군지 모르는 사람이 아니라서 일이 재미있어질 것 같은 기분이 든다. 현명은 출판사에 출근했다.

"박현명 씨, 안녕하세요. 저는 이아인입니다. 만나서 반갑습니다. 혹시 성일중학교 나오셨어요? 저도 같은 학교 나왔거든요. 저희 아는 사이 같은데 기억하시나요?"

현명은 인사를 해오는 아인을 멀뚱멀뚱 본다. 잠시 생각하고 나서 말했다.

"이아인…. 아, 그때 낚시터에서 내 팔을 팔베개 삼아 침 흘리고 자던? 아인이?"

말이 끝나고 나니 아인은 죽을상이고, 사장을 비롯한 두어 명의 직원은 웃음을 참지 못해 안달이다.

"아이고 현명 씨, 저는 현명 씨와 낚시 같은 건 가지 않을래요. 사람은 사실을 너무 있는 그대로 구체적으로 말할 필요는 없어요."

영미는 웃으면서 말해준다. 아인만 한 방 얻어맞은 기분이다. 현명은 이 작은 출판사에 화려하게 데뷔했고, 이미 투 스트라이크. 외줄타기 현명은 그렇게 일을 시작했다.

선은 네가 그어놓고?

"중학시절에 우리 친했었나?"
"친하지 않았냐? 왜? 안 친했어? 짝이었잖아?"
"짝이긴 했지….".

현명과 아인은 일을 끝내고 저녁을 먹는다. 둘은 중학시절 같은 책상을 쓰는 짝이었다. 아인이 학원 가기 싫다고 해서 낚시터에도 같이 갔던 기억이 선명하다. 그런데 현명은 이상하게 '친했나?' 하는 사항엔 의문이다. 그 당시 아인은 인기인이었고 이래저래 바쁜 아이였기에 친했다는 생각이 들지 않기 때문이다. 그런데 아인은 짝이었다는 이유로 친했다고 생각하나 보다.

"그건 그렇고 아무리 그래도 난 여자인데 침 흘리고 잤다고 하면 내가 어떻게 되냐?"
"미안. 난 생각이 필터링도 되기 전에 나와버려서 고쳐야 하는데 잘 안돼."

"그래도 네가 와서 다행이야. 사장님은 이번 독일 출장에 남자가 없으면 안 된다고 하는지 이해할 수 없어서. 독일 출장이야 나 혼자도 가능한데 굳이 남자를 붙이겠다고 해서서. 내가 영어가 안되는 것도 아니고, 독일이란 나라가 여자 혼자 여행하지 못하는 나라가 아닌데 그렇게 고집을 부리시는지…."

"그건 나도 면접 보면서 이상하다고 생각했다. 왜 남자가 필요한 건지 나도 이해가 안 가거든."

"사장님도 면접 여러 번 하면서 애먹었다. 외국으로 출장 가는데 나보다 나이 많은 남자는 내가 부담스러워 거절, 연하면 좋겠지만 사장님 마음에 차는 사람은 안 나타나고. 그러던 찰나에 네가 딱 나타난 거야."

"그럼 다행이네. 나도 외국 나가는데 생판 모르는 사람보다 아는 사람과 함께 가면 편하지, 뭐."

"넌 어떻게 서울대 다녔어? 재수했어? 나야 중학교 때부터 이래저래 유명했다지만 넌 그렇지 않았잖아?"

"고3 때 수능 앞두고 할머니가 돌아가셔서 어수선해서 공부를 못했어. 수능을 연습 삼아 보기로 하고 재수를 결정했지. 실은 난 누가 시켜서 하거나, 잘한다고 관심 가져주면 더 못하는 사람이었어. 혼자 집중하니 잘되더라고. 그래서 그렇게 되었다."

"학교가 같으면 그 시간 동안 한 번은 마주쳤을 텐데 어떻게 한 번도 못 마주쳤을까?"

"글쎄, 나는 잘 모르겠다. 둘 다 학업에 집중하면 마주치지 못할 수도 있지 뭐. 그런데 넌 이런 출판사에 있을 사람이 아닌데 왜 여기 있냐?"

"실은 나 이혼했어. 미국에서 남편과 결혼생활 하다가 이혼하고 돌아와서 좀 폐인생활 했지. 그러다가 이혼녀 모임에서 사장님을 알게 되었어. 일단은 여기서 일하라고 해서 일하는 중. 그럼 넌 결혼했냐?"

"아직 미혼."

"그래? 뭐 우리 나이에 미혼도 많은데 결혼 안 한 것이 문제 될 것이 뭐가 있니. 나 술 안 마시는데 오늘은 한 잔만 마실게."

발랄하고 기운찬
대단한 할머니

출판사에서 일을 시작한 현명은 며칠 지나지 않아 나혜석의 조사를 위해 아인과 수원나혜석거리에 가게 되었다. 아인은 개인적인 일이 있어 일을 마치고 수원에 가겠다고 하여 혼자 수원에 가게 되었다. 수원나혜석거리에 가기 위해 무궁화호를 이용하기로 했다. 서울역에 도착하여 플랫폼으로 향한다. 현명은 KTX 경부선 노선을 보며 답답하다고 느낀다.

'천안이면 천안이고, 아산이면 아산이지 천안아산역은 도대체 뭘까? 김천구미역은 왜 생겨났을까? 오송역은 왜 생겨서 호남선 이용자를 힘들게 할까? 처음의 노선 계획이 이랬을까?'

KTX의 길어진 역명을 보고 있자니, 역명을 위한 갈등의 시간도 긴 역명만큼이나 길게 느껴진다. 이렇게 된 이유야 인터넷에 정리된 문서가 있을 테니 찾아보면 그만이지만 쓸데없는 짓이라 생각하여 그만두었다. 그런 정보를 찾아보는 행위가 지금의 정치와 정치인들처럼 쓸데없이 느껴졌기 때문이다. 선거철만 되면 무슨 무슨 시설을 만들겠다. 역이니 공항이니 하는 것들을 만들겠다 하는 보다 보면 너무 어이가 없다. 이 나라의 정치인들의 수준을 알 수가 없다. 다른 나라 정치인들도 같으려나? 생각해 보지만 알 수 없다. 해외여행은 몇 번 가봤지만 살아본 경험은 없으니 알 수 없었다.

 이 좁은 나라에 공항을 더 만들겠다는 정치인에게 환멸마저 느껴진다. 인천, 김포, 김해, 제주공항만이 흑자이며 나머지 11개 지방공항은 적자라고 하는 나라에 자신의 표를 위해 공항을 더 만들겠다는 정치인들. 그 공항을 만들기 위해 소모되는 세금이 아깝다고 생각될 뿐이다. 지자체와 정치인들이 합작하여 만든 공항 중에 대다수는 공항의 역할을 못 하고 고추 등의 그 지역 특산물 말리는 용도로 쓰여진다고 했다. 그런 공항에서 사고로 인해 많은 희생자가 발생했다. 주위에 철새의 이동이 많다는 공항이었다. 그 공항에 착륙할 비행기의 엔진에 조류가 충돌하는 버드스트라이크가 발생했고, 비행기는 우여곡절 끝에 안전하게 동체착륙 했지만, 속도를 이기지 못하고 질주하던 비행기는 활주로 끝 둔덕에 충돌하며 폭발했다. 탑승인원 전원이 사망에 가까운 사고가 되었다. 연말이어서 그랬는지는 모르겠지만 그 지역 공직자들이 휴식으로 해외에 다녀오는 비행기였다. 또한 이유는 모르겠지만 그 일의 책임자도 자살했다. 결론은 정치적 유불리로 만들어진 공항으로 인해 그 지역 주민들이 희생되었을 뿐이다. 그런 정치인들은 이제 의대생을 늘리고 지방에도 의대를 설립해 대학병원을 만든다고 한다. 그런 정치인들에게 반발한 의사와 의대생들은 본업과 대학을 떠나버려 의료시스템을 엉망으로 만들었다. 지금 이 나라의 정치인들이 하는 일들이다. 대통령은 본인이 일으킨 계엄령 사태로 인해 법정 구속 된 상태. 시대는 점점 변해가고 있는데 아직도 구태에 머물러 있는 정치인들. 현명은 이 나라 정치에 대해 더는 생각하기도 싫다. 때마침 열차가 도착하여 수원으로 출발했다.

수원시청역에 도착하니 이미 아인은 도착해 있었다. 개인적인 일을 해결하고 오겠다더니 먼저 도착해 있었다.
"먼저 와 있었네? 늦는다더니?"
"응. 조카 생일이라서 장난감을 사 주려고 하는데 뭘 사 줘야 할지 몰라서 고민하다 레고로 해주기로 했어. 닌자고였나? 인기가 많다고 해서 구할 수 있을까 했는데 우여곡절 끝에 구했다. 오늘 만나서 주려고. 생일선물인데 타인을 통해서 주는 건 아닌 것 같아서."
"레고라…. 오랜만에 들어보네. 남자아이에겐 괜찮을 것 같네. 나 때는 슈퍼 그랑조였는데."
짧은 대화를 마친 현명과 아인은 수원나혜석거리를 찾아간다. 수원나혜석거리는 축구장보다 작은 크기였다. 입구에 조형물이 있고, 그 뒤에 가방을 들고 있는 나혜석상이, 또 그 뒤로 몇 개의 조형물들이 있다. 그리고 거리 주위에 음식점과 카페들이 있다. 입구의 조형물에는 나혜석에 대한 소개가 새겨져 있었다.

정월 나혜석(晶月 羅蕙錫) 1896-1948

최초의 여성서양화가
최초의 여성소설가
최초의 전시회 개최
독립운동가
여성운동가

현명은 이곳에 오기 전에 몇몇 자료를 찾아보았다. 범상치 않은 사람인 것은 알고 있었지만, 직접 거리에 와서 이렇게 최초라는 타이틀이 새겨진 소개를 보니 많은 생각이 들었다. 기존의 인식이나 관성에 대한 역행. 그 역행에서 소비할 수밖에 없었던 정신적 혹은 내적 에너지. 관습을 타파하기 위한 그 지난한 시간. 그 '최초'라는 타이틀의 의미. 현명과 아인은 거리의 다른 조형물을 확인하러 간다.

인형의 가(家)

내가 인형을 가지고 놀 때
기뻐하듯
아버지의 딸인 인형으로
남편의 아내 인형으로
그들을 기쁘게 하는

위안물 되도다

남편과 자식들에게 대한
의무같이
내게는 신성한 의무 있네
나를 사람으로 만드는
사명의 길로 밟아서
사람이 되고저

나는 안다 억제할 수 없는
내 마음에서
온통을 다 헐어 맛보이는
진정 사람을 제하고는
내 몸이 값없는 것을
내 이제 깨닫도다

아아 사랑하는 소녀들아
나를 보아
정성으로 몸을 바쳐다오
많은 암흑 횡행(橫行)할지나
다른 날, 폭풍우 뒤에
사람은 너와 나

(후렴)

노라를 놓아라
최후로 순순하게
엄밀이 막아논
장벽에서
견고히 닫혔던
문을 열고
노라를 놓아주게

그 조형물 아래 긴 대리석에는 나혜석의 출생과 사망까지의 일들이 나이순으로 새겨져 있었다. 이런 문구와 함께.

이 조형물은 나혜석을 기리기 위해 세워졌다. 나혜석상 뒤의 커다란 벽은 나혜석이 생전에 온몸으로 부딪혔던 사회의 보수적 벽을 상징하며 흡사 소나무 형상으로 갈라진 틈은 사회의 벽을 깬 신여성의 진취적 면모를 의미한다. 길을 따라 놓여진 미니멀한 조형물은 나혜석의 선구자적 생애를 나타낸다. 작품명:「잠들지 않는 길」

"비극은 가장 비극적 결말일 때 패배가 아닌 승리"라고 니체가 말했듯이 세속적인 삶은 파멸이었을 망정 자기시대를 정직하게 살다 간 예술가로서 인간으로서의 나혜석은 결코 패배하지 않았다.

거리의 조형물에 쓰여진 글귀는 여기까지였다. 현명과 아인은 서로가 가져온 자료들을 확인하기 위해 카페에 간다. 현명은 지금의 커피값이 비싸다는 생각을 한다. 커피값이 김밥 한 줄보다 비싼 이유를 모르겠다. 주문한 음료를 받고 자리에 앉은 현명과 아인은 각자 준비해 온 자료에서 나혜석에 대해 설명될 만한 것들을 선별해 본다.

조선 남성들 보시오. 조선의 남성이란 인간들은 참으로 이상하고 잘나건 못나건 간에 그네들은 적실, 후실에 몇 집 살림을 하면서도 여성에게는 정조를 요구하고 있구려. 하지만, 여자도 사람이외다! 한순간 분출하는 감정에 흩뜨려지기도 하고 실수도 하는 그런 사람이외다. 남편의 아내가 되기 전에, 내 자식의 어미이기 전에 첫째로 나는 사람인 것이오. 내가 만일 당신네 같은 남성이었다면 오히려 호탕한 성품으로 여겨졌을 거외다. 조선의 남성들아, 그대들은 인형을 원하는가, 늙지도 않고 화내지도 않고 당신들이 원할 때만 안아주어도 항상 방긋방긋 웃기만 하는 인형 말이오. 나는 그대들의 노리개를 거부하오. 내 몸이 불꽃으로 타올라 한 줌 재가 될지언정 언젠가 먼 훗날 나의 피와 외침이 이 땅에 뿌려져 우리 후손 여성들은 좀 더 인간다운 삶을 살면서 내 이름을 기억할 것이라.

이렇게 6년을 끄는 동안 씨는 몇 번이나 혼인을 독촉한 일이 있었습니다. 그러나 나는 단행하고 싶지 아니하였습니다. 그는 무엇보다 남이 알 수 없는 마음 한구석에 남은 상처의 자리가 아직 아물지 아니하였음이요, 하나는 씨의 사랑이 이성(理性)을 초월하리만치 무조건적인 사랑, 즉 이성(異性) 본능에 지나지 않는 사랑이요, 나라는 일 개성에 대한 이해가 있을까 하는 의심이 생긴 것이외다. 그리하여 본능적 사랑이라 할진대 나 외에 다른 여성이라도 무관할 것이요, 하필 나를 요구할 필요가 없을 듯 생각던 것이었습니다. 전 인류 중 하필 너는 나를 구하고 나는 너와 짝지으려 하는 데는 네가 내게 없어서는 아니 되고 내가 네게 없어서는 아니 될 무엇 하나 찾아 얻지 못하는 이상 그 결혼생활은 영구치 못할 것이요, 행복지 못하리라는 것을 나는 일찍이 깨달았던 것이었습니다. 그렇다고 나는 그를 놓기 싫었고 씨는 나를 놓지 아니하였습니다. 다만 단행을 못 할 따름이었습니다.

그러나 여기까지 이르면서도 엄마가 될 생각은 꿈에도 없었다. 혹 생각해 본 일이 있었다 하면 부인잡지 같은 것을 보고 난 뒤 잠깐 꿈같이 그려보았을 뿐이었다. 그리하여 아내가 되어볼 꿈을 꿀 때에는 하나에서 둘, 둘에서 셋, 그렇게 힘들지 않게 요리조리 배치해 볼 수 있었으나, 엄마가 된 꿈을 꿀 때에는 하나가 나서고 한참 있다 둘이 나서며 그 다음 셋부터는 결코 나서지 않으리라. 그리되면 더 생각해 볼 것도 아니하고 떠오르던 생각은 싹싹 지워버렸다. 그러나 다른 것으로 이렇게 답답하고 알 수 없을 때에 내가 비관하여 몸부림하던 것에 비하면 너무 태연하고 낙관적이었다. 이와 같이 나로부터 '엄마'의 세계까지는 숫자로 계산할 수 없을 만한 멀고 먼 세계였다. 실로 나는 내 눈앞의 무궁무진한 사물에 대하여 배울 것이 하도 많고 알 것이 너무 많았다. 그리하여 그 멀고 먼 딴 세계의 일을 지금부터 끄집어 내는 것이 너무 부끄럽고 염치없을 뿐 아니라 불필요로 알았다. 그러므로 행여 그런 쓸데없는 것이 나와 내 뇌에 해롭게 할까 하여 조금 눈치가 보이는 듯만 하여도 어서 속히 집어치웠다. 그러면 내가 주장하는 그 말을 허위가 아니냐고 비난할 수 있을지는 모르겠다. 과연 모순된 일이었다. 그러나 생각하여 보면 당연한 일이 아닐까도 싶다. 즉 지식이나 상상쯤 가지고서는 알아낼 수 없던 사실이 있다. 다시 말하면 이것이 사랑의 필연이요, 불임의(不任意) 혹 우연의 결과로 치더라도 우리 부부간에는 자식에 대한 욕망, 부모 되고자 하는 의지가 없었다.

여자는 시집가서 자식 낳고 아침저녁 반찬 걱정하다가 일생을 보내는 범위를 떠나면 불행이라 한다. 그러나 그 범위 내에서 갈팡질팡하는 것이 행복이고 한번 그 범위를 벗어나서 그 범위 내에 있는 자를 보라. 도리어 그들이 불행하고 자기가 행복된 것을 느끼나니 날마다 같은 생활을 되풀이하는 그 침체한 생활에 비교하여 시시각각으로 변천하는 감각의 생활을 하는 자를 보라.

얼마나 날마다 그 인생관이 자라가고 생의 가치를 느껴가는지. 사람은 그 생명이 붙어 있는 동안이 사는 시간이 아니요, 감정을 움직이는 것이 사는 것이다. 한번 독신의 몸이 되어보라 그 몸이 하늘에도 나를 것 같고 땅에도 구를 것 같으며 전후 좌우가 탁 틔어 거칠 것이 없이 그 몸과 마음이 자유롭다. 이런 사람이야말로 그들이 못 하는 일, 그들의 못 하는 생각을 해놓나니 역대의 위인, 걸사, 명작가들의 그 예가 많다. 그러므로 나는 종종 이런 말을 한다. "K가 나를 활인(活人)했어. 내게는 더없는 고마운 사람이야. 그가 나를 가정생활에서 떠나게 해준 까닭에 제전(帝展)에 입선을 하게 되고 돌비(突飛)한 감상문을 수 편 쓰게 되었어. 나는 지금 죽어도 산 맛은 다 보았어. 나는 K를 조금도 원망치 않아, 오히려 고마운 은인으로 여겨진다." 이렇게 말하면서 불행에서 행복을 찾게 된다.

나는 18세 때부터 20년간을 두고 어지간히 남의 입에 오르내렸다. 즉, 우등 1등 졸업사건, M과 연애 사건, 그와 사별 후 발광 사건, 다시 K와의 연애 사건, 결혼 사건, 외교관 부인으로서의 활약 사건, 황옥 사건, 구미 만유 사건, 이혼 사건, 이혼 고백장 발표 사건, 고소 사건, 이렇게 별별 것을 다 겪었다. 그 생활은 각국 대신으로 더불어 연회하던 극상 계급으로부터 남의 집 건넌방 구석에 굴러다니게 되고, 그 경제는 기차, 기선에 1등, 연극, 활동사진에 특등석이던 것이 전당국 출입을 하게 되고, 그 건강은

쾌활 씩씩하던 것이 거의 마비까지 이르렀고, 그 정신은 총명하고 천재라던 것이 천치 바보가 되고 말았다. 누구에게나 호감을 주던 내가 이제는 사람이 무섭고 사람 만나기가 겁이 나고 사람이 싫다. 내가 남을 대할 때 그러하니 그들도 나를 대할 때 그럴 것이다. 이와 같이 사람 능력으로 할만한 일을 다 당해보고 남은 것은 사람의 버린 것밖에 없다. 어찌하면 다시 내 천성인 순진하고 정직하고 순량하고 온유하고 부지런하고 총명하던 그 성품을 찾아볼까. 다 운명이다. 우리에게는 사람의 힘으로 어쩔 수 없는 운명이 있다. 그러나 그 운명은 순순히 응종(應從)하면 할수록 점점 증장(增長)하여 닥쳐오는 것이다. 강하게 대하면 의외에 힘없이 쓰러지고 마는 것이다.

사 남매 아이들아. 에미를 원망치 말고 사회제도와 도덕과 법률과 인습을 원망하라. 네 에미는 과도기에 선각자로 그 운명의 줄에 희생된 자이었더니라.

"야 현명아, 어떻게 생각하냐 나혜석이란 사람. 이 책의 저자는 발랄하고 기운찬, 대단한 할머니라고 하는데, 이런 여자는 어느 시대에 태어났어도 남자들이 싫어하는 그런 여자라고 생각이 든다."
"100년 전에 태어난 사람이라 그렇지 지금 시대의 사람이라면 SNS의 유튜버, 블로거로 잘 먹고 잘 살아갈 사람이겠지. 글은 웹소설이니 하는 걸로 해서, 그림도 인스타니, PIXIV니 하는 거에 올려서 팔아먹고, 일본유학이니 외교관 부인으로 유럽까지 간 것은 유튜브나 개인방송으로 떠들어 대는 그런 여자? 인플루언서? 남자 연예인 섹스스캔들은 집요하게 캐내는 그런 사람. N번방 추적단 같은 것엔 눈에 불을 켜고 달려들 사람. MBTI로 치면 ESTJ, ENTJ 그런 사람?"

"이 시대에 태어났으면 정말 그렇게 살았을 사람 같다. 첫사랑이 죽고 나서 결혼이나 육아도 그다지 하고 싶지 않았던 것 같았는데, 100년 전의 시대는 여자가 결혼 없이 살아갈 수 있었는지, 결혼 없이 경제권을 확보할 수 있었는지 알 수 없으니 뭐라고 할 수는 없지만, 이혼이라는 말도 서슴없이 꺼내는 것을 보면 그 시대의 통념과는 동떨어진 삶을 살았던 사람은 확실하네."

"어느 시대를 태어나든 트러블메이커나 여걸로 큰 족적을 남길 사람이겠다 싶다. 우리 또래 모아두고 '라때는 말이야~' 무용담 풀어내는 사람. 듣기 싫기도 하겠지만, 들어주며 맞장구쳐 주면 기분 좋다고 용돈도 쥐여 줄 그럴 사람."

현명은 나혜석이 이 시대에 태어난 사람이라면 어떤 삶을 살아갔을지 정말 궁금해졌다. 요새 유튜브에 가수들의 노래들을 자기 식으로 노래하는 유튜버도 많이 생겨나고 있는데 정말 그런 사람들 중의 한 사람이 아닐지 생각해 본다.

"아인아, 나혜석에 관한 건 이제 충분한 것 같다. 서울로 올라가자. 가는 길에 밥이나 먹자. 수원은 왕갈비라는데 온 김에 내가 살게. 넌 갈비 같은 것도 먹어야겠더라."

"수원에 왔으니 왕갈비는 먹고 싶지만, 오늘은 조카 생일이라서 선물 가지고 생일파티에 가야 해서 다음에 먹자."

"그래 알았다. 먼저 가라."

아인과 헤어진 현명은 거리를 걷는다. 조카 생일이라고 생일파티 한다는 말에 아인은 자신과 다른 세계에 살고 있다는 생각을 한다. 자신은 어렸을 때부터 부모가 없어서 생일선물 같은 것은 받아본 적 없던 현명은 생일이라든지, 선물이라는 것이 참 낯설기만 하다. 어떤 이에게 아무것도 아닌 것이 자신에겐 낯선 것인지 잘 모르겠다. 걷다 보니 설렁탕집이 보인다. 설렁탕이나 한 그릇 먹자 하고 가게에 들어갔다.

정말 가야 하나요?

　전혜린의 삶의 자취를 조사하기 위해 독일에 가야 할 현명은 의아함을 느끼고 있다. 대학시절 전혜린에 대해서는 들은 바가 있다. 서울 법대생의 천재였다는 전혜린. 법대생이었지만 도중에 독어독문학과로 전과하여 독일 유학. 이미륵의『압록강은 흐른다』, 루이제 린저의『생의 한가운데』의 번역과 몇 점의 에세이. 하지만 자살인지 명확하지 않은 사망. 그 사망으로 인해 많은 사람들에게 충격을 안겼다고 한다. 전혜린이 아닌 타인이 번역한『생의 한가운데』는 다른 번역가의 어떤 번역이 되었든 전혜린의 번역을 뛰어넘지 못한다는 이야기가 있다. 이런 사람의 일화를 알아가는 것은 좋다고 생각한다. 하지만 '꼭 아인과 함께 독일에 가야 하는가?'에 대한 의문이 풀리지 않고 있다. 아인이 싫어서가 아니다. 현명에게는 아인을 싫어할 이유는 없다. 아인 혼자서 이 일을 하지 못할 능력이 없는 것도 아니다. 미국에서 약학박사 과정 중 이혼으로 한국에 돌아온 아인이 영어가 되지 않아 독일에서 의사소통이 불가능할 일은 없다. 그리고 예전은 어땠는지 모르겠지만, 여자 혼자 해외여행을 하기에도 힘든 시대가 아니다. 아프리카 같은 3세계는 해당되지 않겠지만, 독일 같은 선진국이 여자 혼자 가기에 불가능한 나라가 아니기 때문이다. 그리고 1950년대 인물의 생활터전을 찾아간다는 것이 이상하게 느껴졌다. 과연 전혜린이 자주 갔다던 카페나 식당이 아직도 남아 있을까? 70년이나 흘렀는데 아직까지 남아 있을 것 같다는 생각이 들지 않았다. 한 세대 30년 전의 인물이면 무언가 와닿는 것이 있었을지도 모르겠지만, 두 세대 과거의 사람에 대한 것들이 과연 얼마나 남아 있을까 싶었다. 구글맵을 통해 전혜린이 지냈다던 슈바빙에 대해 찾아보았지만, 지금 흑백사진의 전혜린 자료로는 알 수가 없었다. 안 그래도 의문이 있던 일을 오늘 영미에게 물어보고 있다.

"사장님 이번에 제가 독일에 가는 것이 영 이해가 되지 않아서 그런데, 제가 꼭 가야 할 이유가 있나요? 독일은 아프리카처럼 치안도 나쁘지 않고 여자 혼자 가기에도 무리도 없고 아인이가 영어가 안되는 것도 아니고 해서요."

"저도 아인 씨가 혼자 독일에 가서 조사하기에는 무리가 없다고 생각은 해요. 그런데 문제는 제가 옛날 사람이라서 여자 혼자 해외여행을 하는 발상이 없어서 어떻게 하는지 모르는 것이 첫 번째, 두 번째는 유럽에서 늘어나고 있는 이민자들의 범죄가 신경 쓰이네요. 영국에서도 어린이를 상대로 한 댄스교실에서 누군가의 흉기난동 사건이 있었는데, 그 사건을 계기로 영국에선 반이민 폭동이 일어났어요. 또 독일에서는 사우디인 이민자가 크리스마스 마켓으로 차량돌진 하는 일로 인해 많은 사상자가 나왔다는 뉴스를 접했어요. 이런 일들을 알고 나니 아인 씨 혼자 독일에 보내는 것은 아닌 것 같아요. 출장을 보낸 직원에게 문제가 생기면 사장인 저의 책임이 되고, 책임 이전에 약학 석사까지 마친 아인 씨가 여기서 일하는 건 잠깐이지 오래 할 일은 아니잖아요? 잠깐 일하는데 문제라도 생기면 안 되니까요. 현명 씨도 여기서 오래 있지는 않을 테니 두 분이 다녀오시면 좋겠어요. 그리고 아인 씨 아주 가끔씩 돌발적인 행동을 하는 것이 조금 마음에 걸려서요."

아인의 돌발행동이라는 영미의 말에 현명은 중학시절 아인이 난데없이 학원에 가기 싫다고 했던 것을 떠올린다. 학원이야 하루 빠질 수도 있지만 너무 느닷없었다는 생각이 들었기 때문이었다.

"이민자 문제라···. 그런 상황이면 저도 같이 가는 것이 좋겠네요. 그런데 유럽에서의 이민자 문제도 저출생이 이유일까요? 저도 작년에 일본여행을 갔다 왔는데 도쿄 시내 편의점 카운터에 흑인들이 있었어요. 그게 참 이상하게 생각되었어요. 일본에 유학 갔다 온 친구가 있어서 물어보니, 예전에 일본은 그러지 않았다고 했어요. 10년 전만 해도 편의점 카운터에 흑인이 없고 한국인, 중국인의 동양인이었는데, 어느 순간부터 흑인이 늘어났다고 말해줬어요."
"저출생 문제가 어떤지 전 겪어보지 못했기에 모르겠지만, 현명 씨 세대에는 좀 많이 어색하고 이상할 것 같아요. 유럽에 갔는데, 눈에 띄는 사람들이 이슬람 등의 이민자라면 여기가 정말 유럽인가 하는 생각이나, 일본에 갔는데 편의점이나 공항에 흑인이 보이면 여기가 정말 일본인가 하는 생각에 이상할 것 같네요. 순수한 유럽이나 일본 아니면 정말 순수한 해외라는 곳은 이제 없어지는 것 아닐까 하는데 세상이 어떻게 변할지 모르겠네요."

현명은 딱히 할 수 있는 말이 없었다. 시간의 여유가 있어서 바다 건너 옆 나라 일본에 가봤는데 편의점 카운터에 흑인이 있다는 것이 기대하던 것과는 너무 달랐기 때문이었다. 이제부터 어떤 세상이 되어가는지는 모르겠지만, 과거와는 너무 다른 그런 세상이 올 것 같았다.

"사장님, 독일에 가면 여유시간에 축구 보러 가도 될까요?"
"이번 독일 출장에서 발생하는 경비는 회사에서 다 처리하게 되니 그런 건 걱정 마세요."
"아, 알겠습니다. 그럼 조심해서 사고 없이 다녀올게요."
축구 경기 시청을 좋아하는 현명은 한국인이 소속된 독일의 축구클럽 경기를 보러 갈 생각이었다. 때마침 출장 기간 동안 UEFA 챔피언스리그 조별리그가 있었다. 한국인이 소속된 독일의 바이에른 뮌헨과 또 다른 한국인이 소속된 영국의 토트넘 홋스퍼가 한 조가 되어 조별예선 경기가 있었다. 안타깝게도 한국인 소속팀들 간의 경기는 아니었다. 바이에른 뮌헨과 다른 팀과의 경기가 있었다. 이 시합을 볼 수 있게 된 것이 너무 좋았다. 하지만 한편으로는 이번 독일 출장에 상당한 경비가 사용되는데, 이 작은 출판사에서 감당할 수 있다는 것에 의구심이 들었다. 몇 가지 실용서적, 자기계발 서적이 팔리고는 있지만 그렇게 큰 수익까지 이어지고 있지 않았다. 재무제표의 사내보유금은 출장의 경비를 처리하기에 충분했지만, 그래도 이렇게까지 할 출장은 아니라고 생각했기 때문이다. 이유야 어떻게 되었든 이미 정해진 독일 출장을 잘 마치고 오면 되겠지 생각했다.

바쿠스 님 좀 쉬세요, 네?

수철로부터 현명에게 갑자기 전화가 왔다.

"용재가 죽었다. ××병원 장례식장으로 빨리 와라."

현명은 출장을 가기 위해 전혜린에 대해 조사하던 중, 용재가 죽었다는 수철의 전화를 받고 바로 장례식장으로 달려갔다. 현명은 용재가 죽었다는 사실이 믿기지가 않았다. 엊그제 만나서 독일 출장에 가게 되었으니 자신이 한국에 없는 동안 병원에 있는 엄마를 신경 써달라고 부탁했다. 용재도 늘 하는 일이니 걱정하지 말라고 했다. 그러고서 수철에게 온 전화였다.

"아저씨 용재 아저씨는 어떻게 죽은 거예요?"

"어…. 그게…."

수철은 말하기를 꺼린다.

"그게…. 여자랑 있다가 죽었어."

"네? 그게 무슨 말이에요?"

"술 마시고서 전화해서는 여자를 불러달라 해서 아는 포주에게 연락했지. 그런데 포주에게 연락이 왔어. 여자애가 울면서 포주에게 전화했더래. 하는 중에 쓰러지더니 그대로 죽었다고. 일 시작한 지 얼마 안 된 어린 여자였나 봐. 그래서 병원에 데려와 의사에게 물어보니 복상사 같다고 하네. 60 넘었으니 술 줄이고 건강관리 하랬더니 술 마시고 여자 배 위서 가버렸네. 사람 가는 데 이유는 없고, 갈 때가 되었으니 간 것이겠지만 이 정도면 호상이지. 혼자 죽는 노인들도 많다는데 용재는 여자라도 붙어 있었잖아?"

용재의 장례를 치르면서도 현명은 용재가 죽었다는 사실이 믿기지가 않았다. 어렸을 때부터 죽음을 겪어왔던 현명이었지만 용재의 죽음은 달랐던 것 같다. 현명이 어렸을 때부터 봐왔던 잡초같이 억척스럽게 살던 용재는 불사신으로 보였으며, 이렇게 허무하게 갈 것이라고 생각해 보지 못했다. 자신의 부모도 아니었는데 없어지니 삶의 뿌리가 뽑아져 나간 기분이었다. 장례를 끝내도 허무함은 가시지 않았고 그 상실로 인해 출판사에 출근도 않고 술로 매일을 지내고 있다.

한편, 출판사에서는 난리가 났다. 현명이 출근하지 않으니 업무의 차질과 동시에, 독일 출장도 진행 못 시키고 있는 상황이다. 현명이 걱정된 영미와 아인은 일단 아인이 현명의 집에 가보기로 했다. 이력서의 주소로 찾아온 현명의 집 현관에는 배달음식 그릇이 여러 가지 놓여 있었다. 아인은 현명에게 전화해 보지만 전화를 받지 않는다. 오토록이 되어 있는 현관이라면 포기하고 경찰서에 신고하겠지만, 오토록이 아니기에 열려 있을까 하는 바람에 현관문을 돌려본다. 현관문은 잠겨 있지 않았다. 아인이 들어가니 알코올 냄새에 얼굴이 찡그려진다. 현명은 침대에서 자고 있는 것 같았다. 빈 술병들과 배달음식의 잔반과 쓰레기들이 정리도 되어 있지 않았다. 아인은 일단 쓰레기들을 비우고 처리해야겠다고 생각했다. 현명에게 잔소리를 구시렁거리며 정리를 한다.

정리를 하며 방을 둘러보는데 이번 일을 위한 나혜석과 전혜린에 대한 책들. 대학시절의 많은 서적들이 눈에 들어왔다. 그리고 홈씨어터와 남자들이 부인에게 용서니 허락이니 하며 구입한다는 게임기도 눈에 띄었다. 전 남편과 다르게 나름대로 취미생활도 하는 것처럼 보인다. 전 남편은 홈씨어터나 게임기 같은 것엔 흥미가 없던 사람이었다. 그냥 신약개발에만 관심 있던 사람이었다. 특이하게 눈에 띈 건 한쪽에 쌓여 있는 여성잡지였다. 이런 여성잡지도 보는지 처음 알았다. 방 정리를 끝낸 아인은 현명에게 잔소리를 한다.

"큰일을 겪은 것은 알겠는데 언제까지 이렇게 술만 마시고 있을 거니? 일상으로 돌아는 와야 할 거 아니니? 사장님도 걱정하게 만들고, 나도 이렇게 집까지 찾아오게 해야 할 필요는 없다고. 방은 청소해야 할 것 같아서 한 거고, 빨리 회사에 나오기나 해. 난 그럼 간다."

잔소리를 마치고 현명의 방을 나오려고 했는데, 현명이 아인을 뒤에서 껴안는다. 아인에게 키스를 퍼붓던 현명은 침대로 눕히고는 옷을 벗기기 시작한다. 당황한 아인은 저항을 할까 해보았지만 그만두었다. 그런 현명에게서 나를 죽일 수도 있다는 공포감이 느껴지지 않았다. 출근하면 매일 얼굴을 마주하는 현명이 자신을 해칠 것이란 생각이 전혀 들지 않았다. 점심시간에 밥을 먹으러 가서 스마트폰만 들여다보고 있기에 뭐 하냐고 물으면 퉁명스럽게.

"SNS."

라고 한마디 하고 만다. 생각해 보니 이건 연인이나 혹은 부부간의 대화라고도 생각된다. 그런 생각을 하다 보니 연민으로 바뀌었다. 이러다 말겠지. 그런 일은 없겠지만 35살까지 여자와 해보지 못한 천연기념물 동정이라면 해결하게 해줄게 하고 아량 한번 베풀자는 셈이었다. 짧은 불편한 시간이 끝난 후 현명은 또다시 죽은 듯이 잠들었다. 아인도 그렇게 잠들었다.

아인은 갈증을 느끼며 잠이 깼다. 시계를 보니 새벽 3시. 현명의 팔을 베개 삼아 자던 아인은 등 뒤에서 허리를 감싸고 있는 현명의 팔을 걷어내고 물을 마시러 간다. 물을 마시며 집에 가야 하나 생각해 보니 이미 교통편은 없다. 그리고 이 야심한 새벽에 집에 간다고 나갔다가는 위험한 일에 마주칠 것 같아 아침에 돌아가기로 했다. 침대에 돌아온 아인은 현명의 팔에 베개를 올리고 팔베개 삼아 그 위로 눕는다. 그리고 잠 깰 때와 마찬가지로 현명의 팔을 끌어와 허리를 감싸게 한다.

한번 깬 잠은 쉽게 오지 않았다. 이러고 있으니 전 남편이 생각났다. 전 남편과 이런 시간이 있었었나. 연애 초기에는 있었을지도 모른다. 어느 커플이든 이런 시간들은 있었겠지. 결혼 후 미국에서 생활하면서 점점 시들어 갔다. 미국취업에 실패해서 한국에 있다가 미국에 다시 돌아온 그는 일에 몰두해 가며 정서적으로 건조한 남자가 되어갔다. 아인도 박사공부를 시작하며 자신도 연애 초반과는 달라지고 있음을 느꼈다. 임신과 유산의 시간 후 시어머니는 손자, 손녀에 대해 광적으로 변하기 시작했다. 그 후의 섹스는 부부 사이의 정서적 유대가 아닌 기계처럼 반복되는 의무감 같은 것이었다. 또한 자신은 아이를 가져야 하는가에 대한 생각을 그렇게 해본 적이 없었기에 더욱 시어머니가 광적으로 느껴졌는지 모르겠다. 두 번의 시험관마저 실패하고 부부 사이는 냉랭해졌고 결국은 이혼으로 끝이 났다.

그러던 아인은 오늘은 수면제를 안 먹고 잠들었다는 사실을 깨달았다. 이혼 후 술만 마시다 70kg으로 변한 몸무게에 충격을 받고 살을 빼려고 술부터 끊었다. 몸무게는 필사의 노력으로 53kg으로 만들었지만 그래도 잠들기 위해 수면제는 필요했었다. 그런데 오늘 그 수면제가 없어도 잠들었다는 사실을 깨달았을 때, 현명의 잠꼬대였는지 아인을 감싸던 현명의 팔이 아인을 끌어안았다.

'뭘 쓸데없는 생각하냐? 쓸데없는 생각 말고 잠이나 자라.'

라는 듯이. 아인은 현명의 갑작스러운 잠꼬대에 놀랐지만 그렇게 수면제 없이 잠이 들었다.

아침이 되어 잠에서 깬 현명은 깜짝 놀란다. 왜 자신과 아인이 나체가 되어 침대에 누워 있는지 알 수가 없었다. 아인은 현명이 깜짝 놀라는 것이 정말로 몰라서 그러는 것인지, 아니면 이 상황을 무마시키기 위한 연기였는지 알 수 없었지만 별일 아니니 신경 쓰지 말라고 했다. 실은 현명은 이 일이 왜 일어났는지 죽을 때까지 모른다. 그냥 바쿠스(로마신화의 술의 신)가 빚어낸 작품이다. 컬투쇼의 미스김을 빚어낸 것처럼. 귀신에게 홀렸는지 그런 일이었다. 정신을 차린 현명은 밥을 먹으러 가자고 했다. 그래서 아인도 따라 나왔다.

현명은 중국집에 들어갔다. 아인도 따라 들어가지만 내키지 않는다. 다이어트를 시작하면서 기름진 중국음식은 먹어본 적이 없는데, 아침부터 중국음식을 보고 있자니 속이 상한다. 메뉴판을 보니 기름진 짬뽕국물이 생각난다. 이건 아니다 싶었다. 기름기가 없을 것 같은 볶음밥을 주문했다.

"야, 나 다이어트하는데 아침부터 이렇게 중국집에 와야 했냐?"

"네가 다이어트한다고 말한 적이 없는데 내가 그걸 어떻게 아냐? 말해줘야 알지."

"어젯밤에 날 강제로 벗겨서 확인해 봤으면 알 거 아냐. 내가 70kg에서 53kg으로 만드는 데 얼마나 고생했는지 아냐?"

아인은 이렇게 말하고 자신도 놀랐는지 주위를 확인한다. 다행스럽게도 아침 10시의 중국집엔 사람이 아무도 없었다.

현명은 아인이 이렇게 감정을 주체 못 하는 것이 못마땅하다. 아니, 못마땅한 것이 아니라 익숙치 않다. 현명은 중학시절 상자에서 아인의 이름이 쓰인 쪽지를 펼쳐보았을 때의 느낌과 감정은 지금과 똑같았다. 중학시절 옆에서 매일 봤었던 아인은 달라진 것이 하나도 없었다. 감정을 주체하지 못하는 것을 바라보는 것은 현명에겐 말로 표현할 수 없는 그런 것이었다. 그래도 표현하자면, 느닷없이 발생한 폭우로 온몸이 젖어버리는 것 같은 기분. 어디서 보호막이라도 가져와 설치해 두어야 안심할 수 있는 그런 상황. 자신은 이 기분에 익숙해질 수 있을까 생각해 봐도 평생 그럴 수 없겠다고 생각한다.

"다이어트한다고 말해줬으면 중국집 말고 다른 곳에 갈 거 아냐. 콩나물국밥집도 있는데 말을 해줬어야지. 하여튼 여자들은 그게 문제야. 나 오늘 변한 거 없어 하면 남자들이 그걸 어떻게 아냐고. 다 똑같지."

이런 대화를 하는 중에 주문한 음식이 나왔다. 해물짬뽕을 시킨 현명은 숟가락으로 짬뽕국물을 들이켠다. 아인은 자신의 앞에 볶음밥이 있는 것을 보고서는 멍해진다. 다이어트한다고 아침에 사과와 요거트를 먹고 있는데, 볶음밥을 먹자니 어찌할지 모르겠다. 춘장이 없는 볶음밥을 한 숟가락 입에 넣었다. 느껴지는 기름의 느끼함이 참 좋지 못하다. 또 한 숟가락 먹어본 아인은 느끼함에 더는 못 먹을 것 같아 현명에게 준다.

"야, 이것도 너 먹어."

아인이 건네주는 볶음밥을 물끄러미 바라보던 현명은
"그래."
하고는 볶음밥도 먹기 시작한다. 그 볶음밥을 먹는 현명이 참 얄밉게 느껴진다. 어젯밤에 어이없는 일이 있었어도 왠지 자연스러운 두 사람은 전생에 부부 아니었을까?

이 사건이 있고 나서 현명은 상실에서 벗어나 일상으로 돌아왔다. 독일 출장 준비도 무난히 진행되고 있다. 이번 출장에서 조사를 마치면 한국인이 소속된 축구팀의 챔피언스리그를 보러 가고, 독일의 세계유산이라는 한자동맹의 도시 뤼베크에 가보기로 했다. 스페인의 안토니오 가우디가 사그라다 파밀리아 성당을 설계했다고 하는데, 뤼베크에는 한자동맹 시절의 홀슈타인 문과 같은 고딕 양식 건물이 많아 보러 가면 좋을 것이라 생각했다.
영미는 금전적인 문제는 신경 쓰지 않아도 된다고 했다. 우리 같은 정신노동자들은 콘텐츠 생산을 위해 여기저기 다니면서 보고 느끼는 것도 중요하다고 해서 이런 일엔 비용을 아끼고 싶지 않다고 했다. 현명은 영미가 이번 일에 얼마나 심혈을 기울이는지는 모르겠지만, 이번 출장으로 인해 용재의 죽음에서 오는 우울을 잊어가고 있기도 해서 잘 마치고 돌아와야겠다고 생각했다.

장광설

독일 출국일 인천공항으로 향하는 아인은 약속시간에 15분 늦게 되었다. 출국일이 하필 연휴와 겹치면서 해외여행객이 많아진 탓에 교통체증이었다. 아인이 공항에 도착하여 약속장소에 가보니 현명은 그 많은 인파 속에서 벤치에 앉아 책을 읽고 있었다. 그런데 그 모습이 아인에게는 너무 기가 차게 느껴졌다. 이 많은 인파 속에서도 자기 방의 서재에서 책을 읽고 있는 것마냥 너무나 자연스럽고 편안해 보였다.

'저것이 그 꼴값이라는 건가? 아무리 철학과를 나와 사람들의 생각이 글로 쓰여진 책을 읽고 사는 인생이라지만 저건 너무 자비도, 어처구니도 없다. 연예인의 꼴값은 TV에서 많이 봤지만 철학 전공자의 이런 꼴값은 처음 보네.'

아인은 현명이 이렇게 밖에 나와 책을 읽는 모습을 이렇게 공항에서 처음 봤다. 그리고 생각해 본다. 값에 매겨진 세금이라는 것을. 결산기간이 되면 회계사, 세무사, 경리들을 잠 못 자게 괴롭힌다는 세금. 법인세, 상속세, 증여서, 원천징수세, 부동산세, 주민세, 부가가치세 끝없이 쏟아져 나오는 세금들. 결혼 안 하면 독신세를 물린다고 한다. 이 빌어먹을 세금들. 세금은 세무 관련 사람들만 힘들게 하지 않는다. 그중에서 현명에게 해당되는 세금은 유명세가 어울린다고 생각했다. 이름이 알려져 치러야 하는 불편함. 아인은 자신이 유명해지면 평생 꼬리표처럼 따라다닐 이혼녀라는 사실이 몸서리치게 싫다.

그런데 이상하게 현명이 얄미워진다. 공항에서 그것도 외국으로 출국하는 데 있어 약속시간 15분을 늦었는데, 자신이 늦는 것에 대해 전혀 초조해하지 않고 있다는 것에 얄미움이 느껴진다. 이 얄미움은 중고교 학창시절에 좋은 학교에 진학하는 학생이라며 치켜세워졌던 그때의 경험이었을까, 아니면 자신이 그다지 중요치 않다고 생각하는 현명에 대한 얄미움일까 모르겠다.

"나 왔다. 길이 막혀서 차가 안 가더라."
"왔냐? 그럼 가자."
"늦겠다. 빨리 가자. 넌 내가 늦었는데 걱정도 안 하는 것 같다?"
"사람은 누구나 약속시간에 늦어. 한국 사람들이 가장 잘 지키는 것은 코리아타임이야. 난 「세바시」 같은 강연프로그램에 안 가. 내가 왜 시간, 비용 들여서 그런 강연에 가야 하나? 사람들이 꼬박꼬박 지켜주는 코리아타임이 있는데. 난 약속시간보다 5분 일찍 나와서 20분간 나를 위해 쓰고 있어."

현명의 말에 아인은 기가 막힌다.

"그런데 무슨 책을 그렇게 정신없이 읽고 있냐?"

"이거? 『미움받을 용기』."

"『미움받을 용기』? 그거 읽을만해? TV에서 많이 나오던데."

"재미없어. 뭐 이런 뻔한 글을 쓰고 책이라고 하는지 모르겠다. 읽어볼래?"

"아니, 생각 없다."

독일 출장을 앞두고 자기계발서나 읽어야 하는 것이 마땅치 않았다.

"무슨 이런 재미없고 뻔한 글을 쓰고 미움받을 용기라니?"

하며 현명은 책을 쓰레기통에 버린다. 쓰레기통에 책을 버리는 현명에게 또 한 번 어처구니없음을 느낀다.

"그렇다고 책을 버릴 필요까지 있냐?"

"출국해야 하는데 필요 없는 건 다 버려야 할 짐이야. 저자는 어떻게 이런 뻔한 말을 쓰고 책을 낼 생각을 했을까? 강연회라도 하면 찾아가서 재미없다고 하고 싶네."

"재미없다면 혼자 재미없다고 생각할 것이지 강연까지 찾아가서 재미없다고 하는 건 무례 아니고?"

"그건 무례가 아니고 용기라고 하는 거야. 저자가 말한 미움받을 용기. 저자 본인도 미움받을 용기라고 했으니 강연 중 누가 찾아와서 재미없다고 해도 감당해 낼 용기가 있어야지. 그건 절대 인신모독이나 명예훼손이 아니라구."

"그럼 입장 바꿔 생각해 보자. 네가 이런 책을 쓰고 강연을 하는데 누가 찾아와 재미없다고 하면 어떤 생각을 할 건지."

"아인아. 난 이런 재미없는 글을 쓸 일도 없지만, 이런 글을 쓰고 강연을 한다 해. 누가 강연장에 찾아와서 재미없다고 한다면 난 그 사람에게 엄청 고마움을 느낄 거야. 그리고 수고했다고 차비나 밥값 하라고 돈을 줄 것 같아. 그 돈의 액수는 그 사람의 퍼포먼스와 그날 나의 기분에 따라 다를 거야. 그리고 강연 온 사람들에게 이렇게 이야기할 거야."

"'여러분, 방금 그분 보셨죠? 그분이 한 행동이 바로 미움받을 용기입니다. 이 재미없는 글에, 재미없는 강연에 찾아와서 재미없다고 한 것. 이것이 제가 여러분에게 바라는 미움받을 용기예요. 여러분 중에서도 이런 생각해 본 적 있는 분도 계실 건데요. 생각만 하지 말고 딱 한 번만 용기 내서 실행해 보세요. 한 번이 어렵지 한 번 하고 나면 다음부터는 쉬워요. 아셨죠?' 이렇게. 그리고 난 집에 가겠지."

"야, 넌 그걸 말이라고 하냐?"

아인은 현명의 장광설이 기가 막힌다. 하지만 아인은 어떤 사실을 모른다. 이런 현명의 장광설이 그 긴 출국심사, 보안심사의 지루함을 잊게 했다는 사실을.

슈바빙의 고독했던 영혼

　독일에 도착한 현명과 아인은 호텔에 짐을 풀고 슈바빙의 전혜린의 자취를 찾아보기 시작했다. 전혜린을 아는 한국인들이 전혜린이 자주 이용했다던 카페에 찾아온다 하여 가보았지만 현명에겐 그냥 카페일 뿐 딱히 와닿는 것이 없었다. 전혜린이 헤르만 헤세나 루이제 린저를 동경했던 것처럼, 자신도 전혜린을 동경했으면 의미가 있는 행보였겠지만 딱히 동경하는 존재는 아니었기에 와닿는 것이 없었다. 전혜린이 다녔다는 뮌헨대학교와 영국정원 등의 슈바빙 시가지를 돌아보기로 했다. 슈바빙의 개선문과 워킹맨이 인상에 남았다.

　전혜린은 이 슈바빙이 파리의 몽마르트르 같은 곳이라고 했다. 몽마르트르가 프랑스의 문화예술의 정체성을 지키고 있는 곳이라면, 슈바빙은 독일의 또는 독일의 다른 도시들과는 특유한 분위기가 있다고 했다. '슈바빙적'이라는 말 속에 총괄되는 자유, 청춘, 모험, 천재, 예술, 사랑, 기지… 등이 합쳐진 맛으로서 옛날의 몽마르트르와 비슷하기는 하지만 전혀 다른 자기의 맛을 가진 정신적 풍토라고 했다. 슈바빙은 이 무서운 날카로운 기계문명 속에서 아직도 한군데 남아 있는 낭만과 꿈과 자유의 여지가 있는 지대, 시곗바늘과 함께 뮤즈의 미소도 발을 멈추고 얼어붙어 버린 장소라고. 그렇기 때문에 슈바빙은 독일과 유럽, 미국에서 재능 있고 환상에 넘친 모범적인 젊은이들을 끌어오는 힘을 가지고 있고 그리하여 특수한 풍토를 만들어 내고 유지하고 있는 곳이라고 했다. 이 풍토는 그 속에 들어가서 그것을 한번 숨 쉬고 익숙해지면, 다른 풍토는 권태롭고, 위선적이고, 딱딱하고, 숨 막혀서 도저히 못 참게 되는 곳인 것 같다고 했다. 그렇기에 이 슈바빙은 이런 자유와 전통이 길러져 히틀러 정권 밑에서의 레지스탕스도 완강했으며, 릴케, 토마스만, 스테판 게오르게, 토마스 울프, 루 살로메, 기타 수많은 표현주의 시인들이 이곳에 거주했었던 것으로 알려져 있다고 했다. 전혜린의 슈바빙과 지금의 슈바빙은 많이 달라졌겠지만 하고 생각했다.

현명과 아인은 슈바빙의 노천카페에서 맥주를 마시면서 전혜린에 대해 이야기하고자 한다. 두 사람은 독일에 왔으니 독일의 맥주와 소시지는 먹고 싶었다. 아인은 다이어트를 하는데도 불구하고,

처음엔 맥주는 파울라너와 에이딩어, 안주로 커리부어스트를 주문했다. 노천카페에는 한국인이 있었는지는 모르겠지만 가끔 한국어도 들려왔다. 뮌헨에 사는 유학생이거나, 여행 온 사람들인지 싶었다. 해외에서 한국인을 마주치는 것은 더 이상한 일이 아니었기 때문이었다. 코로나 전염이 끝나고 해외여행이 시작되면서 한국에서의 해외여행의 숫자는 가히 폭발하다시피 증가했다. 현명도 이 시기에 일본에 갔었는데, 어딜 가도 한국인과 한국말이 들려왔다.

산다는 일, 호흡하고 말하고 미소할 수 있다는 일, 귀중한 일이다. 그 자체만으로도 의미 있는 일이 아닌가. 지금 나는 아주 작은 것으로 만족한다. 한 권의 책이 맘에 들 때, 또 내 맘에 드는 음악이 들려올 때, 또 마당에 핀 늦장미의 복잡하고도 엷은 색깔과 향기에 매혹될 때, 또 비가 조금씩 오는 거리를 혼자서 걸었을 때, 나는 완전히 행복하다. 맛있는 음식, 진한 커피, 향기로운 포도주. 생각해 보면 나를 기쁘게 해주는 것들이 너무 많다. 햇빛이 금빛으로 사치스럽게 그러나 숭고하게 쏟아지는 길을 걷는다는 일, 살고 있다는 사실 그것만으로도 나는 행복하다.

아버지는 가끔 나를 데리고 부둣가에 가셨다. 내 눈에 바다보다도 더 넓게 보였던 압록강이 녹색으로 흐르는 것을 바로 눈앞에 볼 수 있던 곳엔 백러시아인이 경영하는 다방이 많았다. 벽돌 페치카가 놓인 다방에서는 축음기를 틀고 금발이 허리까지 오는 러시아 처녀가 음악에 따라 노래하고 있었다. 「스텐카 라진」 같은 러시아 민요였던 것 같다. 거기에서 나는 아이스크림을 먹었다. 어떤 날 나는 부둣가에서 뗏목이 떠내려오는 것을 본 일도 있었다. 집채보다 큰 뗏목에는 수 명의 남자들이 타고 있었는데 모두 검붉게 탄 건강한 체구들이었고 큰 소리로 노래를 부르고 있었다. 나는 뗏목이 안 보이게 될 때까지 부둣가의 콘크리트 바닥에 앉아서 바라보고 있었다. 무언지 전신이 흔들리는 듯한 감동이 내 어린 마음을 찔렀다. 먼 데에 대한 그리움(Fernweh), 어디론지 멀리멀리 미지의 곳으로 가고 싶은 충동은 그때부터 내 마음속에 싹튼 것 같다.

생에 일어나는 모든 일은 끝을 갖고 있지 않다. 결혼도 끝이 아니고, 죽음도 다만 가상적인 것에 불과하다. 생은 계속해서 흐른다. 모든 것은 그처럼 복잡하고 무질서하다. 생은 아무런 논리도 없이 이 모든 것을 즉흥한다. 그중에서 우리는 한 조각을 끌어내서 뚜렷한 조그마한 계획하에 설계를 한다. 포즈를 취한 사진이다. 극장에서처럼 차례로 진행된다. 모두가 그렇게 쓰이고 있다. 나는 그렇게 모든 것을 간단하게 해버리는 인간이 싫다. 모든 것은 이처럼 무섭게 갈피를 잡을 수 없는데도 불구하고.

우리들은 곧 그 '알펜 바이올렛'을 화제에 올렸다. 그때 나는 그의 눈에서 광기를 느꼈고 무언지 두려움 같은 것을 느꼈다. 이 사람은 무엇인가에 잡혀 있다. 무엇인지 어둡고 집요하고 그리고 알 수 없이 깊은 것에 사로잡혀 있는 인상이었던 것이다. 그로부터 우리는 종종 만났다. '괴짜'라는 별명도 가졌다는 그녀였지만 내가 보기에는 다정하고 알뜰하였다. 말에 허두가 없을 때도 있었으나 그것은 그녀의 소위 광기 때문이 아니고 내부에 벅차게 괴어 있는 것들이 배출구를 향하게 하여 몰려들어 들끓기 때문에 뒤범벅으로 얽힌 것이 발현되는 것 같은 느낌을 주었다. 이 사람은 무언가에 쫓기고 있다. 나는 그렇게 생각한 일이 있다.

얼마나 많은 예민한 천재들의 삶이 허무를 잊기 위해, 또는 현실에서 도저히 불가능한 어떤 상태에 '도달'하기 위해 아편이나 기타 마취제 같은 매개물에 구원의 손길을 뻗쳤던가? 보들레르, 랭보, 포, 테네시 윌리엄스, 드퀸시 등등. 얼마든지 열거할 수 있다. 보들레르에겐 '인공낙원'을 체험케 해주고, 드퀸시로 하여금 "오, 공평하고 영묘하고 강력한 아편이여!"라고 외치게 했던 이 위대한 매개물은 실상 이 삶의 허무를 뼛속까지 절감하는 영혼에겐 물리치기 힘든 유혹물임엔 틀림없다. 너무나 깊이, 너무나 많은 것을 느끼고 생각하는 영혼에겐 안일한 부르주아의 질서 정연한 세계의 한가운데서 자기가 보고 만지는 것만 현실로 인정하면서 마음 편히 살 수 있는 사람이 갖는 안정감과 현실감이 없는 것이다. 물론 이 모든 인식에도 불구하고 허무를 외면하거나 망각하지 않은 채 허무의식 위에다 삶의 질서를 굳건히 구축

하는 것이 가장 바람직한 일이다. 허무의 심연 위에다 굳건한 삶의 탑을 세우는 강하고 명철한 소수의 사람들은 언제나 있는 법이다. 혜린 역시 이걸 알고 있었다.

어렸을 때 내 소원은 '결코 평범하지 않을 것'이었다. 지금도 어느 정도 역시 그것은 변함없는 것 같다. 무명으로 남을 용기가 나에게는 없다. 무엇인가 뛰어난 것을 나에게 만들어 내게 하는 것이 역시 내 큰 관심이다.

만약 그녀가 더 살아서 40대의 여인이 되었다면 그 예리한 지성이 원숙해지고 그 격정이 좀 더 조화를 가지게 되었다면 그녀는 생을, 그녀의 지성을 세속적인 것과 어느 정도 타협시키는 데 성공할 수 있었을는지 모른다.

우리의 삶이란 결국 부단히 나에 이르는 길 외의 아무것도 아닌 것이다. 보다 나에게 성실하게, 보다 진정한 실존으로서 존재하고 싶다. 나와 내 죽음의 본질을 파악하려고 모색하고 싶다. 언제나 언제나 너 자신이어야 한다. 아무 앞에서도, 어디에서도…. 과감할 것, 견딜 것, 그리고 참 나와 참 인간 존재와 죽음을 보다 깊이 사색할 것을 계속할 것, 가장 사소한 일에서부터 가장 큰 문제에 이르기까지 자기 성실을 지킬 것, 언제나 의식이 깨어 있을 것….

"잘은 모르겠지만 전혜린이라는 사람은 내면에 무언가 큰, 자신도 어쩌지 못하는 힘? 힘이라고 표현하기엔 좀 이상하지만 아무튼 그런 것이 있다고 느낀 것 같다. 잘 갈고 닦았으면 시대에 한 획을 긋는 사람이 되었을지도 모르겠는데 그 갈고 닦는 과정이 힘들어서 스스로 생을 놓아버린 것일 수도 있고. 자살이었는지, 사고사였는지 의견도 분분하고. 딸도 출산했으면서 그렇게 생을 놓을 수가 있었는지는 같은 여자이지만 난 잘 모르겠다. 내면의 어떤 큰 힘으로 인해 육아도 힘들었을 것 같고 모성애도 샘솟다가 말라버린 느낌이 들어."

"사장님이 왜 전혜린으로 콘텐츠를 만든다고 우리 둘을 독일까지 보낸 이유는 모르겠지만, 사장님 세대는 유명하고 알려진 사람이라서 그랬겠지? 그런 분들에겐 그 시대의 향수도 느끼게 할 것이고, 그런데 우리 세대에 전혜린이라는 사람이 어떤 영향을 미칠지는 나는 잘 모르겠다. 전혜린 같은 문학소녀에게는 알려질지는 모르겠지만. 누구는 미혼이지만 애를 만들겠다는 사람이 있는 이 세대에 자식이 있음에도 스스로 생을 놓아버린 사람이 어떻게 받아들여질지도 모르겠다. 너만 해도 조카 생일이니 하며 하는 걸 보면 말야."

"그건 좀 경우가 다르지 않을까? 그건 모성애가 아니고 교육이야. 어떤 교육. 그나저나 난 졸리다. 독일에 와서 시차도 안 맞아서 바이오리듬도 이상한 데다 맥주까지 마셨더니 잠이 오네. 난 일단 좀 잘게."

아인은 그렇게 말하고는 테이블에 엎드려 잠이 들었다. 다이어트한다고 술도 끊고 마시지 않던 아인이 독일에 와서 맥주와 소시지를 먹다 보니 술기운이 올라왔나 보다. 독일에 왔으니 독일맥주와 소시지를 먹지 언제 또 독일에 와서 먹겠냐고 생각해서 먹다 보니 평상시보다 많이 먹게 되었던 것이다. 현명은 호프브로이를 주문하고서 자료들을 계속 읽어갔다.

2명의 타인이 공존한다는 일은 원래 골치 아프고 복잡한 문제이다. 이론적으로 봐도 내게 불가능한 일로 생각된다. 그럼에도 나는 그것의 시도를 강행했다. 뿐만 아니라 이제 거기에다 또 하나의 존재가-제3의 타인이 나타나는 것이다. 나는 가끔 그것을 기뻐하고 또한 그걸 가끔 후회하기도 한다. 생이란- 정말 살아갈 가치가 없다. 나는 오래 살고 싶지 않다. 그리고 무엇 때문에 타인에게 생을 선사하려고 하는가? 어떠한 권리로? 그것을 하는 나는 무엇일까? 하나의 견본이 나일까? 아니다! 아니다! 그 일과 미래를 생각하면 대개는 몹시 슬프다는 느낌이다. 그러한 의지 없이 세상으로 그것을 내보내게 된 것을 용서해 주었으면. 나의 책임은 엄청난 것이다. 동시에 소름끼치는 속박을 받고 있다. 나는 산욕 중 자살을 한 여자들이 있다는 사실을 너무도 잘 이해할 수 있겠다. 직접적인 동기 없이 말하자면 세계고(苦)에서 벗어나….

매일매일 괴로워진다 콜레트의 '임신의 위대한 축제'란 무엇

을 의미하는 것일까? 그 여자는 사랑하고 보살펴주는 남편과 하
인이 있었다. 그리고 건강까지도. 반면에 난 아무것도 가지고 있
지 않다. 지옥 속에서 살고 있다. 이 지옥이 빨리 없어졌으면 좋
겠다. 다른 사람들의 잔인함과 추잡함, 비열함이 나를 질식시킨
다. 빠져나가고 싶다. 그러나 이런 몸을 가지고 할 수가 없다. 조
금도 움직일 수 없다. 아 후회가 된다.

현명은 전혜린 같은 사람들은 모성애라는 것이 존재할까? 하는
의문이 들었다. 여자들은 출산 후에 모성애가 생긴다는데 정말인
걸까? 쓰여진 글들을 읽다 보면 전혜린은 모성애 같은 것이 생길
사람이 아니었다. 모성애라는 것에 이런저런 말이 많다. 프랑스 철
학자였던 시몬 드 보부아르는 자신의 저서 『제2의 성』에서

　　모성은 현대에도 결국 여성을 노예로 만드는 가장 세련된 방
　　법이다. 아이를 낳는 것이 여성 본연의 임무로 여겨지는 한, 여
　　성은 정치나 기술에는 거의 신경을 쓰지 못한다. 그리고 여자의
　　우월성에 대해 남자들과 논쟁을 벌일 생각을 하지 못한다.

라고 했다. 엘리자베스 벡 게른스하임도 모성애는 사회적으로
필요로 인한 '발명'이라고 했다. 여성에게 선천적으로 내재된 것이
아니라고 했다. 린 램지 감독의 영화 「케빈에 대하여」도 모성애에
관한 영화가 아닐까 생각했다. 영화의 주인공 에바는 자유로운 삶

을 즐기는 여행가였는데, 어느 날 원치 않는 임신을 하면서 출산과 육아를 해야 했다. 하지만 원치 않은 임신과 가뜩이나 미숙한 육아에 관습으로 인한 모성애가 강요되면서 에바에게 미치는 악영향이 그대로 에바의 아들인 케빈에게 전염되듯 옮겨갔다고 생각하는 영화다. 그 악영향으로 에바가 사고를 일으키든, 케빈이 일으키든 책임은 모두 에바에게 귀결되는 것이니까. 다른 의견들도 많은 영화이긴 하지만.

시인이었던 실비아 플라스도 전혜린과 비슷한 나이에 오븐에 머리를 넣고 자살했다. 자식들이 있는데도 불구하고. 이런 사람들에게 모성애는 무엇일까? 서태후는 아들에게 너무 모질게 대해서 아들은 서태후가 아닌 동태후를 더 따랐다는 이야기가 있다. 이것은 모성애와 다른 것일까? 영조와 사도세자와 더 비슷한 이야기려나?

엄마는 모성이 있는 사람인가? 사고로 아빠가 죽고 나서 그 충격으로 병원에 들어간 엄마는 병원에서 안 나오고 있다. 많은 시간이 지났지만 병원에서 지낸다. 그런 엄마가 어느 날 그림을 그리겠다며 길이나 도로의 사진을 찍어서 가지고 오라고 했다. 엄마가 그리는 그림은 상상을 초월했다. 사진을 보고 그리는 것이 아니라 그대로 복사하는 수준이었다. 저 길의 끝이 엄마가 가야 할 곳이라고 했다. 저 길 끝엔 아빠가 있는지 무엇이 있는지는 모르겠지만. 길, 도로의 사진뿐만 아니라 다른 사진들도 있는 그대로 그려냈다. 가끔 자폐증 있는 사람이 놀랄만한 그림을 그린다는 방송이 있는데 엄마는 그런 케이스였다. 아니면 극사실주의의 그림. 엄마의 그림들이 병원 사람들에 의해 알려져서 팔려 나가기 시작했다. 과연 엄마 같은 사람들에게 모성이 있는 것인가 의문이었다. 사회에서 이름이 알려진 소위 드센 여성이기에 여자에겐 모성애가 존재하지 않는다고 하는 걸까? 드세지 않은 그저 부엌에서 밥, 반찬 만드는 여자들은 모성애가 존재하는 것일까? 임신과 출산이라는 건 여성의 몸에서 세포들이 수정, 착상되어 태아가 만들어져 10달 후에 세상에 나오는 일인데 그 10달은 엄마가 되기 위한 정신적인 성장의 시간으로 하기에 충분한가? 모성이니 하는 건 그저 TV가 숫자를 벌기 위해 아름답게 만들어 낸 영상 아닐까?

　이것저것 생각하고 있다 보니 피로가 몰려왔다. 시차가 한국과는 다른 독일에서 밤낮이 바뀌어 바이오리듬이 틀어졌는데, 맥주까지 마시니 취기까지 올라왔다. 호텔로 돌아가서 쉬어야겠는데 취기에 먼저 잠들어 버린 아인이 아무리 깨워도 깨지 않는다. 독일 사람들과 관광객들로 붐비는 이 카페에 둘 다 퍼져서 테이블에 머리 박고 자고 있으면 민폐인지라 현명은 아인을 업고 호텔로 돌아가기로 했다. 53kg의 아인을 업었는데 술에 취해 늘어져 있으니 무겁긴 엄청 무겁다.
　아인이 점심시간에 밥 먹으러 가자고 해서 같이 갔더니 샐러드 바에서 풀만 뜯고 있다. 너무 어이가 없다. 다이어트는 네가 하는 거지 내가 하는 거냐고. 나는 남자고 남자와 여자의 하루 필요 대

사량은 다르다고. 그렇게 풀 뜯으면서 스마트폰 보고 있으니 밥은 안 먹고 뭐 하냐고 물어본다. 할 말이 뭐가 있냐? SNS라고 할 수밖에. 사장님 외근 나간 시간에 편의점에서 라면과 김밥을 먹게 해 놓고. 풀 뜯으며 다이어트했다는데 무겁기는 오지게 무겁다. 겨우 호텔에 돌아와 프런트에 맡긴 카드키를 부탁했는데 무거운 아인을 업고 있으니 영어가 안 나온다. 카드키를 받아 엘리베이터 탔더니 같이 탄 독일 부부와 한국인인지 어디 동양에서 온 커플이 현명을 안쓰럽게 쳐다본다. 아인의 방에 들어와 내던지다시피 아인을 누이고 한숨 돌린 후 자신의 방으로 갈 찰나에 아인은 현명의 손을 잡고선 한마디 한다.

"야, 자고 가라."

이두근, 삼두근, 전완근

현명은 기가 찬다. 힘들게 업고 와서 눕혀 놨더니 자고 가란다. 넌 53kg을 업고 걸어보길 했냐, 뭘 했냐? 기운 빠져 죽을 것 같은데 하자는 건가? 넌 업혀 왔으니 기운이 남아도는 거냐? 그래, 내가 20대 초반의 기운과 체력이 남아돌면 몇 번이고 하겠다. 나도 아인이 네가 싫은 게 아니니까. 그런데 30대 후반을 바라보는 뼈에 구멍 뚫려가는 나이에 이렇게 힘 빼놓고 하자고 하면 할 사람이 누가 있냐? 있긴 하겠지 체력이 남아돌면. 친구끼리 하는 게 이상한가? 아니다. 이상하지 않다.

'165cm, 53kg!'

라고 귀 아프게 하는데 정말 어떤지 한번 확인할 수도 있지. 이혼하고, 파혼한 30대 남녀가 어쩌다가 할 수도 있지. 그런데 날 힘들게 해놓고 지금이냐고. 내일이면 안 되냐고. 축구? 나중에 결과를 보면 되지 왜 가서 축구를 봐. 관광? 여행 유튜버나 누가 찍어놓은 사진을 보면 그만이지 왜 피곤하게 가야 할 필요가 뭐가 있어? 여자들의 그 지금이라는 낭만 혹은 감성. 운전 중 가뜩이나 늦어서 도로교통정보 찾아가며 늦지 않게 가려는데 난데없이 저기 경치 좋으니 보고 가자는 그 지금. 내려놓고 혼자 실컷 보고 오라고 하고 싶은 그 지금. 임신 중 지금 핫바가 먹고 싶은데 고속도로 핫바 아니면 안 먹겠다는, 저녁에 내 시간 보내려는데 하필 고속도로 핫바를 찾는 여자들의 그 지금! 친구에게 듣고선 어이 터졌던 환장할 노릇의 여자들의 지금이라는 것.

아인이와 나는 어떻게 된 것일까? 아인이는 그때 낚시터에서 내 팔을 낚아채 자더니, 나도 모르게 내 방에 들어와 자고 있고, 지금 독일까지 와서 하자고 하는지? 이건 운명인가? 야, 넌 그렇게 쉽게 하자고 할 만큼 내가 편하냐?

이혼 후 술만 마시며 70kg까지 체중이 늘어난 아인은 각고의 다이어트로 53kg으로 만든 후 유지하고 있다. 출장으로 독일에 와서 치팅데이라고 잠시 풀어져서 맥주와 소시지를 먹다가 바쿠스에게 속아 넘어가 버렸다. 헤르메스(로마신화의 전령의 신)도 사람을 잘 속이지만 이 바쿠스도 사람을 속이는 데는 헤르메스에게 지지 않는다. 만병통치약일 수도 있고, 만병의 근원이 될 수 있는 이 바쿠스!

아인은 그날 현명과의 일로 인해 수면제가 없어도 잠들 수 있는 팔베개뽕을 알게 되었다. 드퀸시로 하여금 환각제인 아편의 경험을 고백하게 한 아편처럼, 스팅에겐 "아야와스카!"라고 하게 한 아야와스카처럼 아인에겐 팔베개였다. 아인은 바쿠스에 속아서 팔베개를 찾아 독일 밤거리를 배회할 생각이다. 광년이 혹은 영화의 좀비처럼(바쿠스에게 속았는데 생각이란 것이 있을지는 모르겠지만) 아인을 수면제 없이 잠들 수 있게 한다면 게르만 남자건, 이슬람 남자건 상관없다. 오늘 밤 아인의 레이더에 포착된 발트해(스칸디나비아반도의 스웨덴, 핀란드와 독일, 폴란드에 접한 바다)를 지배했던 용맹한 바이킹 게르만 남자의 이두근도, 우르반대포와 예니체리(오스만 제국의 최정예 군대)로 콘스탄티노플을 함락시켜 로마제국의 역사를 끝낸 강인한 튀르크 이슬람 남자의 삼두근도 아인의 팔베개로 인해 아작이 날 상황. 그들의 탄탄한 전완근은 챔피언 벨트처럼 아인의 허리를 감싸고 있어야 하는 것은 기본 중의 기본!

"뭐? 팔베개를 해줘서 팔이 이상해졌다고? 뭐가 걱정이야. 내가 약사인데! 약으로 고치면 되지! 이참에 펜타닐(마약성 진통제로 오피오이드 중독 사건을 일으켰다)보다 더 강력한 환각제나 하나 만들어 볼까? 역사에 획을 그은 사람들은 우연한 계기로 자신의 욕망을 밀어붙인 사람들이었다는데 내가 그렇게 못 할 게 뭐가 있어!?"

그렇다. 아인은 세일러 마스의 은총을 듬뿍 받은 저돌적이고, 정열적인 양자리 여자였다…. 지금 바쿠스가 그 은총을 더욱 강하게 부추기고 있는 것이었다…. 세일러 마스 화성의 기운이 충만한 그

빨간 변신봉이 요동치기 시작하고 있다….

 약사가 수면제가 아닌 팔베개뽕에 의존하게 되었다. 그래도 약사의 본분은 잊지 않은 모양이다. 어차피 한번 이혼한 것. 앞으로의 내 삶이 나혜석이나 루이제 린저와 같은 삶이 될 것이라면, 박상민의 노래처럼 5번이나 이별을 할 것이면 결혼이 무슨 소용인가? 내가 원할 때 남자를 만나고 짧은 사랑이나 반복하면 살지. 외국인이 무슨 상관이냐? 미국에서 박사과정 시절에 대학에서 많은 외국인을 봤는데. 그렇게 아인은 뛰쳐나갈 참이었다. 현명은 그냥 그런 아인 옆에 있었을 뿐이었다.

 현명은 참으로 난감하다. 난감하지만 아인이 이해가 안되는 것은 아니다. 해외에 나와서 술과 낭만에 취해 멋진 남자와 하룻밤 하고 싶은 것이 문제는 아니라고 생각한다. 현명이 일본에 여행을 갔을 때의 일이다. 호텔에서 외국인 관광객들에게 전단지를 나눠줬다. 일본어는 모르지만 쓰여져 있던 영어로는 현재 도쿄에 매독이 유행하고 있다고 조심하라는 전단지였다. 일본에서 지냈던 친구에게 연락을 해보니 지금 도쿄에선 젊은 층들 중심으로 매독이 유행하고 있다고 전해줬다. 데이트앱으로 인한 만남이 늘어서 그런다는 이야기를 해줬다. 일본의 편의점에 흑인이 있니, 매독이 유행하니 그런 거 보내지 말고 다른 한국의 여행객처럼 해방감이나 느끼고 오라는 면박과 함께.

안다는 것. 안다는 것은 어떤 의미로 병이 되고, 근심이 된다. 영미의 출판사에 일하러 오지 않았다면 아인이 오늘 독일 밤을 배회하며 만난 사람에게서 성병을 옮든가, 해코지를 당해 이 세상 사람이 아니게 되어도 현명과는 관계없는 일이다. 몰랐는데 무슨 상관인가. 알기에, 혹은 영미에게 그런 이야기를 들었기에 딸려 오는 의무와 책임. 그 의무와 책임으로 인한 근심. 성인 배우들에게 섹스가 즐거울까? 타인에게 즐겁게 보여줘야 할 의무와 책임이 딸린 섹스가 뭐가 즐거울까 근심이지. 섹스가 재미있는 것은 원초적 본능을 자극하기 때문이겠지. 그들은 타인의 살갗이 몸에 닿는 것도 싫을 것이다. 작가에게 글 쓰는 것이 즐거울까? 세상엔 작가보다 머리 좋고 똑똑한 사람도 많은데 괜히 글 한번 잘못 썼다가 무식하다고 옴팡지게 욕이나 얻어먹고, 조금은 과격하게 쓸라치면 외설이네, 아니네, 어느 장단에 맞추라는 건가? 작가에겐 즐거움이 아닌 근심인 글쓰기. 현명에게 지금의 아인은 그런 근심이다. 현명은 참으로 난감한데 아인은 지금이라도 당장 이 호텔 방에서 뛰쳐나갈 심산이다. 현명은 아인에게 일단 한마디 한다.

"친구끼리 그런 거 하는 거 아냐. 신비감이 없잖아. 부부간에도 섹스리스라고 하잖아? 할 거면 잠깐 자고 일어나서 하자."

"야! 죽을래? 그럼 그날은 안 한 거냐?"

"그날 일은 술 마시고 개가 되었다니까⋯. 짖으라면 짖는다고. 멍멍!"

아인은 반응이 없다. 다행이다. 삼진은 아닌 것 같으니. 애매해진 현명도 아인 옆에 눕는다. 한동안 말이 없다가 다시 한마디 한다.

"근데 이혼은 왜 했냐?"

"이혼? 애가 안 생겨서. 시험관도 해봤는데 결국은 실패했어. 애가 안 생긴 것이 남편과의 문제는 없었는데, 문제는 시어머니. 내가 어떻게 키운 자식인데 내 자식이 아버지가 되지 못하는 것. 내가 할머니가 되지 못하는 것은 용납할 수 없다고. 애도 못 만드는 며느리라는 멸시와 냉대에 이혼했어. 남편하고 결혼하면 그걸로 전부인 줄 알았는데 그건 아니더라. 나는 그렇고 너는 왜 아직도 결혼 안 하고 있냐?"

"난 파혼인 듯. 어렸을 때 아빠가 죽는 사고로 엄마는 발작해서 병원에 있어. 정신병원. 엄마가 정신병원에 있는데 차마 결혼하자는 말은 못 하겠더라."

두 사람은 한동안 말이 없다. 조용한 적막감이 흐르는 와중에 아인이 소리친다.

"거기 성감대라고!"

"시작은 네가 했다!"

두 사람은 그렇게 키스한다.

Funky Tonight

독일에서 돌아온 두 사람은 매일 모텔에 간다. 슬픔을 공유한 남녀는 이렇게 되는가. 돈을 위한 모임은 언젠가 깨질 수밖에 없다. 돈에는 욕심변심. 슬픔을 공유한 모임은 단단한 결속력이 생긴다. 슬픔엔 측은지심.

모텔방에 들어간 두 사람. 현명은 아인을 한쪽 벽으로 몰아세운다. 그리고 아인의 두 손을 위로 올려 한 손으로 제압한다. 아인은 현명을 올려다볼 수밖에 없다. 한동안 아인을 내려다보던 현명은 아인에게 거칠게 키스한다. 손은 쓸 수 없는 아인은 키스하며 어떤 노래를 생각한다. 중학생 때 펌프를 하며 들었던 노래. 손은 스텝을 밟기 위해 지지대를 잡고 있는 자유롭지 못한 것과 똑같았다.

나의 손을 잡아봐 주위 눈칠 보지 마
망설일 필요 없어 나와 함께 Funky 춤을
이 밤이 다 가도록 사랑의 눈빛으로
나와 함께 둘이서 사랑의 Funky 춤을
예예예 오늘 밤은 너와 나의 리듬 속에
예예예 이 밤이 다 지나도록 Funky 춤을
예예예 오늘 밤은 너와 나의 사랑속에
예예예 이 밤이 다 가기 전에 Funky Lover

풋풋, 성숙, 우아, 관록

그렇게 뜨거웠던 두 사람의 사랑도 이제 끝에 도달했음을 느껴진다. 아인은 이제 이 출판사의 일도 끝이라고 생각했다. 이혼하고 미국에서 건너와 만난 영미의 권유로 시작한 일. 삶의 시름을 잊자고 시작했던 일이었는데, 이젠 원래 했던 미국에서의 박사과정을 계속해야겠다고 생각한다. 현명이 싫은 것도 아니었다. 박사과정을 그만두면 한국에서 현명과 계속 같이 있을 수 있다. 하지만 지금까지 해온 박사과정을 그만두기에는 지금까지 해왔던 노력들이 수포로 돌아가기에 그만두고 싶지 않았다. 박사과정을 안 했으면 어땠을까 하고 생각해 봤지만, 그랬다면 현명을 만나는 일은 없었다. 현명은 편했다. 아인 본인도 어쩌지 못하는 돌발행동에도 그럴 줄 알았다며 아무렇지 않게 대해주었다. 하지만 이대로 사랑과 편안함에 안주하기에는 하고 싶은 일이 더 많음을 인정해야 했다.

현명도 시들어진 아인을 보며 아인이 다시 미국에 갈 것이라고 생각했고, 자신도 여기에서의 일도 끝이며 다른 일을 시작해야 함을 느꼈다. 안 그래도 현명은 용재가 죽기 전까지 벌려놓았던 사업들을 정리해야 할 필요가 있었다.

두 사람의 사랑은 뜨거웠을 것이다. 30대의 젊음이 뜨겁게 만들었겠지만, 언젠가 찾아오는 헤어짐이 있을 것이기에, 이 만남이 영원하지 않을 것이기에 뜨거웠을 것이라고. 서로에게 거짓 없이 충실했을 것이라 생각한다.

"사장님, 여기 이번 출장에 대한 결과입니다."
"현명 씨, 그간 수고했어요. 어땠나요? 이번의 일은."
"나혜석의 경우는 지금 시대에 태어났어도 할 일이 뚜렷하게 정해져 있는 그런 사람이라고 생각합니다. 그런데 전혜린의 경우는 잘 모르겠네요. 대학시절 전혜린의 이름은 들어봤기에 알아보는 기회이긴 했지만, 그래도 잘 와닿지는 않아요. 그 시대 지식인, 작가들이 그의 죽음을 아쉽게 생각했던 것은 영향력이 있는 사람인 것은 맞겠지만, 지금 시대에 어떤 영향력이 있을지는 모르겠습니다. 더 오래 살아서 다른 일들을 했으면 그 일들로 추측할 수 있었을 텐데요."
"그의 생이 짧은 것은 그의 선택인지, 예기치 못했던 사고였는지는 모르겠지만 더 많은 것을 보여주지 못한 것은 아쉽기만 하네요. 자식을 두고도 스스로 그런 선택을 했다는 것은 의아하기도 하고요."
"사장님 궁금한 것이 있는데, 사장님은 어떻게 이번 일에 이런 경비를 많이 들일 생각을 했는지 좀 궁금해서요. 독일에서 아인이와 좀 엮인 것도 있어서.”

"아, 그건 남편과 이혼하고 재산분할로 돈이 생겨서죠. 전 남편이 지금 서울시장이에요.”

"네? 벤처 기업가로 성공하고서 정치하겠다고 떠들썩한 이슈의 그분이요?”

"네, 저희 부부 예전에 IMF 사건 후의 벤처열풍이 있었을 때 사업을 시작해서 여러 가지를 키웠어요. 그런데 그 사람이 갑자기 정치를 하겠다는 바람에…. 정치인의 아내가 되어서 매스컴에 노출되는 그런 삶이 싫어서요. 그렇게 이혼을 하고 재산분할로 생긴 자금으로 이 일 시작했어요. 사람 일은 어떻게 되는지 알 수 없는 것이었어요. 캠퍼스 커플로 졸업과 동시에 남편과 결혼할 때만 해도 사업만 계속할 줄 알았는데, 난데없이 정치를 한다는 바람에. 정치인 아내는 생각해 본 적이 없었는데, 생각해 본 적이 없으니 받아들일 수도 없었어요. 그래서 이혼했어요. 빌 게이츠 부부도 이혼했는데 나라고 못 할 이유는 없어서요. 남자에게 그 명예란 것이 무엇인지. 가족을 사지로 몰아버리는 그놈의 명예욕.

아무튼, 여자의 삶은 원래 그런 거예요. 누군가는 저처럼 결혼생활 중 가치관의 차이로 헤어지거나, 아니면 시댁과의 불화로 헤어지거나, 누군가는 결혼하고 얼마 안 되어 남편이 저세상으로 가거나, 또는 평생 부엌에서 밥, 반찬 만드는 그런 삶이에요. 그러던 저는 아인 씨 만나서 다시 학업을 시작할 때까지 여기서 일하라고 했던 것이에요. 아인 씨야 결과적으로 결혼생활에 실패했을 뿐이지 자기 할 일을 하러 갈 때가 되면 갈 사람이기에 그때까지 여기 있는 것으로요."

"아인이는 뭐 중학교 때부터 이름을 날리던 녀석이라서 시시한 일을 할 것이라고 생각해 본 적 없으니까요."

"그런데 아인 씨와 엮였다는 건 무슨 말이에요?"

"아, 그게…. 아인이하고 좀 그렇고 그런…. 시작은 용재 아저씨가 죽고 난 후 제가 술에 절어 지내던 때였어요. 어느 날 일어나 보니 저도 아인이도 나체로 함께 자고 있었어요. 아인이가 제 집에 왔을 때 일어난 일이었는데, 아인이는 술 마시고 일어난 일이니 신경 쓸 필요 없다 했죠. 그런데 이번엔 다이어트하던 아인이가 독일에서 술에 취하고 해외에 나왔다는 해방감과 낭만에 취하고, 둘 다 시차로 인해 정신도 없고 하다 보니 그런 일이…. 귀국해서도 1달 반 정도 모텔에 가는 그런 시간이 있었어요. 지금은 아인이가 미국에 갈 준비로 바빠서 끝났지만요."

현명의 말을 들은 영미는 순간 멍해진다. 안전을 위해 독일에 출장을 보냈는데 모텔에 갔다니 생각하지 못했다. 안전한 출장만 생각했지 현명과 아인은 아직 창창하고 혈기 왕성한 30대임을 생각 못 했다는 것을 깨달았다. 영미 본인은 그 나이에 남편과 사업에 열중했기에 그런 경험이 없었기 때문이었다. 자신의 미숙함에 헛웃음이 나오긴 했지만, 그래도 현명과 아인에게 좋은 추억을 만들어 주었다는 사실에 만족했다.

"현명 씨는 참 운이 좋은 사람이에요."
"운이요? 갑자기 운은 왜…."
"가장 예쁜 시기에 있는 여자를 만나서일까요? 아인 씨를 이혼녀 모임에서 처음 만났을 때 아인 씨는 70kg이라고 했어요. 더는 이러고 있을 수 없다고, 여자임에도 이러고 있는 것은 죄라고. 살부터 빼야겠다고 하더군요. 그러면서 살을 빼기 시작해서 지금까지 왔는데 옆에서 그걸 보는 저는 놀라움의 연속…. 여자가 한을 품으면 오뉴월에도 서리가 내린다는 말 예전엔 믿지 않았는데 아인 씨 살 빼는 것 보고 믿게 되었네요. 실은 아인 씨 같은 30대 중반의 나이가 여자로서 가장 예쁜 시기일지도 모르겠다는 생각을 해요. 20대는 풋풋하고, 사회에 처음 나와 어리숙함이 있다면, 30대는 사회를 겪어봤기에 본인이 능동적으로 선택할 수 있고, 그렇기에 타인에 대한 배려도 할 수 있는 정신적인 성숙함이 있는 나이. 성숙미라고 하는 그런 아름다움? 이건 여자만이 아닌 남자도 그럴지도 모르겠네요. 또 신체적으로 더는 아름다울 수 없다는 것을 알기에 더더욱 예뻐지고 싶은 나이. 이 시기가 지나면 여자는 우아함으로 남자는 중후함으로. 더 시간 지나면 관록이니 연륜이니 하는 그런 아름다움으로 나아가는 시기. 딱 그 시기에 맞는 아름다움을 갖춘 여자인 것 같아요. 제가 보는 아인 씨는. 30대 그 시기에 그런 생각과 노력도 없이 지내는 여자들도 많을 것이라 생각하는데, 저도 그 시기에 남편과 일에 몰두하며 지냈네요. 그 시기가 있었기에 지금 이렇게 경제적으로 문제 없이 지내긴 하지만 저에게 아인 씨와 같은 30대의 그런 시기가 없었다는 것은 지금 생각해 보니 어딘가 아쉽다는 생각을 해요. 하다못해 지금과 같은 바디프로필이라는 사진이라도 하나 남겨놓았으면 좋겠다는 생각을 하곤 합니다. 그런 시간은 다시 오지 않으니까요."

현명은 말이 없다. 말이 없는 것보다 그런 생각이 없었다는 것이 맞을듯하다. 어렸을 때 부친이 사망하고, 모친은 정신적인 문제로 같이 지낼 수 없던 그에겐 바디프로필이니 하는 혹은, 맛집에 가서 맛있는 음식이나 디저트를 먹은 것을 찍어 올리는 것이 부질없는 일로 여겨졌기 때문일지도 모른다. 사람들이 왜 그런 시시하고 하찮은 일들에 열을 올리고 에너지를 소모하는지 모르기 때문이다. 너무 이른 나이에 혼자 지내던 시간이 많았던 현명은 누군가와 무엇을 공유하는 것이 어색할지도 모른다.

"아…. 저는 아인이와 같은 여자들이 다이어트하는 건 이해되는데, 사람들이 바디프로필이니, 맛집에 가서 밥을 먹었던 것을 사진으로 올리는 것을 올리니 하는 것을 잘 모르겠습니다. 연예인은 무언가를 보여주는 것이 직업일 뿐인데 추앙이니, 가십이니 하는 이유를 모르겠어요."

"세상엔 현명 씨 같은 사람들도 있겠죠. 다 같은 사람만 있지는 않을 테니까요. 아인 씨는 미국에 가는데 현명 씨는 이곳 그만두면 다른 할 것 있어요?"

"우선 용재 아저씨가 벌인 일부터 처리해야 할 것 같아요. 아버지가 죽고 나서 아저씨는 어머니하고 서류상으로만 결혼한 상태고 벌인 일들을 제가 승계하게 되었는데 법적으로 위험한 일들이 몇 개 있어서 일단 그것부터 해결해야 할 것 같고, 그 후에는 어머니께서 전시회 한다는 것 진행해야 할 것 같아요. 병원에서 그리던 그림들이 알려지게 되면서 전시회까지 하게 되어서 이래저래 바쁠 것 같아요. 얼마 동안은."

"전시회요? 어떤 전시인지 모르겠는데, 혹시 알려주실 수 있나요? 저도 전시 일에 관심이 있어서 시작해 볼까 해서요."

"윤경애라고 아시려나요? 요새 미술계에 극사실주의 화가로 알려지고 있는데 주로 길이 찍힌 사진으로 길을 그리고 있어요. 길 끝이 자기가 갈 곳이라고 생각해서 그리는지 모르겠지만요."

"아! 들어봤어요. 한국의 쿠사마야요이라는 그분. 그분에게도 자제가 있었는데 현명 씨였다니 놀랍네요. 안 그래도 전시회에 가보고 싶었는데 전시회 열리면 꼭 연락 주세요."

"네, 연락드릴게요. 타인에겐 어머니의 그림이 어떤지 모르겠지만, 저는 항상 볼 수 있기에 딱히 뭐가 느껴지는지 알 수가 없긴 해요. 그냥 또 그림을 그리시는구나 하는 그런 거예요."

"연예인의 자식은 연예인이 대수롭지 않겠지만, 연예인이 아닌 사람은 누구나 한번은 만나고 싶은 존재 같은 그런 거죠. 현명 씨, 아인 씨 미국 가기 전에 한번 만나나요?"

"예, 이틀 뒤에 만날 생각이에요."

"그럼 잘 되었네요. 퇴직금 줘야 하는데 계좌이체 하는 건 아닌 것 같으니 현명 씨가 아인 씨에게 전해줄래요? 돈이야 얼마 되지 않는 금액인데."

"네, 알겠습니다."

35살 세일러문의 마술 지팡이

아인은 다시 미국에 가기 위해 장학재단의 장학금을 알아본다. 남편과의 이혼으로 남편의 회사에서의 지원금이 사라져 버렸기 때문이었다. 장학금의 획득은 크게 어렵지 않았다. 학업이 문제가 아닌 사적인 결혼이 문제였기 때문에. 장학재단 관계자도 아인은 약사가 될 것을, 신약개발에 지대한 공헌을 할 것을 전혀 의심하지 않은 모양이다. 그렇게 미국에서의 새출발이 기다리고 있었다. 그 전의 현명과의 한 번의 만남이 남아 있지만. 현명과 아인은 다시 한번 수원나혜석거리에 가보기로 한다. 딱히 의미는 없지만 마땅히 생각나는 곳이 수원나혜석거리였다.

"아무리 생각해 봐도 나혜석은 선구자가 맞다. 이 거리에 있는 음식집이든, 카페든 여기서 일하는 사람도, 이곳에 오는 사람도, 나혜석이라고 말하지 않으면 안 되니까. 나혜석이 유튜버가 되면 구독자가 될 사람들이고, 알고리즘에 의해 방문할 사람들이겠지. 그 사람들 중의 누군가는 나혜석이 누구인지 찾아보는 사람도 있겠지."

아인은 이런 말을 하는 현명이 놀랍기만 하다. 자신은 그저 과거의 어떤 사람을 기리기 위해 만들어진 공간이라고 생각만 했을 뿐이었다. 그런데 현명은 이 공간으로 인해서 나혜석이 지금 태어났으면 어떤 삶을 살아갔을지, 나혜석과 관계하는 사람들은 어떤 사람들일지 생각하고 내놓는 답변이 그럴듯했기 때문이었다. 현명과 아인은 전에 들렸던 카페에 들어간다. 현명은 이번에도 커피를 주문하며 커피값이 비싸다며 툴툴댄다.

"무슨 커피값이 이렇게 비싼 거냐…. 어이가 없다."

"현명아 PC방도 한 3시간 정도 하면 커피값 정도 나오지 않아?"

"대충 그 정도 나올걸? 근데 웬 PC방?"

"남자들 PC방에서 정복이다, 경쟁이다 하면서 스트레스 해소하는 것처럼 여자들도 카페에서 커피 하나 시켜놓고 스트레스 해소한다고 생각해. TV에서는 결혼하면 행복하니 하는 좋은 모습만 보여주고 그런 환상으로 결혼만 하면 되는 줄 알았던 여자들이 시어머니니, 며느리니 하는 현실에 부딪치고 당황하며 어쩔 줄 모르는 것은 보여주지 않잖아. 그런 이야기들은 어쩌다 뉴스에 나오는 이야기일 뿐. 학교에서도 그런 것들은 가르쳐 주지 않아. 누가 그런 것을 해결할 방법을 가르쳐 주는 것도 아니고. 무언가 하려고 하면 담력과 배짱이 필요한데 학교에선 가르쳐 주지 않아. 어쨌건, 그런 일들을 겪은 여자들이 스트레스를 해소할 공간도 없으면 어떻게 결혼생활을 하냐? 말로는 이혼하겠다고 하면서 정작 이혼 후의 생활이 어떨지 몰라서, 이혼녀라는 낙인이 무서워서 이혼도 못하고 살아야 하는 여자들의 공간이라고 생각해."

현명은 아인의 대답에 말이 없다. 아인의 말대로 학교에서는 알려주지 않는 것들이 많이 있었다. 사람은 살아가기 위해 그런 것들도 알아야 하는 것이었다. 아마도 아인은 고교를 졸업하고 사회에 나와 20~30대 초반에는 학교에서 알려주지 않은 어떤 것들을 배우지 않았을까 생각해 본다. 그러던 중 영미에게 받은 아인의 퇴직금이 생각나서 돌려준다.

"이거 사장님이 나에게 전해 달리고 부탁한 네 퇴직금. 사장님은 이걸 왜 나에게 부탁했는지 잘 모르겠다."
"글쎄 나도 잘 모르겠지만, 퇴직금은 계좌로 보내기보다 직접 건네주고 싶지 않았을까? 월급이야 일상적인 것이니 그렇다 치고, 퇴직금은 그 이상의 의미가 있으니. 그 의미에 맞게 직접 건네주고 싶지 않았을까? 주고받는 것에 대한 의미. 내가 조카에게 생일선물을 직접 주는 것도 그런 것과 비슷하다고 생각해. 무언가를 받았을 때의 기쁨을 알아야 상대를 기쁘게 만드는 주는 방법을 알 수 있는 거라고."

현명은 어렸을 때부터 혼자였기에 무언가를 주고받는 것이 어색하다. 어렸을 때부터 누군가에게 무엇을 받아본 적이 없기에. 영미와 아인은 자신과 다른 세계에 있는 것은 아닐까 또 한 번 생각해 본다.

아인은 자신의 잔소리가 문제였을까, 어딘지 모르게 뚱해 있는 현명에게 분위기를 바꿔보고자 한마디 한다.
"현명아, 나랑 같이 미국 안 갈래?"
딱히 현명이 자신을 따라 미국에 올 거라고 생각도 하지는 않았다. 그냥 분위기를 바꿔보고자 한 말이었다. 아인은 이 한마디 해 놓고 웃음이 났다. 중학생 때 현명이 짝이 되었을 때 책상 중앙에 선을 긋고 넘어오지 말라고 했던 기억이 있기 때문에. 그때는 아인은 자신의 공간에 침범할 것 같은 현명이 싫었던 것인지, 자신이 오늘 이렇게 현명에게 넘어갈 것이니 넘어오지 말고 기다리라는 의미였는지 생각해 보게 되었기 때문이다. 그날 밤 현명의 집에서의 일. 그때의 현명은 선을 넘었던 일이 분명한데 대수롭지 않다고 생각했다. 결론은 아무 의미 없던 선 긋기였다.
"미국은 무슨…. 나 한동안 바쁠 것 같다. 엄마의 전시회도 준비해야 되고, 용재 아저씨가 했던 일들도 정리해야 해서."
현명이 미국에 오는 것을 기대했던 것은 아니지만 저렇게 용건만 딱 잘라서 단호하게 말하는 것이 못마땅한 아인이다.
'가고 싶은데….'
어떻게 이 한마디로 시작을 못 하는 걸까? 그게 어려운 걸까? 어떤 모임에 참석 못 하게 되면

"정말 가고 싶었는데요. ㅜ.ㅜ 못 가게 되었어요. ㅜ.ㅜ 다음에 꼭 갈게요. ㅜ.ㅜ"

라고 하는 것을 본 적이 없다. 이건 소셜 스킬이고 사람들이 자신들의 이미지나 평판을 관리하기 위해 상투적으로 하는 것이라고 몇 번을 말해줘도 이해하는 법이 없었다. 오늘의 현명도 항상 그래 왔던 것처럼 한결같았다.

"한국도 아니고 미국에 가면서 롱디 하자는 건 너무한 거 아니냐? 미국에도 한국인 많을 테니 거기서 좋은 사람 만나려고 노력해 봐. 철학자와 약사가 무슨 공통점이 있냐? 그거 하나는 있겠다. 심적으로, 신체적으로 아프고 다친 사람을 눈앞에서 안 봐도 되니 우울하지는 않겠다는 거."

아인은 그냥 농담으로 던진 말에 이렇게 진지하게 나오는 현명에게 늘 그래왔던 것처럼 헛웃음만 나온다.

"나 엄마 전시회 준비와 용재 아저씨 사업정리에 한동안 바쁠 것 같아. 대충 6개월 정도? 그 후에는 SNS를 시작하려고 해. 그냥 그날 먹었던 음식이나, 어디 가서 찍은 사진들, 봤던 영화, 책 그런 일상적인 것들을 올릴 거야. 그 SNS엔 내 이름이나 사진은 없어. 며칠 전에 읽었던 책에 관해 업로드했더니 알고리즘이 같은 책에 관한 내용을 찾아주더라. AI니, 알고리즘이니 하는 것들이 비슷한 것을 찾아주고 있더라고. 사진도 비슷한 사진들을 찾아주고 그러더라. 이제 6개월 뒤에 할 내 SNS 계정은 어떤 노래 가사처럼 별이야. 별이 빛이 아닌 메시지를 발신하고 있는 거야. 네가 나라는 것을 알아보게 만들어 주는 메시지. 이아인이 박현명을 알아볼 수 있는 그 메시지. 그 메시지에는 나도 모르는 내 습관들이 있을지도 몰라. 영화 이미테이션 게임에서 암호를 풀 수 있었던 것은 습관적으로 반복되는 독일어 인사 한마디였지. 그런 습관. SNS에 배경음악도 깔아놓을까? 신해철의 일상으로의 초대. 혹은 정경화의 나에게로의 초대. 이러면 나를 알아보는 것이 쉽지 않을까? 이건 안 할 수도 있겠다. 아무튼, 수많은 별들 중에서 나를 알아보고 네가 메시지를 보내는 것은 우연이라 생각하지 않을 거야. 나랑 정말 그렇게 지내고 싶다면 알아보고 메시지를 보내. 운명이라면, 다시 만나게 될 것이라면 어떻게든 만나지겠지. 우린 같은 중학교와 대학을 졸업한 공통점이 있어. 그 사실도 어쩌면 SNS에서 우리를 만나게 해줄지도 모르지. 그래서 폰에서 너의 연락처도 없애려고."

현명은 스마트폰에서 아인의 연락처를 지운다.

"우리 둘이 만나게 된 것이 중학교 때의 선생님과 사장님이었다면, 이젠 알고리즘이 만나게 해주겠지. 너도 SNS 하려면 해. 그 별이 너라는 것을 알게 되면 난 메시지 보낼 거야. 그걸 운명이라 생각하려고. 이제 곧 40이야 뼈에 구멍 나기 시작하는 나이지. 다시 만날 거면 그에 맞는 약이나 만들어 놔. 머리에 들은 게 많은 건지 무겁더라고."

아인은 또 한 번 헛웃음 지었다. 밥 먹으러 가면 스마트폰만 들여다보면서 SNS 한다더니 SNS의 계정을 별이라 하면서, 자신이 어렸을 때 보았던 만화영화의 노래 가사를 가져다 붙이는 현명에게 놀란다. 현명 같은 사람에겐 소셜 스킬이니, 사회성 같은 것이 그다지 필요하지 않을 것 같다는 생각이 든다. 남들이 못 하는 발상과 사회성은 공존할 수 없다고 생각되었다. SNS 공간에서 누군가를 만난다는 것이 새롭지도 않다. 이미 중학생 때 인터넷 공간에서 남녀가 만나는 영화가 있었으니까. 다만 지금은 컴퓨터가 있는 물리적인 공간이 아니라도 스마트폰으로 언제든지 가능하게 된 것이 다를 뿐. 미국으로 다시 공부를 하러 가겠다는 자신에겐 무슨 말을 해야 하나 하는 명분도 없었는데, 현명이 말한 것이 지금으로서는 답안에 가장 가까웠고 현실적이었다.

"그러자, 그렇게 하자. 다시 만나게 될 인연은 만나게 되겠지, 뭐. 이제 집에 가자."

카페에서 나온 현명과 아인은 버스정류장으로 걸어간다. 카페에서 그런 대화를 나누고 난 후이기에 버스정류장까지 두 사람은 아무 말도 없었으며 도달하기까지 시간이 길게만 느껴진다.

"버스정류장까지 데려다줄게. 어차피 같은 방향이니까."

"그래, 그러든가."

아인의 심드렁한 대답. 그리고 무슨 말을 해야 할 것 같은 아인은 전 남편의 이야기를 해본다.

"전 남편에게서 연락이 왔는데, 지금은 다른 여자와 결혼해서 아이 낳고 잘 지내고 있다고 하더라. 나도 그만두었던 박사과정 다시 시작한다고 했더니 잘 끝마치라고. 서로가 그렇게 끝냈으면 됐지, 뭐."

"그건 잘되었네."

영혼 없는 현명의 답변. 한참의 시간이 흐르고 이윽고 아인이 타야 할 버스가 온다.

"또 보자. 다시 만나게 된다면."

"그래, 나 간다."

현명은 아인이 버스를 타는 것을 확인한 후 흡연구역에서 담배를 피우기 시작한다. 담배를 피우며 스마트폰을 확인하니 유튜브의 알람이 와 있다. 얼마 전부터 구독을 하고 있던 유튜버가 새로운 영상을 올렸다. 일주일에 한 번 자신이 노래한 영상을 올리는 유튜버이다. 현명 또래의 남자였다. 그는 음악을 하며 데뷔를 준비했지만 잘 안되었다고 했다. 지금은 다른 일을 하고 있고 음악은 이렇게 유튜브에 영상을 올리고 있다고 했다. 주로 다른 가수의 노래를 편곡해서 부르지만 가끔 자신이 작사, 작곡한 노래도 부르고 있다. 다시 데뷔할 생각은 그다지 없다고 했다. 그냥 이렇게 소소하게 노래하는 공간이 있다는 것으로 만족하고 있다고. 그러기엔 TV에 나오는 웬만한 가수보다 노래를 잘한다. 그래서 구독자도 어느 정도 있는 것 같고, 이 정도의 구독자면 다시 데뷔도 가능할 것 같은데 할 생각은 없는 것 같다. 이렇게 달라져 버린 시대에 가수가 되겠다고 기획사에 찾아가서 오디션 보고 그럴 필요가 없는 것 같다고 했다. 연예인이니 유튜버니 구별이 안 되는 그런 시대. 가수가 되는 것도 시대에 맞는 방식이 있는 것인가 생각했다. 이미 데뷔한 가수든 아니든 유튜브에서 하는 것은 다 똑같다. 자신의 노래를 부르든가, 타인의 노래를 부르든가. 밋밋하든가, 색이 있는가 그 차이일 뿐. 민트초코냐 슈팅스타냐의 차이. 영상에서만 보느냐, 사람이 모인 현장에서 직접 듣느냐는 다를 순 있겠지만. 오늘의 유튜버는 교복을 입고 있었다.

"오늘은 추억에 관한 곡입니다. 끝까지 들어주세요."

한참 뜸을 들이다가 노래를 시작한다. 첫 소절부터 심연을 울리는 깊은 저음이 들려온다.

아주 오래전 눈이 커다란 소녀를 봤어
긴 생머리에 예쁜 교복이
너무 잘 어울렸어
너의 그림자를 따라 걸었지
두근대는 가슴 몰래 감추며

어느새 너는 눈이 따스한 숙녀가 됐어
아름다움에 물들어 가는
너를 바라보면서
너는 신이 주신 선물이라고
축복일 거라고 감사해

감히 사랑한다고 말할까
조금 더 기다려 볼까

그렇게 멀리서 널 사랑해 왔어

내겐 너무나 소중한 너

다가설 수도 없었던 나

그래도 나 이렇게 행복한걸

아직도 나는 너의 뒤에서 애태우지만

시간이 흘러 아주 먼 훗날

그땐 얘기해 줄게

네가 얼마나 날 웃게 했는지

설레게 했는지 감사해

감히 사랑한다고 말할까

조금 더 기다려 볼까

그렇게 멀리서 널 사랑해 왔어

내겐 너무나 소중한 너

다가설 수도 없었던 나

그래도 나 이렇게 행복한걸

가끔 두려운 거야

혹시라도 내가 널 잊을까 봐

그대 소리쳐 이름 부를까

> 그럼 내 사랑 들릴까
> 그렇게 멀리서 나 망설여 왔어
> 내게 세상을 선물한 너
> 무엇도 줄 수 없었던 나
> 그래서 나 웃어도 눈물인걸

노래를 끝까지 들은 현명은 좋다고 느낀다. 시나몬의 중후한 맛이랄까 하는. 이런 것이 알고리즘인가 생각해 본다. 이 노래를 부르기 위해 교복까지 준비한 음악에 대한 열정과 태도. 될 사람은 되겠지 하는 생각으로 3,000원을 계좌로 보내며 좋아요를 눌러준다. 그리고 현명은 아인과 다시 만날 수 있을까 생각해 본다. 다시 만나게 된다면 그것은 정말 그때의 중학교 담임선생에 의해, 사장님에 의해, 그리고 누군가가 개발한 알고리즘으로 의해 만나게 되는 것이라고 생각하게 되었다. 만나는 것이 운명으로 정해져 있다면 내가 발신하는 메시지를 때가 되면 알아보겠지 하고. 언젠가 읽었던 최명희의 소설『혼불』의 인연에 대한 구절을 떠올려 본다.

> 인연이 그런 것이란다. 억지로는 안 되어.
> 아무리 애가 타도 앞당겨 끄집어 올 수 없고,
> 아무리 서둘러서 다른 데로 가려 해도 달아날 수 없고잉.
> 지금 너한테로도 누가 먼 길 오고 있을 것이다.
> 와서는, 다리 아프다고 주저앉것지

물 한 모금 달라고.

버스에 탄 아인은 버스정류장 옆 흡연구역에서 담배를 피우고 있는 현명을 보게 된다. 아인은 현명이 자신과 함께했던 시간 동안 담배를 피우는 것을 한 번도 본 적이 없었다. 독일에서 돌아와 매일같이 모텔에 갔던 날에도 현명은 담배를 피우는 모습을 보여준 적이 없었다. 현명이 담배를 피우고 있는 것을 보니 괜스레 눈물이 난다. 아인은 전혜린의 구절을 생각해 본다.

산다는 건 기다림이라는 것을 더욱 느낀다. 매일 눈을 뜨면 하루를 기다리게 된다. 무엇이 꼭 일어날 것만 같고 기적같이 눈이 환히 뜨이는 정오가 올 것만 같고 마술의 지팡이로 나의 일상생활이 전연 다른 맛-좀 더 긴장된, 풍요하고 충일한, 가득하고 뒤끓는 맛-을 가지게 되는 것을 매일 아침 기다리고 있다. 꼭 무슨 일이 있을 것만 같고 무엇이 일어날 것만 같다. 아무 일도 안 일어날 줄은 미리부터 잘 알고 있었으면서도 말이다.

아인은 아무 일도 안 일어날 줄은 미리부터 잘 알고 있지도 않았고, 마술의 지팡이가 지금부터의 일상생활을 전혀 다른 맛으로 바꾸어 줄 것이라고 생각한다.

끝

| 참고자료 |

『불편해도 괜찮아』, 김두식 저, 창비(2010)

『나는 인간으로 살고 싶다』, 이상경 저, 한길사(2009)

『전혜린』, 이덕희 저, 이마고(2003)

『그리고 아무 말도 하지 않았다(전혜린 에세이 1)』, 전혜린 저, 민서출판(2002)

『이 모든 괴로움을 또 다시(전혜린 에세이 2)』, 전혜린 저, 민서출판(2002)

『생의 한가운데』, 루이제 린저 저, 전혜린 역, 문예출판사(1998)

『혼불』, 최명희 저, 한길사(1996)

「Funky Tonight」, 김창환(1999)

「흑백사진」, 이주현(2004)

| 작가의 말 |

2006년 24에 일본으로 가출한 후 대학을 졸업하고 2012년 30이 되어 한국에 돌아왔다. 그렇게 돌아온 나에게 대학교를 졸업하고 갓 사회생활을 시작한 사회초년생들의 질문이 많았다. 자신들의 진로에 대한 질문.

"앞으로 어떻게 하면 좋을까요?"

내가 왜 이런 사회초년생들에게 이런 질문을 받아야 하는 것인지 이해할 수 없었다. 나도 앞길 막막한 사회초년생이었기 때문에. 특히 나보다 4~5살 어린 86~87년생 여동생들에게. 너무 많은 질문으로 인해 나는 이들의 메시아인가? 하는 생각도 들었다. 일본생활도 혼란의 연속이었지만, 귀국해서 직업을 구하고 있는 와중에 이런 질문들로 혼란의 연속이었다. 일본에서 나보다 나이가 많은 여성분들을 보고 지냈기에

"일본에 있었을 땐 나보다 나이 많은 누나들도 많았어. 나이 같은 것 생각 말고 그냥 하고 싶은 것을 하고 살아."

라고 답해줬는데, 그 당시의 동생들에게 어떤 도움이 되었는지 모르겠다. 일본에서 그런 분들을 많이 봐왔으니 그것이 나에겐 너무 당연했었다. 나에게 당연한 것이 그런 생활을 보지 못했던, 집과 대학을 다니는 한정된 경험을 한 동생들에게 당연한 것은 아니었을 것이다(그 당시에는 많은 것을 접할 수 있는 유튜브, SNS가 이렇게 활성화되기 전이었다). 결국 나의 대답은 너무 애매모호하고 추상적인 대답이 아니었을까.

"백문불여일견(百聞不如一見)"

그런 고민은 나에게 묻지 말고 일본에 가서 늦은 나이에도 일본에서 억척같이 지내고 있는 분들을 접하고 직접 판단하는 것이 좋다고 생각했다. 그들이 남자인 나에게 그런 질문을 하는 것이 맞지 않는 것이라고. 나는 그들과는 다르게 결혼과 출산에 있어 자유로운 남자였기에.

취업이라는 제도권 생활의 진입을 시도했지만 취업은 내 길이 아니라며 그만두고 작가가 되고자 했다. 그러던 중 나혜석과 전혜린을 접하고 글을 쓰기 시작했다. 그때의 동생들에게 애매모호하고, 추상적으로 생각되었는지 모르는 말을 소설로 써보기로. 일본에서 유학했던 어떤 누님에겐 이런 사연도 있었을지도 모르겠다며 그들에게 들려줄 수 있는 이야기를. 초고는 그로테스크하고 이상했다. 그렇게 묻어두고 있던 글이 쓰여졌다.

"창작은 데몬."

전혜린 평전을 쓴 이덕희의 말을 빌리면, 창작활동은 데몬이라고 했다. 어떤 알지 못하는 생명이 자기를 밖으로 내보내 달라고 쉴 새 없이 두드리기에 그 생명에 어떤 형태를 부여해서 밖으로 내보내지 않으면 안 된다는 데몬. 그 데몬을 소설이라는 형태로 내보낸 것뿐이다. 또 한 번 이덕희의 말을 빌리면, 너무나 깊이, 너무나 많은 것을 느끼고 생각하는 영혼(예술가)이 하는 일은, 질서정연한 세계의 한가운데서 자기가 보고 만지는 것만을 현실로 인정하며 살아가는 사람들에게 다른 세계를 창조해서 보여주는 일이기 때문일 것이다.

그때의 동생들은 이미 30대 후반이 되었고 어떻게 지내는지 모르겠지만, 이 데몬이 지금의 사회초년생들에게 도움이 되면 좋겠다는 바람에. 20대를 넘어 30대가 되어 변주(變奏)해 갈 수도 있는 인생에 어떤 지침서가 되었으면 하는 바람으로 썼다.

한편으로는 지금의 출산율이 어쩌니 하는 건 80년대의 "둘만 낳아 잘 기르자."라는 것과 같은 전체주의 사상과 다를 바가 없다고 생각한다. 그들의 시대는 그랬겠지만, 시대는 날이 갈수록 변하여 게이머라는 직업에 유튜버라는 직업(개인이 가치창출을 할 수 있는 직업)까지 생기고 이런 직업들이 늘어가는 이 마당에 저런 전체주의 사상은 하나도 변하지 않았다. 이 사회는 개인의 성찰도 없으며, '어른'다운 어른도 없다. 살아가면서 해야 할 부모가 되는 것에 대한 고민, 아내, 남편이 되는 것에 대한 고민이 없다. 물론 이번 생이 처음이라 그런 역할을 쉽게 할 수 있는 것은 아니겠지만, 이 사회에는 그런 고민이 보이지 않는 것 같다. 인생에는 이런 고민이 절대적으로 필요한데 이런 고민들이 안 보이는 세상이라서.

그리고 2014년에 1인출판으로 출간했지만 묻어두었던 일본유학기 「나도 취업하고 싶다」도 이 기회에 함께 출간하기로 했다. 처음이기에 인쇄의 실수가 있었지만, 교정·교열도 안 한 것과 함께 야생의 날것이라고 보이기에 나쁘지만은 않았다. 하지만 서점의 세금계산서를 처리하는 것이 힘들었다. 뻔뻔함, 똘끼로 시작한 일이었는데 현실적으로 처리해야 할 문제들을 생각하지 못했다. 그래서 묻어두었던 것이었다.

어떻게 보면 패션잡지의 부록일지도 모르겠는데, 부록이 단편소설보다 길다. SNS에 오픈한 내용이지만 같이 출간하기로 결정. 「사애」의 모태가 되는 일본유학기이다. 이 글도 읽어주었으면 한다. 황승원이라는 인간의 뻔뻔함, 똘끼, 도박의 정수를 느껴보시길.

황승원

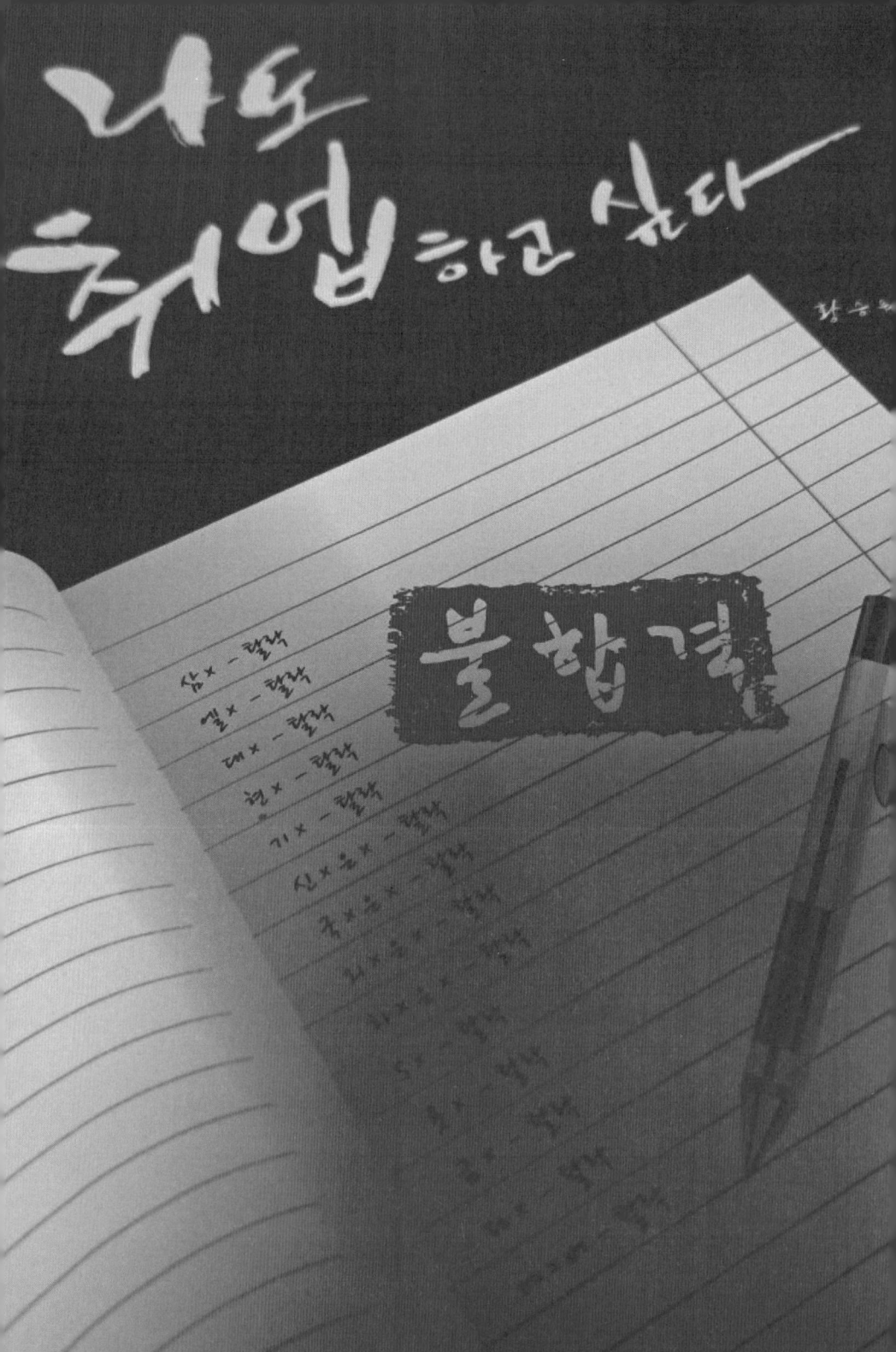

부록

나도 취업하고 싶다 (A Second Helping)
(유학을 마치고 귀국하니 자소설이 유행하기에 한번 써본 이력서와 자소설)

개인정보
Prologue
작가소개
이력서 & 자기분석

자기소개서
한국 편 상
일본 편 상 도쿄(東京)
일본 편 하 타카사키(高崎)
한국 편 하
참고자료

개인정보

Prologue

세상에는 많은 일이 있다.
나에게 맞는 일, 나에게 맞지 않는 일
나는 내가 하고 싶은 일을 할 거다.
내가 하고 싶은 일을
내 방식대로 찾고
내가 하고 싶은 일을
내 방식대로 해 나가리라.

작가소개

프리랜서. 경기 안산 출생. 24년간 안산에 칩거. 어느 날부터 일본어에 심취, 일본으로 가출. 6년간의 일본생활을 보내며 보헤미안, 유랑낭인의 기질이 있음을 깨달음. 취미는 게임, 소설, 음악감상, 영화 등등…. 소설은 가리지 않고 읽는 편이며, 대하 역사소설에는 덕후기질이 있음. 소설을 좋아하여 자기소개서마저도 소설로 씀…. 저자는 평범하다 생각하지만 타인은 괴짜라 생각함. 그래서 한국에서의 삶이 조금 힘듦…. 그래도 평범하다 생각하며 살아갈 거임….

이력서 & 자기분석

성명: 황승원

생년월일: 1982. 06. 21.

출신지: 경기 안산

성별: 남자

혈액형: AB

MBTI: INTJ/P

에니어그램: 5 or 9

학력사항

고잔초, 성포중, 경안고, 안산공과대학 중퇴

요시다일본어학원, 타카사키경제대학(高崎経済大学) 경제학부 졸업

개인스킬

언어사항

한국어: 말수가 그리 많지 않습니다.

일본어: 자기소개서를 쓸 수 있습니다.

영어: 그냥저냥 합니다.

컴퓨터 스킬

워드, 엑셀, R, SPSS(다양한 통계분석 가능)

특수사항(군 복무, 기타사항)

03. 05. 대한민국 육군

06. 10. 일본상륙작전개시

11. 10. 일본상륙작전완료

장학금: 일본학생지원기구(JASSO)로부터 사비유학생학습장려금 3년

사회 경험(아르바이트 사항)

주방보조 4년

물류창고관리 3년

배달 1년

한국어강사 3년

성격의 장단점

성격: 내성적, 지저분함(나만의 원칙이 지켜지지 않을 때)

장점: 정말로 논리적인 성격

단점: 짜증 나게 논리적인 성격

취미

게임, 소설, 영화, 음악감상

좋아하는 게임: 거상, 심시티, 진삼국무쌍, 위닝일레븐 등

좋아하는 소설: 『토지』, 『아리랑』, 『혼불』 같은 대하 역사소설

재미있었던 영화: 「파이란」, 「왕의 남자」

재미있었던 드라마: 「베토벤 바이러스」

좋아하는 뮤지션: 박정현, 브라운 아이드 소울 등

사람

존경하는 사람: 박경리, 조정래, 최명희, 김주영

되고 싶은 사람: 홍반장(「어디선가 누군가에게 무슨 일이 생기면 틀림없이 나타난다 홍반장」)

연민이 느껴지는 사람: 연산(「왕의 남자」)

그래도 좋아하는 사람: 강마에(「베토벤 바이러스」), 김이정(『검은 꽃』), 세영(『홍

어』), 미실(『미실』), 용란(『김약국의 딸들』)

좋고 싫음

좋아하는 과목: 역사, 수학

싫어하는 과목: 음악, 미술, 체육

좋아하는 상황: 일을 위해 나만의 시간을 보장받은 상황

싫어하는 상황: 감정적 판단을 강요당하는 상황(사람 삐뚤어집니다)

좋아하는 말: 세상이 너를 버렸다고 생각하지 마라. 세상은 널 가진 적이 없다(에르빈 롬멜).

싫어하는 말: ① 남의 감정을 상하게 하는 말(저도 자주 합니다. 죄송합니다) ② 취업 안 하냐? 회사 안 들어가?

나의 좋은 점: 불굴의 도전정신

너의 싫은 점: 밑도 끝도 없는 도전정신

기타

못하는 것: 요리, 손 글씨, 단순 작업, 빈말, 연애(망할…)

나에게 해주지 말았으면 하는 것: 칭찬

콤플렉스: 감정표현을 못 하는 것, 예의/매너를 모르는 것

나를 움직이게 하는 힘: 질투, 내적 긴장감

해보고 싶은 것: 좋은 음악, 책이 가득한 카페 주인

인생관: 인생은 비극이며 전쟁. 하지만 즐겁고 재미나게 살자.

승원이의 자기분석: 일본유학 중 일본취업사이트에서 해봤던 자기분석 결과이다. 유감이지만, 이 취업사이트가 어디인지 기억이 없다. 아무튼 난 이런 사람이라고 한다.

자기분석 결과: 가능한 만큼 자신의 능력을 향상시키려고 의식하고 있습니다. 그렇게 신경질적으로 생각하지 않겠지만, 사원에 대한 교육제도나 체제가 불충분하거나, 자신의 스킬향상에 도움이 되지 않는 회사는 싫어하겠습니다. 반대로 정해진 룰에 의해 행동하려는 준법정신은 약하다고 보입니다. 규율과 룰이 엄격한 회사는 싫어하겠습니다.

가치관분석표 지향 포인트(%) 정의:

-공익지향(9.4%): 사회를 위해, 사람을 위해 도움이 되고 싶어 하는 마음

-실력지향(5.7%): 실력을 발휘해서 열심히 한 만큼 평가받고 싶어 하는 마음

-향샹지향(12.4%): 자신의 능력을 계속 향상시키고자 하는 마음

-모험지향(7.4%): 새로운 것과 재미있는 것을 계속 추구하고 싶어 하는 마음

-권리지향(11.7%): 자신의 권리를 확실히 지키고 주장하고 싶어 하는 마음

-규율지향(4.7%): 정해진 룰을 소중히 생각하고 존중하고 싶어 하는 마음

-존중지향(11.4%): 주위 사람을 소중히 생각하고 존중하고 싶어 하는 마음

-보수지향(8.4%): 가능하면 높은 보수를 받고 싶어 하는 마음

-명예지향(8.7%): 주위 사람들로부터 존중받고 싶어 하는 마음

-안전지향(10.4%): 리스크를 회피하고 항상 안정적인 상황을 유지하고자 하는 마음

어떤 일에 대해서도 일단 도전하여 비전을 실행시키려는 능력을 가지고 있습니다. 일에서도 항상 몇 번의 시도를 반복하여 장래의 비전에 가까워질 수 있는 능력이 있습니다. 또한, 입수된 정보를 정리, 분석하여 매사 본질을 꿰뚫는 통찰력을 가지고 있습니다. 일을 하면서 외견에 치우치지 않고 본질을 정확히 파악하는 능력을 가지고 있습니다. 반대로 자신이 선두에 나서서 행동을 하거나 주위 사람들을 끌어드리며 일을 진행하는 능력은 부족합니다. 상대의 성격과 감정을 잘 판단하여 적극적으로 협력을 얻을 수 있도록 노력하십시오.

능력분석표 능력명 포인트 정의:

-과제를 완수하는 능력(68): 목표의 설정과 관리를 행하여 완수해 내는 능력

-퀄리티를 추구하려는 능력(50): 체크와 검사를 반복하여 품질의 퀄리티를 향상시키는 능력

-비전을 실행시키는 능력(100): 무엇이든 도전하여 비전을 실현시키는 능력

-타인을 육성하는 능력(55): 타인이 능력을 향상시키기 위해 지도와 어드바이스를 행하는 능력

-리더십을 발휘하는 능력(36): 목표의 방향을 제시하여 주위 사람을 통솔하는 능력

-매니지먼트를 발휘하는 능력(29): 자신이 선두에서 주위 사람을 끌어들이며 일을 진행하는 능력

-정보를 분석하는 능력(53): 일을 다양한 각도에서 바라보면서 정보를 정리/분석하는 능력

-본질을 꿰뚫는 통찰력(93): 입수한 정보를 정리/분석하여 사물의 본질을 꿰뚫는 통찰력

-장래를 예측하는 능력(47): 여러 가지 정보와 경험에서 지식을 받아들여 장래를 예측하는 능력

자기소개서

한국 편 상

도리섬 134
깨진 연탄 138
비밀 140
허무 142
가출 145

일본 편 상 도쿄(東京)

혼자 갈 겁니다 148
도쿄관광 154
입향순속(入鄕循俗)(아르바이트, 이사, 경찰서, 음지와 양지 사이, 외국인의 품격) 161
일본유학시험 178
하늘은 스스로를 돕는 자를 돕는다? 181
고민 그리고 도전 185

일본 편 하 타카사키(高崎)

대학생활(타카사키(高崎), 아이코(愛子), 다케(嶽)) 188
좋거나 혹은 나쁘거나 196
평범과 특별은 같을지도 202
요즘 젊은 애들은… 208
케세라세라(Que Sera Sera) 211
화차 214
이성과 감정 217
왕자와 거지 224

한국 편 하

쇼핑 230
빨래, 선택 233
나도 나태해질 권리가 있다 246
나오코 270
꿈을 위한 베팅 274

참고자료

한국 편상

도리섬　134
깨진 연탄　138
비밀　140
허무　142
가출　145

도리섬

　1982년 6월 21일 경기도 안산의 도리섬이라는 마을에서 나는 태어났다. 인생의 희로애락, 삼라만상, 108번뇌를 느끼기 위해 태어난 것은 참으로 기쁜 일이지만, 내가 태어났던 도리섬이라는 마을은 참으로 가난하고 가난한 마을이었다.
　도리섬(현재는 지하철 4호선 고잔역 고잔신도시)이란 마을은 내가 태어나기 전에는 농업과 어업으로 생활을 이어오던 마을이었다. 하지만 반월공업단지의 발전으로 인해 신도시개발이 계획되어 있었다. 내가 태어나기 전에 계획되어 있었는지 알 수는 없지만. 어렸을 때는 큰 트럭이 산에서 흙을 가져와 논과 밭을 메우는 작업을 했다. 이렇게 메워진 공터는 우리들에게 놀이터가 되고, 축구장이 되고, 누군가가 오토바이를 가져오면 오토바이경기장이 되는 등, 우리들에게 다양한 추억을 만들어 주었다. 지금은 아파트단지와 공원으로 모습을 바꾸었다.
　이런 재개발 마을의 공통점이 있다면, 마을 전체가 가난했다는 것이 공통점이 아닐까? 재개발 마을에 사는 사람들이 돈이 있다면 얼마나 있었을 것이며, 곧 철거될 마을에 인프라 시설이 좋을 리도 없고, 누군가 이사를 가면 빈집만이 폐허처럼 남아 있던 마을. 또 하나의 공통점이 있다면, 가장인 아버지들이 경제력이 없어서 어머니들이 일터에 나가 일을 해야 했다는 것. 어머니들이 일터에 나가 늦게 돌아오게 되면 아이들은 좋지 못한 환경 속에서 자기들끼리 지내야 했던 마을. 국민학교 4학년 때의 사건이 하나 떠올랐다(그 당시에는 초등학교가 아닌 국민학교였다). 같이 학교에 다니던 친구가 어느 날부터 보이지 않았다. 며칠 뒤 들리는 소문에는 친구의 어머니가 지독한 가난이 싫어서 남편과 아들을 버리고 야반도주했다고 했다. 그 뒤 남편도 아들도 도리섬을 떠났다는 이야기도 있었다.

아이들 교육에도 정서적 안정에도 정말 좋지 않던 마을이었다. 난 10살 때부터 고스톱과 포커를 하며 놀았다. 돈을 걸고 고스톱과 포커를 하며 놀았다. 한마디로 10살 때부터 도박을 배웠다. 지금이야 인터넷이 발달해서 고스톱과 포커는 쉽게 접할 수 있겠지만 20년 전은 그러하지 못했기에 실제로 카드를 가지고 도박을 한다는 건 10살 치고 너무 빠르지 않았나 생각한다.

그날도 하루 용돈을 걸고 폐가에서 포커를 시작했다. 운이 좋았나 보다. 첫판부터 카드가 잘 들어왔다. ♠A, ♦A, ♥8의 3장의 카드가 들어왔다. 그 뒤 나에게 들어온 카드는 ♣Q ,♠5, ♥A의 6장이 들어온 시점에서 A트리플이 되었다. 게임을 이기기 위해 친구들의 카드를 살펴보자. 오른쪽엔 ♦2, ♣J, ♦7, ♦9. 왼쪽엔 ♣3, ♣6, ♥9, ♦9. 정면엔 ♥J, ♠J, ♣2, ♥10.

'A트리플이네. 처음 들어온 카드가 에이스 2장인 걸 저놈들은 모르겠지, 그리고 깔려 있는 카드 중에 A, Q, 8, 5는 없군. A가 들어와 A포카드

가 되어도, 그렇지 않고 A풀하우스가 되어도 저놈들은 이기겠군, 오늘은 시작부터 운이 좋구나.'

라고 승리를 확신하며 베팅을 얼마나 할까 생각하고 있었다.

"승원아."

"왜?"

"담배 있는데 피워볼래?"

"어디서 가져온 거냐?"

"낚시터 입구에 있는 할머니 가게에서."

"아…. 그 할머니 가게."

한국에 편의점이 등장하기 시작한 것은 1990년대 초반이었던 것 같다. 6학년 때 안산세무서 옆 자유센터빌딩에 있던 편의점에 자주 갔던 기억이 있다. 실은 편의점 옆에 오락실이 있었는데, 등교 전 오락실에서 게임하기 위해 편의점에서 오락실이 열리기를 기다렸다. 그래서 학교에 매일 지각했다.

그 가게는 남편과 사별하고 할머니 혼자 운영하는 가게였다. 할머니 혼자 운영하는 가게다 보니 보안도 허술하고 그랬다. 우리들에게는 딱 좋은 가게였다.

"한 대 줘봐."

담배 한 대와 라이터를 받았다. 학교에서는 "학생은 담배를 피우면 안 됩니다."라고 가르쳐 주었다. 하지만 그런 재미없는 말은 도박의 열기가 뜨거운, 신경전으로 긴장감이 충만한 도박판에는 통하지 않는다.

10살에 담배를 피운다는 죄책감은 전혀 느껴지지 않았다. 담배에 불을 붙여 한 모금 빨았다. 그리고 입에 모인 담배 연기를 삼키지 않고 내뿜었다.

　"야, 담배 맛없다. 어른들은 이 맛도 없는 걸 왜 피우는지 모르겠다. 너나 펴라."

　"맛없냐? 난 맛있는데. 안 피울 거면 나 줘. 내가 피우련다."

　이때 담배를 한 모금 피운 이후에 담배를 피운 적이 없다. 뭐 앞으로도 담배를 피우거나 하지 않을 것 같다. 나중에 친구가 속 담배가 아닌 겉 담배를 했다고 다시 피우라고 권했지만, 이미 담배에 관심이 없어진 나는 그 후로 담배를 피운 적이 없다. 아마 그 당시 담배에 흥미가 있었다면, 누구도 끊지 못하는 담배를 만들어 냈을 거라고 생각하지만….

　이렇게 가난하고 환경도 안 좋았던 마을을 중학교 졸업 후에 탈출할 수 있게 되었다. 그리고 지금 생각해 보면 인생은 포커가 아닐까.

깨진 연탄

　최근 TV를 켜면 경제방송이 많은 것 같다. 미국의 서브프라임론 위기, 리먼 브라더스, 제네럴 모터스 등의 미국 대기업의 파산, 유럽의 경제악화 등의 방송을 심심찮게 볼 수 있다. 내가 있던 2008~2012년의 일본도 고환율, 일본항공의 파산, 3.11 대지진이 일본경제에 큰 영향을 미치고 있다고 한다. 이런 이유들이 아니라도, 일본의 베이비붐(단괴세대)의 은퇴, 낮아지기만 하는 결혼율, 출산율이 일본의 사회적, 경제적으로 큰 문제가 되어가고 있다고 한다. 한국도 별반 다르지 않다. 그리고 이런 경제악화로 많은 것들이 후퇴하고 있는 것도 같다. 내가 어렸을 때 봤던 물건들이 경제불황으로 인해 다시 사용된다는 뉴스가 종종 들려온다. 연탄도 그중 하나이지 싶다.
　"그러니까 연탄은 그렇게 가는 거 아니라구. 하얗게 다 타버린 연탄은 버리고, 그 위에 있던 연탄을 밑으로 내리고 그 위에 새 연탄을 올려."
　선희가 음악이 좋다고 공무원을 그만두고 음악가의 인생을 시작했다. 참 이 녀석도 이상하다. 음악가의 인생이 아닌 공무원의 인생을 살면 좋은 남자 만나 모나지 않는 인생을 살아갈 건데, 음악이 좋다고 30 넘겨 공무원을 그만두는지. 지금은 음악실을 만들어 레슨을 하거나 같은 음악가들과 공동으로 작업하는 중이다.

작년 겨울 난방시설을 준비해야 하는데 여러 가지 고민하다가 연탄난로를 쓰기로 했나 보다. 음악을 업으로 하고 있지만 돈벌이는 그리 잘되지 않나 보다. 돈으로부터 자유로워질 수 있는 사람은 아무도 없지만, 예술가들은 더더욱 자유로워지지 못하는가 보다. 빈센트 반 고흐처럼 죽어서 명성이 올라간들… 배고프게 살아가는 것이 예술가들의 숙명인가 보다.

연탄난로를 설치하는 선희를 보고 어렸을 때의 내가 생각났다. 난 어렸을 때부터 줄곧 엄마하고 지내야 했다. 사업실패와 대마에 손대는 등 10살 때부터 아빠와 함께한 기억이 없다. 20대 초반엔 군대에 있었고 25살에는 일본에 갔으니 근 20년간 아빠와 보낸 기억이 없다.

엄마가 늦으면 집안일은 내가 해야 했다. 하다 보니 집안일도 익숙해지던데, 연탄으로 난방하는 것은 쉽지 않았다. 12살의 나에게는 연탄은 만만치 않은 무게였다. 언제인지는 모르겠다. 날은 춥고 난방은 해야 해서 연탄창고에서 연탄을 나르는데, 추워서 더 많은 연탄을 나르고 싶었다. 연탄 4장을 나르려는 순간 연탄 무게에 못 이겨 자빠져 버렸다.

"에이, 씨발. 내 인생 엿같네."

비밀

　나는 공부를 그렇게 좋아하지 않았다. 학교 공부에는 관심이 없었다. 공부를 잘해 우등생이라고 불려가며 기대를 한 몸에 받는 아이들하고는 거리가 멀었다. 공부도 하지 않고, 그다지 떠들지도 않고, 조용한 그래서 선생님의 눈에도 띄지 않았던 아이였다. 그 당시 좋아한 것은 세계 각국의 역사만화를 본다든가, 세계지도를 펴고 어른이 되면 가고 싶은 나라를 찾아보는 것 정도였다. 그리고 코난 도일의 『셜록 홈즈』시리즈, 애거사 크리스티의 추리소설을 읽는 것이 나의 낙이었다.

　그래도 사람은 무언가 하나만 잘하면 누군가의 눈에 띄기는 하는 모양이다. 초등학교 6학년 때는 사회과목의 성적이 좋았던지 담임선생님을 대신하여 반 아이들에게 사회과목을 가르치게 되었다. 나뿐만 아니고 다른 아이들도 산수나 자연 등을 선생님 대신 가르치는 아이들도 있었다. 그 아이들과 선생님과 같이 문집도 만들기도 하고 했던 기억이 있다. 아무튼 어렸을 때부터 사회과목을 가르쳐서 그런지 공부하지 않았어도 시험점수는 잘 나왔던 것 같다. 고등학교 시절에는 유일하게 100점을 맞았던 과목이 국사였다. 그리고 고등학교 시절에는 『태백산맥』 등의 대하소설을 읽었다.

고등학교 국사 수업시간이었다.

"1953년 6.25 전쟁이 끝나고 1955년에서 1960년 사이에 태어난 베이비붐 세대는~"

2차 세계대전과 한국 근대사에 대한 설명.

'아빠는 56년생인데….'

아빠는 4형제 중의 막내이다. 하지만 이상한 것이 있다면 아빠는 3형제와 성씨가 다르다. 나의 친가 친척은 황씨가 아니다. 배씨이다. 어렸을 때는 잘 몰랐지만 수업을 들으면서 짐작이 가는 것이 있었다. 할머니는 전쟁이든 어떤 일이든 남편을 잃고 황씨 성의 남자와 재혼했든지 하는 것. 아빠는 그 사이에서 태어났고, 나도 태어났고. 어렸을 때부터 할아버지에 대한 기억이 없다. 그래서 아빠에게 물어본 적도 없다.

한국의 베이비붐(1955~1966년 출생자)은 800만 명이라고 한다. 일본의 베이비붐(1947~1950년 출생자)은 900만 명. 이 숫자 왠지 전쟁의 피해자 같다. 아빠와 나 같은 사람도 어딘가 있겠지.

허무

우리네 삶에는 이상한 별별 일들이 생기는 것 같다. 정말로 믿기 힘든 일도 생기고, 감당하기 힘든 일도 생기고 별 그지 같은 것만 생기는 것이 우리네 삶인 것 같다.

한국 남자는 정말 불쌍한 사람인 것 같다. 20대 새파란 청춘에 군대 가야 하니까. 난 군대에서 K-3 사수도 해보고, PX병도 해보고, 취사병도 되어보고, 작업병이 되어 예초기를 돌리고. 어디 술자리에서 군대 이야기하지 않는다. 군대 이야기해 봐야 쥐포와 같은 신세가 되니까. 군대? 그다지 좋은 기억도 없다. 근데 그건 나뿐만은 아니다.

전쟁영화에서의 전쟁 신, 특히 미사일에 의한 폭파 신. 화염에 휩싸이는 전차와 건물. 영화의 주인공이 죽음의 공포에 쫓겨가며 총을 갈겨대는 장면은 이성에 의해 억압된 스트레스와 분노를 해소해 준다. 대리만족과 스트레스 해소에 이만한 것도 없더라.

난 밀리터리 매니아가 아니라서 밀리터리에 대해서는 잘 모르지만 밀리터리 매니아에게 잘 알려진 팬저파우스트3라는 무기가 있다. 독일에서 만들어진 이 무기는 병사 1인이 운반하기도 쉽고 조작도 용이한 대전차무기이다. 전쟁영화에서는 팬저파우스트3 같은 무기에서 발사한 탄이 전차에 맞으면 전차가 폭발을 하며 화염에 휩싸이지만, 실제 전쟁에선 그렇지 않다고 한다. 팬저파우스트3에서 발사된 탄이 전차에 명중하면 탄은 폭발하지 않고, 엄청난 열과 진동을 유발시켜, 그로 인해 조종병을 무력화시킨다고 한다. 그렇게 전차를 무력화시킨다고 한다.

참 평생 잊지 못할 사건, 잊으려 해도 잊히지 않는 사건이 생겼다. 정말 말도 안 되는 사건. 전역을 6개월 남겨둔 9월의 어느 날이었다. 아침과 밤의 일교차는 크지만 낮의 기온은 따뜻한 날이었다. 사건은 이런 날 생기는 것 같다. 긴장도 잊게 되는 평화로운 날에.

쾅!!

귀가 터져나갈 듯한 굉음. 그리고 들려오는 피를 흘리며 비명을 지르는 병사들. 널브러진 시체. 사고현장으로부터 정신없이 도망치는 병사들. 그냥 지옥 같았던 장면들. 그냥 한순간의 실수였다. 실수로 발사된 판저파우스트3의 교육탄 한 발이 3명의 사망자, 10명의 부상자를 낸 사고였다. 눈 깜짝할 사이에 사람이 죽어 나가는 사고를 한 장면도 빠짐없이 목격한 나는 전생에 무슨 죄가 있을까? 나만 이 장면을 목격한 것은 아니었다. 정말 사람이 죽는 것은 한순간에 이루어지더라. 유언을 남기고 그런 시간이 허락되지도 않는다. 농담을 던지며 깔깔웃던 사람들이 눈 깜짝할 사이에 죽어 나가더라. 우리에게 죽음은 예고도 없이 한순간에 찾아오는 불청객인 것 같다.

눈앞에서 농담을 나누며 웃고 있던 사람들이 눈 깜짝할 사이에 죽는 것을 보고 나는 소리를 낼 수도 움직일 수도 없었다. 영화에서 나오는 주인공에게 차가 덮쳐오는 상황에서 소리도 내지 못하고, 그 자리에서 도망도 못 가 차에 치여버리는 장면에.

'그냥 도망가면 되지 왜 그 자리에 서 있는 거임?'

라며 비아냥거리던 기억이 떠올랐다. 사람은 받아들일 수 없는 일이 생기면 이성이 마비되어 아무것도 못 하는 존재인 것 같다.

가까스로 정신을 차린 뒤 무슨 생각인지 모르겠지만 사고현장을 확인하고 싶었다. 어디서 그런 용기가 생겼는지 모르겠다. 난 아마 종군기자를 했어도 잘했을 것 같다. 피를 흘리며 비명을 질러대는 사람들 곁으로 갔다. 널브러진 3구의 시체. 전입한 지 얼마 안 된 신병도 죽어 있었다. 그 신병의 시체만 눈으로 확인할 수 있었다. 탄이 얼굴을 관통한 것 같다. 한쪽 뺨이 없었다. 입술도 열기에 녹아서 없어졌다. 절반만 남은 치아를 훤히 드러내놓고 있었다. 이제 20살인데 이대로 죽는 것이 억울했나 보다. 두 눈을 환히 뜨고 누워 있었을 뿐이었다. 죽은 사람의 눈이 이토록 허무하고 공허했는지 처음으로 느껴봤다. 사람이 죽는다는 것이 이런 것이었구나. 죽음이란 것을 처음 느껴봤다. 그나마 이렇게 끝나서 다행인지도 모르겠다. 만약에 탄이 목을 관통했으면, 그 충격으로 얼굴과 몸이 분리된 시체가 되었을지도 모르니까.

인생은 참 허무한 것이었다.

가출

군 복무가 끝나고 다니던 전문대학에 복학하지 않고 그대로 아르바이트를 시작했다. 고등학교 때 방황을 했던 나는 수학능력시험을 망치고(400점 만점에 290점) 안산의 모 전문대학에 입학했다. 82년생들이 치렀던 수학능력시험은 너무나 쉬워서 360점을 맞았던 친구들이 한양대 안산캠퍼스에 입학하는 일들이 있었다.

대학에서도 방황을 했던 나는 1학년 1, 2학기를 학사경고 받았기에 복학하고 싶은 생각이 없었다. 그래서 일단 아르바이트를 하기로 했다. 군 전역 전에 5일의 휴가 기간 동안 아르바이트를 찾았다. 다행스럽게도 군포의 물류센터에서 전역 다음 날부터 아르바이트를 할 수 있었다. 여성 의류 물류창고였다.

사람이 무언가에 몰두하게 되는 시기가 있는 것 같다. 이유는 모르겠지만 물류센터에서 아르바이트를 하면서 일본어 공부를 시작했을 때 정말 미친 듯이 몰두했던 것 같다. 일본어를 공부하고 싶은 마음도 없었고, 딱히 공부해야 하는 계기도 없었는데 일본어 공부를 시작한 뒤로 일본어에 몰두했다. 고등학교 때 일본어 수업이 있었지만 항상 다른 짓을 했었기에 일본어의 기초도 몰랐다. 그냥 일본어 초급 회화책으로 공부를 하다가, 나도 모르는 사이에 아르바이트 출근 전 학원에서 일본어 공부를 하고 있었다. 그렇게 일본어 공부를 하고 3급 시험에 합격했다. 그리고 일본어 공부를 계속했다. 아르바이트를 끝내면 종로의 유학원에서 일본인들의 수업을 들으며 일본어를 공부했다. 이렇게 1년을 지내면서 돈 천만 원이 모였을 때 나는 일본행 비행기에 탔다. 한국이 싫었던 것인지 모르겠다. 한 가지 확실한 건 가출을 하고 싶었나 보다. 근데 이게 가출인지, 불바다에 뛰어든 것인지 모르겠다.

일본(東京) 편상

도쿄

혼자 갈 겁니다 148
도쿄관광 154
입향순속(入鄕循俗)
(아르바이트, 이사, 경찰서, 음지와 양지 사이, 외국인의 품격) 161
일본유학시험 178
하늘은 스스로를 돕는 자를 돕는다? 181
고민 그리고 도전 185

혼자 갈 겁니다

2006년 10월 2일 오후 2시에 인천국제공항을 이륙한 비행기가 약 2시간 뒤 나리타국제공항에 착륙했다. 꿈에서도 오고 싶었던 일본이 단 2시간밖에 걸리지 않았다. 조금은 실망했다. 실망이라기보단 2시간밖에 걸리지 않는데 왜 더 빨리 오지 않았을까 하는 아쉬움이랄까?

어렸을 때부터 공항은 항상 동경하던 장소였다. 세계지도를 펴놓고 여기저기 가보고 싶었던 나에게 공항은 꼭 한번 오고 싶었던 장소였다. 한 번도 가보지 못한 미지의 세계로 가는 기분은 너무 두근거리는 기분에 평생 간직하고 싶은 기분이다. 이런 기분 너무 좋다. 세계 각국의 언어로 쓰여져 있는 게시판과 스피커에서 흘러나오는 공지사항. 동양인, 서양인, 아라비아인, 세계 각국의 사람들이 모이는 공항. 멋진 제복을 입은 파일럿과 스튜어디스. 큰 캐리어를 끌면서 목적지를 찾아가는 사람들. 해외출장이라도 나가는 듯이 보이는 회사원. 방금 착륙한 비행기에서 나오는 사람들. 지구 반대편에서 온 모양인지 계절과는 맞지 않는 복장의 사람들. 여행을 떠나는 사람들. 긴 시간 헤어져 있는 것을 슬퍼하는 커플. 두근거림, 이륙시간에 늦지 않기 위해 서두르는 사람들의 걱정. 테러 등의 사건에 만발의 대비를 해야 하는 보안요원들의 긴장감. 이 모든 복잡미묘한 감정들이 응축된 공항이 너무 좋다.

2011년 3월 11일의 큰 지진 직후 난 공항에서 하룻밤을 보내는 경험을 했다. 지진이 일어나기 전에 3주간의 예정으로 3월 15일 출국 비행기표를 예약해 두었다. 3월 11일 지진이 발생했고, 혼자 지내던 나는 3월 14일 아침 일찍 나리타 공항으로 향했다. 15일까지 혼자 지내는 것보다 공항에서 많은 사람들과 함께 있는 것이 정신건강에 좋을 것 같아서 공항에서 1박을 결정했다. 좋아하는 공항에서의 1박이었다.

나는 이때까지 나의 정체성을 몰라서 못 했는데, 시대의 상황을 기록하는 사람이 될 운명이었으면, 이때 지진으로 인해 공항으로 몰려온 사람들의 사진이나 기록을 내 방식대로 남겨두지 않았을까 한다. 그것을 못 했던 것이 너무 아쉽다.

나를 포함한 50명의 한국인이 유학원을 통해 일본에 왔다. 각자 나름대로의 큰 꿈을 품고서. 유학원에서는 3개월 지낼 수 있는 집을 알아봐 주고, 일정 기간 유학생의 생활을 봐주기도 하는 업무를 하고 있다. 공항에서 유학생이 지낼 집까지 픽업도 그중 일부였다.

"승원아, 혼자 가려고?"

유학원에서 알게 된 삼미 누나가 혼자 도쿄에 가려는 내가 걱정되는지 물어온다.

"응. 혼자 갈래. 다른 사람들과 같이 가는 것도 좋지만 그냥 혼자 갈래. 혼자 가면서 일본어나 써먹어 보려고 나를 시험해 보는 거지."

"그래도 다 같이 가는 편이 좋지 않아?"

"됐어. 그냥 혼자 갈래. 이케부쿠로의 집까지 갈 수 있는 지도도 가져 왔고, 닛포리까지 가면 아는 일본인이 나와 있기로 했어. 나는 갈 테니 내일 구약소에서 보자고. 바이~"

이렇게 인사를 하고 스카이라이너 표를 사러 갔다. 그리고 담당 직원에게 자신 있게 말했다.

"닛포리까지 한 장 주세요!"

마침내 우에노행 스카이라이너에 탔다. 오후 5시 30분. 회사원의 귀가 시간보다 이른 시간이었기 때문에 타는 사람은 그다지 많지 않았다. 텅 비고 넓은 열차 안 지정석에 앉아 달리고 있는 스카이라이너 창문으로 야경을 바라보았다. 스카이라이너가 출발하고 얼마 지나지 않아 히라가나와 가타카나로 쓰인 간판이 보이기 시작했다. 일본어로 쓰여진 간판과 치바의 야경을 바라보며 '정말로 일본에 왔구나.'라는 성취감이 들었다.

치바의 야경에 도취해 있던 나를 태운 스카이라이너는 약 1시간 뒤 닛포리에 도착했다. 닛포리에 도착하니 아베가 기다리고 있었다. 나는 그 당시 일본의 MIXI라는 포털사이트에서 가입하여 일본어를 공부하고 있었다. 그 사이트에서 아베를 알게 되었는데 한류를 좋아하는, 특히 박용하의 팬이었다. 박용하를 보려고 한국에도 몇 번 왔었는데 그때 아베와 같이 온 일행을 길 안내를 하면서 알게 되었다. 그렇게 한류를 좋아하던 아베는 나에게 한국어를 배웠지만, 또 한국어를 공부하고자 하는 사람도 나에게 소개시켜 주는 등 여러 면에서 나를 도와주었다. 타카사키에 있는 대학에 입학하기까지 도쿄에서의 1년 6개월간 정말로 많은 도움을 주었다. 생명의 은인이다.

"어서 와요, 일본에. 진짜로 일본에 왔구나."

"응, 안녕. 결국 일본에 왔어."

"일본에 온 소감은?"

"주위에 모든 것이 전부 일본어로 써 있고 여기 있는 사람들도 일본어로 말하는 것을 보니 여긴 일본이구나 하는 정도?"

"무슨 소감이 그러니?"

"뭐, 아무렴 어떤가. 배고프다. 빨리 이케부쿠로에 가자고."

"이케부쿠로에 간 하는데 만약 내가 나오지 않았다면 이케부쿠로까지는 어떻게 생각이었어?"

"뭐야 갑자기 그런 질문은…. 잠깐만, 이케부쿠로면 야마노테센이니까 이쪽 아니야?"

"틀렸어, 야마노테센은 맞는데 그쪽은 도쿄, 시나가와 방면이야. 이케부쿠로는 가지만 좀 시간이 걸리지. 그쪽이 아니고 이쪽으로 가자고."

이런 대화를 하면서 우리는 이케부쿠로로 향했다. 이케부쿠로에 도착해서 동쪽 출구로 나갔다. 인터넷에서 봤던 이케부쿠로의 사진과 같았다. 마치 영화의 주인공이 된 기분이었다.

"인터넷에서 봤던 이케부쿠로 사진하고 같네."

"그래? 호호호. 어린아이 같네, 아니면 시골에서 온 촌놈이든지. 호호호. 오늘 저녁은 내가 산다. 특별한 날인 만큼. 뭐 먹을래?"

"오! 밥 사는 거야? 사 준다는데 사양은 하지 않을게. 뭐 먹지. 그래,

돈가스 먹으러 가자. 나 일본 돈가스 먹고 싶어."

우리는 세이부백화점 돈가스집으로 갔다. 돈가스와 생맥주를 시켰다.

"역시 일본의 맥주는 맛있네. 한국에서는 비싸서 잘 마시지 못했지만."

"맛있지? 나중에 여러 가지 맥주를 마셔봐. 맥주가 좋아질 거야."

"응, 알았어. 나중엔 에비스를 마셔볼까?"

"그런데 유학원에서 50명하고 같이 온다고 하지 않았어? 어째서 혼자 오게 된 거야?"

"응, 나도 처음엔 50명하고 같이 숙소에 갈까 생각하다가 생각을 바꿨어. 혼자서 도쿄에 가보기로. 공부한 일본어 써먹고 싶어서 도쿄에 혼자 왔지. 마중 나오는 사람도 있는데 도쿄에 혼자 못 오지 못할 건 없잖아."

"그래도 도쿄까지 오는 것이 무섭지는 않았어? 여긴 한국도 아니잖아?"

"무섭다고 생각한 적은 없었어. 그냥 하고 싶은 걸 했던 것뿐이야."

"그래, 캇 쨩은 배짱이 두둑하네."

"배짱이 두둑한지는 모르겠는데 그냥 난 혼자 도쿄에 오고 싶었어."

"역시 캇 쨩은 이상한 사람이야."

이런 대화와 식사를 끝내고 우리는 토부토죠센을 타고 키타이케부쿠로로 향했다. 키타이케부쿠로에서 내려 일방통행의 길을 걷기 시작하자 이슬비가 보슬보슬 내리기 시작했다. 조금 더 걸었더니 이케부쿠로 제2소학교가 나오고 조금 더 걸었더니 예약해 두었던 숙소에 도착했다.

"겨우 도착했네. 아마도 잠들지 못할 거라 생각하지만 오늘은 푹 자고. 내일은 서류신청 등 여러 가지가 있잖아. 또 연락할게."

아베는 집으로 돌아갔고 난 짐을 가지고 방으로 들어갔다. 나 혼자만의 방이다. 인생에서 처음 해보는 혼자만의 독립생활. 그것도 한국이 아닌 일본에서. 그 당시 내 기분은 어땠는지 잘 모른다. 세상의 모든 언어로 표현한다 해도 표현 불가능한 기분일 거다.

도쿄관광

1

일본에 와서 처음으로 해야 할 것은 외국인등록증을 신청하는 것이다. 이 외국인등록증이 없으면 외국인이 일본에서 생활을 할 수 없다. 그리고 불법체류자가 되어 일본으로부터 추방된다. 어쨌든 여권과 외국인등록증은 외국인이 일본에서 생활하기 위해 가지고 있어야 할 것들이다. 토시마구약쇼에서 외국인등록증을 신청했다. 일본어를 잘하지 못해서 옹알이 수준으로 외국인등록증을 신청했던 것 같다. 하지만 외국인등록증을 신청하는 외국인이 많아서일까 의외로 간단하게 외국인등록증을 신청할 수 있었다.

"임시외국인등록증입니다. 오늘 신청한 외국인등록증이 발급되기까지 이 임시외국인등록증을 사용해 주시기 바랍니다. 10월 17일 외국인등록증이 완성됩니다. 17일 이후에 발급받으러 다시 오시기 바랍니다."

어쩌고저쩌고 외국인등록증 담당 직원의 설명.

"17일까지는 이 종이를 사용하면 된다는 말이군. 17일에 다시 오면 된다는 이야기구나. 역시 존경어로 말하는 일본어는 어렵네. 공부해야겠다."

어찌 되었든 일본에 처음 온 외국인에게 존경어를 사용하는 대화는 어렵다. 외국인등록증 신청을 끝내고 이케부쿠로에서 야먀노테센을 타고 신오오쿠보로 갔다. 일본에서 살면서 필요한 통장을 개설할 필요가 있었다. 아무 우체국에서 개설해도 상관은 없었지만, 일본에 있는 유학생들의 정보에 의하면 외국인이 많은 곳의 우체국에 가면 빨리 개설해 준다고 한다. 신오오쿠보에서 삼미 누나를 만나 통장을 개설하고 돈키호테와 100엔숍에서 생활용품을 구입했다. 돈키호테에서 자전거를 구입하고 자전거 등록을 했다. 한국에서는 자전거를 구입해도 등록하지 않지만, 일본에서는 자전거를 구입하면 등록을 해야 한다. 참 이상하다.

내가 도쿄에서 생활하다 타카사키로 이사하기 전 2006년 10월부터 2008년 3월까지의 신오오쿠보는 그렇게 크게 변하지 않았다. 한류 붐이 생기기 전이라서 그랬는지 모르지만 그냥 몇 점의 한국 음식점이 생기고 사라지는 변화 말고는 특이사항이 없었다. 하지만 타카사키에서 생활을 하다가 3년 만에 찾아간 신오오쿠보는 정말 놀랄 정도로 바뀌어 있었다. 참 많은 것이 바뀌어 있었다. 문화의 힘이 대단하다는 것을 느꼈던 순간이었다. 마을조차 바뀌버리다니….

여러 가지 생활용품을 구입하고 일본어학원이 시작하기까지 비어 있는 며칠간 도쿄관광을 했다. 삼미 누나, 향이 일본에서 알게 된 친구들과 같이 야마노테센 1일 이용권으로 메이진궁, 시부야, 신주쿠, 이케부쿠로선샤인시티, 우에노공원, 아키하바라, 도쿄타워, 에비스가든 플레이스 등 그 뒤 오다이바에도 가보고 키치죠지 이노카시라공원 전부 가 보았다. 그때 당시는 잘 몰랐는데, 생각해 보니 도쿄의 대부분 관광코스가 여성 여행자가 좋아할 만한 코스였지 않았나 싶다. 일본에서 만났던 한국인 친구들도 대부분 여자였다. 24살에 일본에 갔던 난 그리 많은 나이도 아니었다. 아무튼. 하라주쿠도 신주쿠도 남자들끼리 갈 곳은 아니었고 아키하바라밖에 없었다. 아니면 신주쿠 카부키쵸…? 한류도 여자에게만 인기가 있고, 그냥 도쿄전체가 여성화된 것 같다. 활기가 느껴지지 않는 이유는 뭘까? 고도경제성장의 후유증인가? 뭔가 조금 이상하긴 하다.

2

경외감: 공경하면서도 두려워하는 마음

국어사전에서 찾아보았다. 경외감. 사람이 가지는 하나의 감정이라 한다. 위대하거나 숭고한 것 보면 공경하면서도 두려워한다고 한다. 여행을 좋아하는 사람은 대자연의 풍경을 보고 경외감을 느낀다고 한다. 예를 들자면 미국의 그랜드캐니언, 남미의 잉카제국, 이집트의 피라미드, 인도의 타지마할 등의 대자연 풍경을 보거나 역사 유적지에 가면 경외감을 느낀다고 한다. 안타깝게도 나는 가본 적이 없었다….

"여보세요? 캇 쨩, 오랜만이야. 잘 살고 있어?"

아베로부터의 전화였다.

"응, 오랜만이야. 생활용품도 사고 외국인등록증도 신청하고 잘하고 있어."

"뭐, 이야기 들어보니 잘하고 있나 보네. 그건 그렇고 이번 주 토요일 시간 있어? 내가 알고 있는 한일교류회가 있는데 바비큐 파티를 한다고 해서 같이 갈래?"

"토요일 시간 있으니 갈래. 장소는 어디야? 시간은?"

"시간은 12시 30분까지고 장소는 후타코타마카와역인데 가까운 공원에서 바비큐 파티를 한대."

"후타코타마카와는 어디야? 처음 듣는데?"

"뭐, 들어본 적 없을 거야. 시부야에서 도쿄전원도시선을 타면 되는데 캇 쨩 혼자서는 갈 수 없을 거야 미아가 되겠지. 국제미아. 호호호."

"국제미아라니 날 뭐로 보고…."

"어차피 나 토요일 아침에 신주쿠에 가야 하니까 11시에 신주쿠에서 만나자 알타는 어딘지 알지? 알타에서 만나자고."

"엉, 알겠어. 그럼 토요일날 보자."

약속한 토요일이 되었다. 신주쿠역에 도착한 나는 알타로 향했다. 하지만 당시의 신주쿠역은 너무 복잡했기에 많은 시간을 허비하여 겨우 알타에 도착했다. 휴대폰의 시계를 보니 10시 50분. 아베를 찾았지만 보이지 않는다. 때 되면 오겠지라고 생각하며 이어폰을 귀에 꽂고 노래를 틀었다. 오자키 유타카의 「I LOVE YOU」가 흘러나왔다. 참으로 서정적인 좋은 노래이다. 한국의 누군가가 리메이크했는데 누구였는지 기억이 안 난다.

그런데 오자키 유타카는 왜 스스로를 버렸을까? 오래전 한국의 젊은 가수도 스스로가 자신을 버려버렸다. 이유는 갑작스레 성공한 탓에 따르는 부담감이라고 하는데 오자키 유타카도 같은 이유인지는 모르겠다. 일반인이 알지 못하는 예술가들의 정신적 스트레스와 광기가 사람을 극단적으로 몰아가는지 모르겠다. 빈센트 반 고흐처럼.

"좋은 아침, 캇 쨩. 벌써 와 있었네."

아베가 도착한 모양이다. 인사를 하는 아베 쪽으로 고개를 돌렸다. 그리고 뇌리에 각인되어 잊어버리지 못할 광경을 보게 되었다. 아베의 뒤에 보이는 신주쿠역. 신주쿠역 플랫폼에 들어오는 야마노테센의 녹색열차, 사이쿄선의 청록열차, 중앙쾌속의 주황열차가 꼬리에 꼬리를 물고 플랫폼에 들어오는 광경. 아직도 지워지지 않는 광경이었다.

'멋지다!'

라고 생각했을 때.

"캇 쨩, 뭐 하고 있어. 인사도 안 하고."

"엉? 안녕. 언제 왔어?"

"보시는 대로 지금 도착했습니다. 빨리 갈까요?"

"엉, 그래. 가자고."

짧은 대화를 끝내고 신주쿠역으로 향했다.

"아까 뭘 계속 보고 있던 거야? 귀여운 여자라도 발견한 거임?"

"귀여운 여자? 주위에 있으면 소개해 줘라. 여자는 없었고 신주쿠역을 보고 있었어. 아까 나를 불렀을 때 신주쿠역이 보였어. 3대의 열차가 꼬리를 물로 플랫폼에 들어오는 광경이 멋있어서. 열차의 박력이라고 할까."

"그래? 캇 짱은 철도 매니아인가 봐?"

"특별히 철도 매니아는 아닌데, 아까 봤던 신주쿠의 광경이 멋져서 일본어가 좀 더 가능하다면 설명이 가능할 텐데 그러지 못하네, 지금은."

"그래. 나중에 일본어를 잘 말하게 되면 알려주라고."

"알았어. 놀지 않고 일본어 공부할게. 일본어는 아직 잘 모르겠지만 사람들이 왜 철도 매니아가 되는지는 알 것 같아."

"근데 신주쿠역이 세계에서 유동인구가 가장 많은 역이라는 거 알아? 1일 유동인구 320만 명이래."

"320만 명이라니…. 대체 얼마나 많은 사람이 신주쿠역을 이용하는 건지…."

"나도 잘 몰라 근데 많지 않아?"

"음…. 잠시만 생각해 보자. 만약 열차 1량에 사람이 100명이 탄다면 열차 1량이 3만 2천 대가 필요. 열차가 3만 2천 대면 대체 어디까지 이어지는 거?"

"캇 짱, 참 계산도 빠르다. 대단한걸? 나도 잘 모르지만 하코네까지 이어지지 않을까?"

"하코네? 들어본 적은 있어. 나중에 기회 되면 가볼게."

"꼭 가봐. 좋은 곳이니까."

내가 일본에 와서 도쿄를 돌아다니며 느꼈던 것은 활기가 느껴지지 않는 점이었다. 아무것도 없이 배짱과 자신만만함으로 일본에 온 외국인에겐 도쿄가 더더욱 활기가 느껴지지 않았는지 모르겠다. 하지만 그날 보았던 신주쿠역은, 신주쿠역의 광경은 활기가 느껴지지 않는 도쿄에 어떤 메시지를 주는 것 같았다.

"나는 아직 멀쩡하다고 나를 따라오라고!"

포효하는 것 같았다.

입향순속(入鄕循俗)

아르바이트

일본어학원의 수업이 시작되었다. 한국의 어학원과 크게 다르지 않았다. 다만 다른 것이 있다면 일본어학원에서의 모든 수업은 일본어에 의해서, 일본어로 이루어지는 것 같았다. 그 외의 별다른 사항은 없는 것 같았다. 그 당시에는 일본어학원에서의 일본어공부도 중요했지만, 무엇보다 중요한 것은 아르바이트를 찾는 것이었다. 천만 원에서 6개월간의 일본어학원 수업료, 3개월간의 집세, 생활용품을 사고 나니, 남은 돈은 150만 원. 아르바이트를 찾지 않으면 더 이상 일본생활을 해 나가기에 불가능할지도 모른다. 아르바이트를 찾기 시작했다.

일본어학원에서 알게 된 한국유학생들이 자신들은 일본에 '신문장학생'으로 왔다고 한다. '신문장학생'은 각 일본신문사의 신문배달원이 되어 조간과 석간을 배달하는 대신에 집, 학교 수업료, 생활비 등을 지원받는다. 한국에서 일본에 오기 위해 준비도 많이 했다. 한국에 있는 일본유학생들에게 일본 사정도 묻기도 하고, 나리타에서 도쿄까지 혼자 오기 위해 지도까지 인쇄하며 준비했었다. 하지만 '신문장학생'은 어째

서인지 일본에 와서 처음 알았다. 한국에서 알아봤으면 좋았을 텐데. 하지만 별수 없다. 혼자서 아르바이트를 알아보기로 했다.

'일본에서 많은 외국인 유학생들이 아르바이트를 하고 있으니 나도 아르바이트를 찾을 수 있겠지.'

하는 위안과 함께.

2006년의 일본은 이랬는데 2024년의 일본은 달라져도 너무 달라졌다. 일본의 공항에서는 코로나로 인해 공항에서 이탈한 인력들이 노동강도와 비교하여 저임금으로 인해 일본인들이 공항에서 일을 안 하려고 한다. 어쩔 수 없이 한국인들을 고용하여 공항을 돌리려고 하지만, 이미 SNS 등으로 일본의 사정을 실시간으로 알아볼 수 있어서, 한국인들은 일본에 일하러 가지 않는다. 일본 청년들이 이미 저임금으로 일본을 탈출한다는데 한국인들도 갈 일이 없다. 타카하시마츠리의 사건으로 일본에선 일하는 방법 개혁(働き方改革)을 실시했지만, 그들은 지난 경제성장을 그리워하며 "잃어버린 ○십 년"이라는 한탄을 반복해 왔다. 그들은 변화나 개혁 같은 것을 할 수 없는 사람들이었다. 그런 변화나 개혁을 본인들이 시도해 본 적이 없기 때문이다.

아르바이트를 찾으려고 하니, 집 근처 편의점에서 아르바이트를 구하고 있었다.

"여보세요. 황승원이라고 합니다. 아르바이트를 구한다고 해서 전화드렸습니다. 외국 유학생입니다."

전화로 나를 소개했다. 그랬더니

"아? 외국인입니까? 저희 외국인 고용했었는데요, 사고가 많아서 더 이상 외국인 고용하지 않습니다. 죄송합니다."

라며 전화를 끊었다. 처음부터 거절당했다. 참 애석하다.

'뭐 거절당할 수도 있는 거지. 더 이상 떠올리지 말자.'

그래도 그리 간단하게 지워지지 않았다.

맥주나 하나 따고 내일 다시 찾자고 생각하며, 아르바이트를 거절한 편의점으로 갔다. 집에서 가깝기도 했지만, 정말 외국인을 고용하고 있는지 확인하고 싶기도 했다. 편의점에 들어가니 2명의 아르바이트생이 있었다. 남자 2명이었다. 1명은 계산대에서 계산을 하고 있고, 1명은 진열장에서 진열을 하고 있었다. 명찰엔 각각 '사토', '타나베'라고 써 있었다. 실은 명찰을 확인하기 전에도 일본인이라고 생각했다. 외국에 나와 있는 외국인은 무슨 짓을 해도 외국인이라는 티가 나는 모양이다. 특히 길을 걸어가다 한국인 같은 사람을 보면 의심할 여지 없이 한국인이다. 이유는 잘 모르겠지만, 한국인과 일본인의 구별은 한 순간에 된다. 산토리프리미엄몰츠 500ml 두 캔과 안주를 사서 돌아왔다.

"내일은 아르바이트를 구할 수 있을 거야."

라며 술로 나를 위로하고 침대에 누웠다.

다음 날 모든 신경이 아르바이트에 집중되어서 일본어 수업은 머리에 들어오지 않았다. 쉬는 시간 같이 일본어 수업을 듣고 있는 친구가 일본인이 운영하는 한국 음식점 아르바이트 면접에 합격하여 내일부터 일하게 된다고 말해줬다. 그리고 사장이 아르바이트생을 더 구한다며 나에게 사장 명함을 주었다.

"여보세요. 황승원이라고 합니다. 아르바이트 건으로 연락드렸습니다. 한국 유학생입니다."

"아, 아르바이트 건인가요? 담당자 바꿔드리겠습니다. 잠시만 기다리세요."

"여보세요. 전화 바꿨습니다. 이토라고 합니다."

"황승원입니다. 아르바이트 건으로 전화드렸습니다."

"그렇습니까? 국적은 어디십니까?"

"한국인입니다."

아까 한국인 유학생이라고 했는데, 전해지지 않은 모양이다.

"아, 한국인입니까? 오늘 면접 괜찮으십니까? 오후 6시에 시간 있으신지요."

"예, 괜찮습니다. 면접은 어디서 합니까?"

"면접은 신주쿠점 근처에서 합니다. 신주쿠2초메 12번지 요시다빌딩 201호에서 합니다."

"예, 알겠습니다. 시간 맞춰 찾아가겠습니다."

"예, 감사합니다."

하며 전화가 끊겼다. 처음 잡아보는 아르바이트 면접이다.

일본어수업이 끝나고 집에 돌아온 나는 인터넷으로 면접장소를 찾아봤다. 자전거로 메이지도로를 달려 신주쿠3쵸메에서 왼쪽으로 꺾으면 갈 수 있을 것 같았다. 자전거로 가기로 했다. 어두워져서 네온사인으로 반짝이는 이케부쿠로를 지나 치토세다리부터 시작하는 내리막길을 내려오면 빅카메라본부와 토덴아라카와선 건널목이 보인다. 여기서 토덴아라카와선을 따라 5분 정도 달리는 길이 일본어학원 등굣길이었다. 메이지도로와 신메이지도로 교차로를 통과하여 오르막길을 계속 달리다 보면 신주쿠키타우체국과 와세다대학 이공학부 건물이 나오고 그 당시 공사 중이었다. 도쿄메트로 부도심선 공사 현장이 있다. 지금은 부도심선도 완성되었겠지. 자전거로 몇 번을 달렸는지 모르겠다. 평생 잊지 못할 메이지도로다.

자전거로 30분을 달려서 면접장소에 도착했다.
"실례합니다. 오늘 아르바이트 면접약속이 있어 왔습니다. 황승원이라고 합니다."
"예, 들어오세요."
사무실로 들어갔다. 다다미 4조 정도 되는 공간에 테이블이 2개, 의자가 3개 있었다. 의자에 앉아 있던 사장은 50대 중반으로 보였다. 안경을 쓰고 있었고 조금은 피곤한 기색이 느껴졌다. 체격은 살찌지도 마르지도 않은 보통 체격. 테이블 위에 서류들은 정리가 되어 있었다. 정리된 서류들로 보아하니 참으로 까칠하고 정리벽이 있는, 대하기에는 조금은 껄끄러운 사람으로 보였다.
"처음 뵙겠습니다. 이토라고 합니다. 여기 앉으세요. 이력서는 가져오셨나요?"
"아, 감사합니다. 이력서 가지고 왔습니다."

이력서를 건넸다.

"예, 승원 씨는 10월달에 한국에서 일본에 오셔서 이제 2주 지났군요."

"예, 그렇습니다."

라고 답했다. 답하면서 '아까 한국인이라고 소개했는데 또 묻네, 내가 한국인인 것은 중요하지 않나 보다.'라고 생각했다.

"일본어는 어느 정도 공부했습니까?"

"예, 한 1년 정도 공부했습니다. 간단한 대화는 가능합니다."

"그렇습니까. 음식점에서 일한 경험은 있나요?"

"예, 20살 때 학교 식당에서 주방보조로 일한 경험은 있습니다."

"예 알겠습니다. 그럼 승원 씨는 언제부터 아르바이트 가능하십니까?"

"어제부터 가능합니다."

라고 말하고 머리가 멍해졌다.

'나 뭐라고 말한 거지? 어제부터 가능하다고? 병신!!!!' 긴장이 시작되었다.

"예, 알겠습니다. 면접은 여기까지 하겠습니다. 내일 면접결과에 대해 연락드리겠습니다. 수고하셨습니다."

"예, 전화 기다리겠습니다." 하며 사무실을 나왔다.

"이런 젠장!"

다음 날 아르바이트 채용이 불가능하다는 연락이 왔다. 첫 아르바이트 면접의 에피소드이다.

'채용불가의 전화면 안 해도 될 텐데….'라고 생각했다. 하지만 일본에서의 생활과 여러 가지 경험을 토대로 생각해 보면 꼭 무언으로 동의와 거절을 표현하는 것보다 확실하게 '예, 아니오'라고 자신의 의사를 확실히 표현하는 것이 좋다고 생각한다. 물론 상황을 고려하고 상대의 입장을 생각해야 되겠지만…. 한국이나 일본 같은 아시아 국가에서 자신의 의사를 확실히 표현하는 것은 힘들지만 말이다. 하지만 확실하게 의사를 표현하는 편이 자기주장은 있다고 생각된다. 가끔은 그렇게 확실하게 해주는 의사표현으로 인해 그 사람의 당당함도 느낄 수 있는 것 같기도 하고 확고한 자신만의 세계도 있는듯하기도 하다.

몇 번의 아르바이트 찾기가 실패로 돌아가고 도시락 가게에서 도시락배달 아르바이트를 시작하게 되었다. 오전 9시부터 12시까지 히가시이케부쿠로의 각 거래처에 도시락을 배달했다. 그리고 닛포리에 있는 음식점에서 18시부터 23시까지 아르바이트도 시작했다. 오전 9시부터 12시 아르바이트, 13시부터 17시 일본어수업, 18시부터 23시 또 아르바이트. 엄청난 하루가 시작되었다. 참 이런 생활을 나도 어떻게 했는지 모르겠다. 하지만 이런 생활은 나만 한 것이 아니고 그 당시 유학생들은 이렇게 고학으로 지내왔다.

1달 월급이 13만~15만 엔. 그리고 일본어학원을 졸업하고 타카사키 경제대학에 입학이 결정되었다. 일본어학원을 졸업하고 대학입학까지 1달의 기간 동안 아르바이트만 했다. 그때의 월급이 20만 엔이었다(대학 입학 당시 환율이 1만 원당 1,700엔이었기에 원화로는 340만 원이 된다).

일본어를 사용해서 아르바이트를 구하고 일본어로 아르바이트를 하며 1년 6개월을 버텼다. 지금 생각해 보면 나도 어떻게 버텼는지 모르겠다. 그냥 하다 보니 이렇게 살아지게 되더라. 사람은 참 불가사의한 존재 같다. 일본생활을 하다 보니 나름대로 살아가며 삶의 지혜도 생기는 것 같았다. 아르바이트 교통비를 착복하는 방법이라고 해야 할지 모르겠지만.

이케부쿠로에서 타바타로 이사한 뒤 정기권을 사야 했다. 학교가 타카다노바바에 있어서 타카다노바바-타바타까지의 정기권이 필요했다. 인터넷으로 정기권 정보를 찾아보다 타카다노바바-타바타 구간과 타카다노바바-닛포리 구간까지의 정기권 금액이 같은 것을 알게 되었다. 생각이고 자시고 할 문제가 아니다. 타카다노바바-닛포리. 이 정보 하나로 일일 교통비 260엔을 착복했다. 또한 닛포리도서관과 한국매점에도 갈 수 있었다.

이사

일본에 온 지 3개월이 지났다. 이제 집의 계약을 경신하든지 이사를 해야 한다. 계약을 경신했어도 좋았지만, 역시 이케부쿠로는 집세가 비싸서 이사하기로 마음먹었다. '3개월간 추억에 남는 사치생활이었다.'라고 생각했다. 한국에서 일본에 오기 위해 여러 가지 정보를 입수했을 때 일본의 이사에 관한 정보도 들을 수 있었다. 일본에선 이사하기 위해 '보증금 2개월, 사례금 2개월'의 돈을 내야 한다고 했다. 만약 방세가 5만 엔이라고 하면 1달 방세 5만 엔, 보증금 10만 엔, 사례금 10만 엔의 총 25만 엔을 지불해야 한다. 이사 첫 달에. 하지만 내가 방을 찾을 때는 이러한 제도는 거의 사라지는 중이었다. 부동산사무실에 가도 '보증금 2개월, 사례금 2개월'의 팻말은 보이지 않고 '보증금 1개월' 혹은 '사례금은 방값의 50%'라고 쓴 팻말이 대부분이었다. 하지만 이런 정보들도 나와 같은 가난한 유학생들에게는 그렇게 도움 되는 정보가 아니다. 한국인끼리 집을 빌려 룸쉐어를 하는 곳을 찾아야 했다. 혼자서 집을 찾으려고 노력도 해봤지만 외국인이라는 이유로 거진 퇴짜였다.

처음엔 일본어학원에서 가까운 신주쿠와 와세다 근처의 집을 알아보기로 했다. 하지만 이것도 쉽지 않았다 다음엔 릿교대학이 있는 니시이케부쿠로. 대학과 가까워서 룸쉐어를 하는 곳이 많았다. 하지만 역에서 가까운 곳은 너무 비싸든지 비어 있는 방이 없었다. 조금 더 찾아봤더니 카나메초에 좋은 곳이 있었다. 역과는 먼 거리지만 2일 뒤에 계약이 끝나기에 어쩔 수 없다고 판단하여 이사하기로 했다. 아침에 일찍 일어날 각오를 하고. 연락처를 올려둔 사람과 연락을 한 후 방을 보러 갔다. 방은 4개가 있고 이 집에 한국인이 7명, 일본인이 1명 산다고 했다. 일본어학원 다니는 1명이 급하게 귀국을 한다고 한다. 카나메초는 역과 멀지만 곧 계약이 끝나는지라 어쩔 수 없다. 입실하기로 하고 집으로 돌아왔다.

집으로 돌아와 이삿짐을 정리하던 중이었다. 핸드폰이 울렸다. 30분 전 이사로 대화한 사람이었다.

"여보세요?"

"저기 아까 입실 건으로 대화한 사람인데요, 죄송한데 여기 오시지 못할 것 같아요."

"예? 다시 말해봐요."

"아…. 실은 이 방에 살고 있는 친구가 자기 친구를 데리고 온다고 했는데, 저에게 연락을 안 해주다가 이제 알았네요. 죄송합니다."

"아이, 씨발! 지금 짐 정리하고 있는데 들어오지 못한다고 하면 뭐 어쩌라는 거야. 안 그래도 일본생활 짜증 나 죽겠는데, 별게 다 짜증 나게 하네. 씨발 장난쳐?"

"정말 죄송해요. 다른 방 한번 찾아보시길 바랄게요."

"아, 씨발 말이면 다야?"

짐을 정리하다 벼락과 같은 소식을 듣고 이성을 잃었는가 보다. 정리하던 노트북의 마우스를 던져버렸다. 정말 화가 나서 진정되지 않는 밤이었다.

실은 이 당시 시부야에서 하고 있던 저녁 아르바이트가 해고된 상태였다. 모 백화점에 입점한 한국 식당에서 아르바이트를 하고 있었는데 해고를 당했다. 한국식당 측이 아닌 백화점 측에 의해 해고를 당했다. 조금은 복잡한 일들이 있었지만…. 자초지종을 이야기하자면 백화점에 입점한 한국식당에 일본백화점은 만만한 곳이 아니라는 인식을 심어줘야 했고, 일본 내에서 엄청나게 유명한 백화점이기에 강한 압박도 매장에 가했어야 했나 보다. 아르바이트를 시작한 지 얼마 안 되었고, 이사 문제로 시프트도 그리 많이 넣지 못했던 난 근태불량이라는 명분으로 백화점 측으로부터 해고를 당했다.

백화점에서 근 1달간 일하면서 나에게도 그렇게 맞지 않는 곳이었기에 그만둘까 하는 생각도 있었다. 백화점이 직원에게 실시하는 교육도 답답했거니와, 직원 출입구 및 통로로 다니며 낭비하는 시간들과 백화점이 요구하는 품위유지를 위해 낭비하는 시간들을 생각하니 백화점은 나와 그다지 맞지 않는 곳이라고 생각했다. 그리고 이케부쿠로는 시부야는 멀었다. 태생부터 패션 감각도 없고 매너와 예의도 잘 모르는 인간이 백화점에서 일한다는 건 아무리 생각해도 아니었다. 이대로 일을 더 해야 하나 고민하고 있던 차에, 백화점이 해답을 내려준 것 같다. 내 선택보다 백화점이 빨랐다는 것뿐이었다.

결론적으로는 카나메초의 그 집도, 시부야의 백화점도 나와는 인연이 아니었던 것이고, 인연이었다 한들 금방 헤어질 인연이었던 듯하다. 매몰찬 거절과 해고도 내가 감당할 만하니 일어났던 일이었고, 어찌 됐든 지금은 잘 먹고 잘 살고 있다.

경찰서

"젊을 때는 병원, 경찰서 가는 경험 말고는 뭐든 해봐."

라는 말은 귀가 아플 정도로 많이 들어봤다. 아파서 병원에 간다거나, 이상한 일에 휘말려서 경찰서 가는 일 말고는 인생에 도움 된다는 말이겠지. 일본에서 아르바이트를 찾고 있었을 때 교통사고를 겪은 적이 있다. 아침 아르바이트를 구하기 위해 니시스가모의 가게에서 면접을 봤다. 면접이 예정보다 늦어져서 1시에 시작하는 일본어학원의 수업에 늦을 상황이었다. 자전거로 메이지도로를 달리다가, 인도에 사람이 많아져서 차도로 뛰어들었다. 하지만 뒤에서 파란 신호를 받은 버스가 달려오다가 내가 도로로 뛰어드는 것을 보고 속도를 죽여 자전거와 살짝 부딪혔다. 이 사고로 다치거나 자전거가 망가지거나 하지 않았다. 아주 살짝 부딪혔을 뿐이었다. 구급차에 타서 병원에 갔고 몸에 이상이 없기에 바로 퇴원할 수 있었다. 보험회사로부터 1일간의 위자료와 치료비를 받을 수 있었다. 마지막으로 경찰서에 가서 경찰의 조사에 응하게 되었다(태어나서 처음으로 경찰서라는 곳에 가보았다. 그것도 한국이 아닌 일본에서. 구급차도 처음이었다). 조사에 응하게 되었어도 모든 잘못은 내가 했기에 어떻게 할 수도 있는 상황도 아니었다.

"운전수의 처벌에 동의하십니까?"

하는 질문에

"아니오. 원하지 않습니다. 버스 운전수가 앞으로의 생활에 이번 사고로 인해 지장이 없길 바랄 뿐입니다."

라고 말했다. 하지만 사고로 인한 놀람과 긴장으로 일본어로 어떻게 말을 이어 나갔는지 모르겠다. 버스 운전수에게 미안했다. 그리고 이 사고는 나에게

'앞으로의 일본생활은 만만치가 않아.'

라고 경고하는 것 같았다.

음지와 양지 사이

"도망가지 마!"

아침 무엇일지도 모를 소동에 눈을 떴다. 일어나서 흐릿한 눈으로 시계를 보았다. 6시 50분. 평상시의 기상 시간보다 10분 이른 시간이었다. 30대, 20대 남녀가 느닷없이 방으로 들어왔다. 내 허락도 없이 멋대로 들어왔다. 옷은 제대로 입고 잤나 확인했더니 입고 자긴 했나 보다.

"외국인등록증을 보여주세요."

남자가 말했다. 아침부터 남의 집에 쳐들어와서 외국인등록증을 보여달라니 화가 난다.

"당신들 뭔데 남의 집에 함부로 들어와서 외국인등록증을 요구해?"

"출입국사무소 직원입니다. 외국인등록증 보여주세요."

옆에 있던 여자가 기다렸다는 듯이 답했다. 그제서야 무슨 일이 일어났는지 알게 된 나는 지갑에서 외국인등록증을 보여줬다. 내 외국인등록증을 받은 두 사람은 외국인등록증을 힐끔 보더니 나에게 돌려주고 "협조 감사합니다."라는 말과 함께 방을 나갔다.

"에이, 씨부랄! 정말 그지 같네! 아침부터 재수 없게 지랄이야! 일본까지 와서 범죄자 취급이나 당하고!"

출입국사무소 직원들이 일본에 있는 불법체류자(극단적으로 말하면 잠재적 범죄자)를 찾기 위해 아침 일찍부터 돌고 있는 모양이었다. 내가 살고 있는 건물도 한국인끼리 살고 있는 곳이었기에 아침부터 찾아온 것 같다. 정식으로 일본에 체류할 자격이 없는 사람들이 합법적으로 자신들이

묵을 집을 구할 수가 없기에 이런 곳에 살고 있다고 판단한 모양이다. 그리고 합법적으로 일할 자격이 없기에 물장사 등의 음지의 일에 종사할 수밖에 없다고 판단한 모양이다. 아무리 음지에서의 일이라도 해가 뜨는 5시부터 7시 사이에는 일이 없겠지.

음지가 끝나고 양지가 시작되는 시간. 살아가기 위해 추격전이 시작된다. 음지의 사람은 언젠가 올 희망과 성공을 위해 도망가야 하고, 양지의 사람은 자신이 더 밝아지기 위해, 더 높이 떠오르기 위해 도망가야 하는 사람을 쫓아야 하는 시간이다. 불교에는 음양오행설이라고 자연은 음양의 조화를 이루고 있다고 하는데 오늘 겪은 일로 봐서는 우리네 인간사에 정답은 없는듯하다.

외국인의 품격 - 일본인

"한국에서 살면서 가장 힘든 것은 무엇인가요?"

한국에서 일본어 공부를 시작했을 때 한일교류회에 참가한 적이 있었다. 그때 한국에서 일하고 있는 일본인에게 일본어로 물어본 질문이었다. 특별히 무엇이 힘든가를 알고 싶어서 물어본 질문은 아니었다.

"한국생활에 익숙해져서 문제는 없습니다. 하지만 8월 15일은 무섭네요. 15일만은 한국인들이 일본인을 대하는 태도가 달라져요. 식당에 밥을 먹으러 가도 점장이 "죄송하지만 오늘은 힘들 것 같아요. 내일 다시 오세요."라고 거절합니다. 우리들이 일본인이라는 것이 알려지면 식당이 시끄러워지니 어쩔 수 없나 봅니다."

"아, 그런가요…."

"예, 8월 15일은 어디 가지 않고 집에 있는 것이 최선이에요."

확실히 지금은 일본에서 한류도 유행하고 있어서 한일 양국의 분위기는 예전보다 좋지만, 지금과 같은 분위기는 아니었다. 나는 과거에 그다지 신경 쓰는 사람이 아니기에(역사적 사실도 포함해서) 내가 느끼는 것과 다른 사람이 느끼는 것들이 다를지도 모르겠다. 난 그냥 대부분의 것들을 '과거의 사실'로 치부해 버리는 사람이라서. 하지만 사람이란 존재가 개인의 가치관, 철학, 사고방식이 다른지라 역사적 사실에 분노한다거나 하는 것도 있을듯하다. 그렇다고 이것을 나쁘다고 생각하지 않는다.

대화를 마치고 아프리카의 사막이 생각났다. 죽지 않기 위해 있는 힘껏 도망치는 사슴. 사슴을 잡아먹어야 살아갈 수 있는 맹수. 한국에 있는 일본인은 도망치는 사슴. 그 일본인을 쫓아가는 한국인.

세상에 불만을 품고 "누구라도 죽이고 싶었다."라며 살인을 일삼는 사람도 있는데, 한국에서 일본인을 해코지하려는 한국인이 없을까. 가끔 TV를 보다 보면 해외주재원을 위해 으리으리한 집이나 고급 승용차를 이용하는 해외주재원이 있는데, 그런 해외주재원을 위한 사치품도 주재원에게는 위안이 되지 않겠다는 생각이 든다.

외국인의 품격 - 한국인

"어어엉, 엉어어엉."

아르바이트 휴식시간이 되어 휴게실에 들어갔더니 은희가 울고 있다.

은희 20살. 여자아이. 일본의 같은 가게에서 아르바이트를 했다. 은희도 일본유학시험을 치르고 장학금을 획득하여 도쿄 도내의 유명 사립대학에 입학했다. 은희라는 이름이 일본의 성게(うに)와 발음이 비슷하여 그대로 성게(うに)라는 별명을 붙여주었다. 20살 여자아이에게 성게라는 별명은 너무하다고 생각하긴 했다.

"박 짱은 왜 울고 있는 거?"

같이 일하는 미무라에게 물어봤다.

"박 짱 아까 카운터에 있었는데 이상한 할머니가 오더니 박 짱에게 '바보 같은 한국인 한국으로 꺼져버려라! 죽어버려라!'라고 소리쳐서 그 뒤로 울고 있어."

20살이 되어 부모 품을 떠나 일본에서 혼자 지내고 있는데 누군가가 배설한 감정으로 상처를 받은 모양이다. 고작 이런 일로 울면 안 되는데…. 앞으로 일본생활 하면서 겪어야 할 일들이 태산 같은데.

인간은 애당초 불완전한 존재이기 때문에 모든 인간을 만족시킬 수 없다. 그 충족되지 못한 감정과 본능이 불평불만이 되어 돌고 돌아 은희에게 갔나 보다. 가여운 화풀이 대상이 되어버렸다. 우리들은 언제라도 화풀이 대상이 되는 존재인지도 모르겠다. 지위가 높아도, 인기가 많아도, 돈이 많거나 해도 그런 것과 관계없이 화풀이 대상이 되는 존재인가 보다. 항상 긴장하며 지내야겠다. 특히 일본에서는.

한국과 일본에서 역사적 사건으로 인해 화풀이 대상이 되는 존재들. 그것이 외국인의 품격.

일본유학시험

일본생활도 점점 적응되어 갔다. 아르바이트 가게에서의 일본인과의 대화도 제대로 할 수 있게 되었다. TV 방송도 빠른 말로 말하는 연예인의 일본어도 대충은 알아들을 수 있을 정도까지 되었다. 하지만 언제까지고 일본어학원에 다닐 수도 없는 노릇이다. 일본어학원에서 공부를 마치면 대학이나 전문학교에 진학해야 한다. 아니면 한국으로 돌아가면 된다. 일본어학원을 졸업하고 취업을 하는 경우도 있지만, 그런 경우는 아주 드문 경우이다.

일본유학시험이란 것이 있다. 외국인이 일본의 대학 등 교육기관에 입학하여 강의를 들을 수 있는 지식이 있는지 확인하는 시험이다. 간단하게 말하면 한국의 수학능력시험과 같은 것이다. 이 일본유학시험에서 좋은 성적을 거두면 1개월에 5만 엔씩 1년 60만 엔이라는 장학금을 받으며 학교를 다닐 수 있다. 60만 엔이면 1년 등록금을 충당하고도 남는 금액이다. 아주 도움이 되는 금액이다(내가 다녔던 타카사키경제대학은 군마현의 공립대학으로 등록금이 1년에 52만 엔. 3년간 60만 엔의 장학금을 받은 난 6학기분의 학비를 장학금으로 충당했다).

그 당시에는 한국에서 다니던 대학을 자퇴하고 일본에 온 상태라 나의 최종학력은 고졸이었다. 일본에서 전문학교라도 진학하여 컴퓨터 스킬을 같은 것을 배워서 회사에라도 취직할 생각에 전문학교에 진학할 생각을 하고 있었다. 일본유학시험은 일본어, 종합과목, 수학의 총 3과목으로 구성되어 있다. 전문학교에 진학하기 위해서는 일본어시험만 보면 되었다. 하지만 난 돈은 좀 들어도 3과목 전부 시험 보기로 했다. 나도 왜 그런 결정을 했는지 모르겠다. 하지만 그때의 이 결정은 나의 인생을 송두리째 바꿔버리는 결정이 되어버렸다. 사람의 인생은 정말 사소한 결정으로 바뀌는 것인가 보다.

처음 치렀던 2007년 6월의 일본유학시험은 도쿄전기대학에서 치러졌다. 실은 이 시험을 제대로 준비할 시간적 여유조차 없었다. 오전 3시간의 아르바이트. 오후 4시간 일본어 수업. 저녁 5시간의 아르바이트. 일본어수업만이라도 제대로 듣는 것이 전부였다. 토요일도 하루 종일 아르바이트, 일요일만 휴일. 이러한 상황 속에서 일본유학시험을 준비한다는 것은 도저히 불가능한 것이었다. 게다가 일본어학원에서는 종합과목과 수학 과목은 가르쳐 주지 않았기에 이 두 과목은 공부조차 하지 않고 시험을 치렀다.

1달 뒤 날아온 일본유학시험 성적표는 나조차 믿을 수 없는 성적표였다.

일본어: 309/400
종합과목: 177/200
수학: 111/200

총점: 597/800

왜 이런 점수가 나왔는지 나도 모르겠다. 일본어 점수는 일본어학원에서 준비해 주었으니 납득이 되었지만 종합과목, 수학 점수가 나도 왜 저렇게 높게 나왔는지 이해를 할 수 없었다. 난 한국에서 수학능력시험도 좋은 점수를 받지 못해 전문대학에 가야 했고, 전문대학에서도 공부를 하지 않아 1년을 학사경고를 받았고, 고등학교를 졸업하고 6년 동안의 공백이 있고 군대를 전역하고 나서는 일본어공부만 해왔는데. 특히 저 177점의 종합과목은 나도 도저히 이해가 되지 않는 점수였다.

"승원 상, 처음 본 일본유학시험 결과가 좋네요. 겨울에 있는 시험을 잘 치르면 장학금도 받으면서 국립대학에도 입학할 수 있겠어요."

'응??????? 국립대학이라고?? 장학금도 받으며?'

일본어학원 선생님이 나에게 이해하지 못할 말을 한다. 이걸 어떻게 받아들여야 하지? 뭐지 이 상황은?? 왜 가끔 일본 드라마를 보면 국립대학에 입학하게 되어 기뻐하는 주인공이 있지 않은가…. 뭐 그런 건가?? 뭐지 이 기분은???

이 성적을 받고 며칠간 고민한 끝에 결론을 내렸다. '나도 드라마의 주인공처럼 되어보자.'라고. 5개월 뒤에 있을 일본유학시험에 내 모든 것을 걸기로 했다. '결과는 어떻게 될지 모르지만 내가 할 수 있는 최선을 다해보자.'라고. 내 인생에 다시 없을 일본생활이기에 한번 시도를 해보기로 결정했다. '만에 하나 실패한다 해도 도전하는 과정 속에서 무언가 얻는 것이 있을 것이다.' 하고.

하늘은 스스로를 돕는 자를 돕는다?

일본생활을 시작해 10개월이 지났다. 오후의 일본어 수업이 바뀌어 도시락배달 아르바이트는 그만두고 타카다노바바의 편의점으로 바꿨다. 오전의 일본어수업, 오후의 편의점 아르바이트(화, 수요일은 일본유학시험으로 휴일), 저녁 닛포리 가게에서의 아르바이트. 아르바이트 강행군은 변함이 없다. 나도 어떻게 이런 생활이 가능했는지 잘 모르겠다. 하지만 확실한 것은 '결과는 어떨지 모르겠지만 내 모든 것을 걸고서 일본유학시험을 치러보자.'라는 목표가 있었기에 버틸 수 있었던 것 같다. 목표가 없다면 버티지 못했을 것이다. 내가 유학생인지 외국인노동자인지 정체성조차 헷갈리는 생활이니까.

이상과 현실 사이의 괴리. 우리는 이상과 현실 사이에 괴리를 자주 볼 수 있다. 일본유학도 그러하다. 원래 유학생에게는 장시간의 아르바이트가 인정되지 않는다. 하지만 일본어가 유창하지 못한 외국인의 일이란 육체노동에 가까운 일이기에 많은 사람들이 하길 꺼려해 일할 사람이 부족하다. 그 때문에 점장과의 밀약이 여기서 맺어진다. 점장도 '사람이 없어서 영업을 못 합니다.' 할 수는 없다. 그들도 월급을 받고 살아가야 하기 때문에.

"휴일이나 주말 시프트 많이 많이 넣어줘. 돈 많이 필요하잖아? 밥도 그냥 먹을 수 있고 일석이조네. 아무튼 시프트 많이 많이 넣어줘. 제일 먼저 검토해서 넣어줄게."

화요일, 수요일 편의점 아르바이트가 없는 날은 일본어학원의 수업이 끝나도 집에 돌아가지 않았다. 학원의 빈 교실에서 일본유학시험 공부를 했다. 난방이 되는 학원 빈 교실에서 조용하게 혼자 공부하는 편이 가장 좋았던 것 같다. 시끄럽지도 않고 돈도 안 쓰게 되고 이래저래 좋았던 것 같다. 일본어학원으로부터 지난 3년간 출제된 일본유학시험 문제집을 빌려서 복사했다. 시험을 준비하는 데 있어 가장 좋은 방법은 시험이 무엇을 묻는지 출제자의 의도를 파악하는 것이 가장 중요하다고 생각했다. 가장 많이 나오는 문제들을 찾아 비교, 분석해 가며 시험의 패턴을 찾아내는 것이 가장 먼저 해야 될 일이었다. 일본유학시험은 수험자가 일본의 대학을 다닐 수 있는 지식이 있는지 확인하는 시험이지, 지식을 뽐내는 시험이 아니기에 무턱대고 공부할 필요가 없는 시험이다. 대학생활을 하면서 깨달은 것이 있다면, 6학년 때 선생님의 요청으로 선생님이 되어 선생님 대신 아이들을 가르쳐 보았던 경험과 중학교시절 추리만화, 소설을 탐독했던 경험은 일본유학시험을 준비하고, 대학에서 강의를 듣는데 무엇보다 가장 많은 도움이 되었던 경험이었다. 그리고 어렸을 때 이 선생님을 한 경험은, 지금의 나에게 인생에서 가장 큰 도전을 하게 하는 계기가 된 경험이다.

일본유학시험은 메이지대학에서 치러졌다. 솔직하게 말하면 이날의 기억은 없다. 다만 3교시 수학시간에 확률 문제의 답을 고쳤던 기억만 있다. 내가 할 일은 다 했던 시험이었다. 해야 할 일은 하늘로부터의 결과를 기다리는 일. 인터넷 일본유학생 커뮤니티에는 650점 이상의 점수를 획득하면 장학금 나오지 않겠냐? 하는 이야기들이 있었다. 650점만 넘기기를 바랄 뿐이었다.

1개월 뒤 성적표가 도착했다.

일본어: 360/400

종합과목: 192/200

수학: 124/200

총점: 679/800

6월에 실시된 일본유학시험 점수를 80점 끌어올렸다. 그리고 그렇게 원했던 장학금도 획득할 수 있었다. 그냥 기뻤다. 말도 통하지 않는 나라에 와서 크고 작은 실수를 해가며 얻어낸 결과였다. 앞으로도 내 삶에서 이 이상의 성취는 없을 것 같다. 일본유학시험이 끝나고 타카사키경제대학의 사비유학생시험과 면접에도 합격하여 타카사키경제대학에 입학하기로 했다. 이렇게 일본유학시험의 모든 과정이 끝났다.

일본어학원의 모든 과정이 끝나고 졸업식이 이어졌다. 졸업식 뒤풀이 자리에 일본어학원의 선생님도 참석했다. 세계 각국의 학생들이 모인 자리. 분위기가 무르익어 갔다. 얼마나 시간이 지났을까. 기억나지 않을 때쯤 이치죠 선생님과 같은 테이블에 앉게 되었다.
 "승원, 여태까지 정말 고생했어. 대학에 입학해도 지금과 같은 열정 잊지 말고 열심히 해. 항상 응원할게."
 라고 말하시며 눈물을 흘리셨다. 눈물을 흘리시는 선생님께 "예."라는 답변 말고는 다른 마땅한 답변이 없었다. 요시다일본어학원 설립과 동시에 외국인유학생을 가르쳐 오신 선생님. 유학생의 모든 것 하나하나를 알고 계실 선생님인데 왜 눈물을 보이셨을까…? 긴 시간이 지난 지금도 가끔 생각하는데 이유는 모르겠다. 다만 대학에 가보겠다고 혼자 교실에 남아 낑낑대며 공부하는 나를 지켜보고 계셨구나 하는 건 알 수 있었다.

고민 그리고 도전

일본유학시험 성적으로 장학금도 받게 되고 타카사키경제대학의 입학도 결정 났다. 하지만 나를 포함하여 많은 유학생들이 일본에서 대학 등의 상급교육기관에 진학하는 것이 간단한 일이 아니었다. 믿기 힘들 정도로 엔화가 올라서 많은 유학생들이 대학진학을 포기하고 귀국하는 일들이 벌어졌다. 내가 일본에 출국한 2006년 10월의 환율은 850엔이었다. 하지만 대학을 입학하는 2008년 4월 즈음에는 환율이 너무 올라서 1,600원이 되었다. 1년 사이에 환율이 약 2배가 올라버렸다. 이런 상황에서 유학생들은 경제적 압박감에 유학을 포기하는 일도 있었다.

나도 일본에서의 대학진학을 많이 고민했다. 경제적 부담감. 그리고 또 하나의 문제. 여태까지 일본어만 공부해 왔는데, 대학에 진학하여 일본어로 경제학이라는 학문을 공부해야 한다는 것. 일본어만 공부해 온 내가 일본의 대학에서 일본어로 무언가를 공부할 준비가 되어 있는지 잘 몰랐기 때문이다. 물론 학교에 입학이 결정되어 있었기에 대학에서 무언가를 공부할 자격은 주어진 상태였지만.

며칠을 고민한 뒤에 대학진학을 결정했다. 대학에 입학한다고 해서 공부가 제대로 될지 장담할 수 없지만, 대학에 입학한다고 해서 회사에 취직하거나 안정된 생활을 보낼 장담은 못 한다. 하지만 지금까지 최선을 다해서 장학금도 받으며 대학에 입학할 수 있었기에 대학에 입학하기로 했다. 대학에 입학해서도 지금까지 해온 것처럼 최선을 다한다면 무엇이 되든 인생을 살아가는 데 좋은 경험이 되지 않겠는가 하는 생각에 입학하기로 했다.

26살 새로운 도전. 대학진학.

일본편 하 타카사키(高崎)

대학생활(타카사키(高崎), 아이코(愛子), 다케(嶽))　188
좋거나 혹은 나쁘거나　196
평범과 특별은 같을지도　202
요즘 젊은 애들은…　208
케세라세라(Que Sera Sera)　211
화차　214
이성과 감정　217
왕자와 거지　224

대학생활

타카사키(高崎)

우에노역에서 타카사키행 열차를 탄다. 열차는 달리기 시작해 얼마 지나지 않아 오오미야에 멈춘다. 그리고 열차는 달리기 시작하면서 대도시의 고층빌딩으로부터 가려져 있던 자연풍경을 승객들에게 보여준다. 미야하라역에서 보이는 자연풍경과 전원풍경. 타카사키선의 볼거리가 아닌가 생각한다. 너무 많은 건물과 사람들로 인해 숨이 막히는 도쿄. 그런 도쿄로부터 벗어나 자연풍경으로 둘러싸인 전원도시에서의 생활. 신선한 공기. 계절마다 다른 색깔의 옷을 입는 산과 별이 보이는 밤하늘은 지치고 피곤한 해외생활의 마음을 편하게 해준다.

군마현에 위치한 타카사키시는 한국의 대전과 같은 곳이다. 대전의 회덕에서 경부고속도로와 호남고속도로가 갈라지는 것처럼, 도쿄에서 출발한 조에츠신칸센, 호쿠리쿠신칸센이 타카사키에서 분기하는 곳이다. 도쿄에서 타카사키까지 일반열차로 2시간, 신칸센으로 1시간이 소요되며, 군마현의 쿠사츠온천, 이카호온천까지의 접근도 좋으며, 관동지방의 최고 피서지인 나가노의 카루이자와까지도 약 1시간이 소요되는 도시이다.

열차에 탑승하여 창밖으로 보이는 자연환경을 바라보고 있으면 타카사키에 도착한다. 몬트레 타카사키역 빌딩을 나와 타카사키아반호텔 앞 버스정류장에 간다. 버스정류장에서 타카사키경제대학 경유 미사토행 버스를 탄다. 출발한 버스는 타마치, 모토마치를 지나 키타타카사키역에 멈춘다. 또다시 출발한 버스는 좌회전 후 현도29호선을 달린다. 약 10분 정도 달리면 타카사키경제대학에서 멈춘다.

타카사키경제대학. 대학이라고 말해봐야 아주 작은 단과대학이지만 나에게는 가장 소중한 장소이다. 타카사키경제대학이 없었으면 지금의 나도 없다. 쓰고 싶은 말은 많지만 이쯤에서 줄이기로 하자. 도서관 4층의 창가에서 보이는 타카사키시의 풍경, 호쿠리쿠신칸센이 달리는 타카사키시의 풍경은 잊지 못할 풍경이다.

버스는 또다시 달리기 시작해 와가미네마치에서 현도26호선을 달린다. 현도26호선의 왼쪽에는 카라스가와-하루나시라가와 자전거도로가 있다. 그 옆에 하루나시라가와가 흐른다. 이름 모를 잡초들이 무성하다. 언제 가더라도 바뀌지 않았으면 한다. 쿠마노신사를 지나 시라카와입구에 도착한다. 시라카와입구에서 내려 조금 걸어가면 오키마치유학생주택이 있다.

오키마치유학생주택은 나에게 있어 소중한 공간이었다. 현관을 열면 항상 하루나산이 보인다. 여름에는 녹색 옷을 입고 있는 산. 가을에는 단풍으로 붉은색 옷을 입고 있는 산. 겨울엔 눈으로 인해 백색 옷을 입고 있는 산. 계절마다 옷을 갈아입는 것이 매력으로 다가오는 산. 내가 학교를 가려고 현관을 나오는 것을 기다리고 있는 것 같았다. 도시와는 다른 상쾌한 공기, 별이 보이는 밤하늘. 오키마치의 매력. 이런 오키마치에서 3년 6개월을 살다가 퇴실한 뒤에 졸업 전 한 번 오키마치유학생주택을 찾아간 적이 있다. 내가 생활한 기간에는 가까운 곳에 편의점이 없었는데, 퇴실 후에 근처에 편의점이 생겼다. 잠깐 배신당한 기분이었다.

타카사키시는 타카사키시에서 유학하는 외국인 학생들을 위해 내가 살고 있는 오키마치유학생주택과 같은 숙박시설을 유학생에게 제공한다. 오키마치, 카미나미에, 미나미카미나미에 3개소에 있다. 1달에 1만, 2만 엔 정도. 도쿄에서 비싼 방세로 더럽게 개고생을 했던 나에겐 1만 엔이라는 방세는 너무나 고마운 금액이다. 도쿄에서 6만 엔이나 방세를 지불하는 생활과 비교하면 경제적으로 너무 도움이 되는 유학생활이었기 때문이다. 카미나미에, 미나미카미나미에의 유학생주택은 학교와 가까웠지만, 내가 살던 오키마치유학생주택은 학교와 거리가 있었다. 자전거로 20~30분은 걸렸으니까. 대부분의 유학생은 카미나미에, 미나미카미나미에의 유학생주택에서 살고 싶어 했다. 학교와도 가깝고, 타카사키역, 타카사키톤야마치역, 혹은 국도17호선과 미도리마치에서 아르바이트를 하기에도 가까웠기 때문이다.

학교와 아르바이트가 있던 타카사키역까지 가는 것이 불편했지만 그것보다 더욱 불편한 것은 사람이 많아져서 일어나는 정말 단순한 문제들과 조우하는 것이 너무 싫었다. 영원히 끝나지 않을 쓰레기 문제, 주차 문제, 소음 문제 등. 아…. 참지 못하겠다. 문제가 생길 때마다 유학생지원직원들은 유학생에게 주의를 주고 또 주의를 주고…. 영원히 끝나지 않겠지. 아마 지금도 계속되고 있을 것이다. 유학생지원 직원들도 힘들 것 같다. 유학생주택 근처의 주민들로부터 민원이 들어오면 유학생에게 주의를 주고 또 주의를 이해했는지 확인해야 하고…. 이런 일들을 나에게 하라고 하면 난 아마도 돌아버릴 것 같다. 아니다. 정말 미쳐버릴 거다. 이런 사소하고 단순한 문제로부터 벗어날 수 있었던 오키마치유학생주택은 나에게 있어 최고의 공간이었다.

아이코(愛子)

한국에서 일본어를 공부할 때 알게 된 친구다. 나이는 나보다 조금 많다. 아르바이트가 끝나고 유학원에서 운영하던 프리토킹 수업에서 알게 되었다. 수업이 끝나면 다른 사람들과 같이 술을 마시면서 친해지게 되었다.

일본어학원에서 일본어를 공부할 때 아이코는 한국생활을 끝내고 일본에 돌아왔다. 집이 시부카와인 아이코는 타카사키로의 내 이사를 도와주었다. 유학생주택의 보증인도 되어주고 가전제품의 운반도 도와주고 참 많은 면으로 도와주었다. 그래도 역시 가장 큰 도움은 경제적 도움이었다. 대학교 입학전에 20만 엔을 벌었지만 입학금과 등록금을 다 낼 수가 없었던 나는 아이코에게 빌리기로 했다. 아이코는 "천천히 갚아도 괜찮아." 하며 10만 엔을 빌려주었다. 외국인에게 간단히 10만 엔씩 빌려주는 당신도 참 통이 크다.

대학 2학년이 끝나고 3학년이 될 때 아이코로부터 전화가 왔다.

"여보세요 나야."

"응? 아이코? 잘 지내?"

"건강하냐? 나도 잘 사는데."

"별일은 없는데 군마는 바람이 강해서 스쿠터 타는 게 힘들다."

"군마는 특히 바람이 강해서 어쩔 수가 없어."

"바람은 그냥 견딜만한데 비나 눈이 오면 죽겠어, 그냥."

"듣고 보니 그런데 별수 없잖아. 앞으로 2년만 참아. 실은 부탁이 있어 한국에 언제 가?"

"다다음주에 2주간 일정. 뭐 나에게 부탁이라도?"

"에미가 한국에서 사업을 한다고 하네."

"응? 사업?? 처음 듣는데?"

"최근 한류가 유행하고 있잖아. 에미는 한국 가는 관광객들을 상대로 콘서트 티켓 등의 예약대행, 숙박업소 안내 등의 사업을 시작했다고 해."

"글쿠나…. 에미는 한국생활 오래되었으니 한국 사람이지 않아, 이젠?"

"5년 정도 되지 않았나 싶은데."

"5년이면 한국 사람이지 뭐, 그나저나 에미도 참 전쟁이라도 치를 생각인가 보다. 한국에서 사업이라니."

"그러게 말이야. 그래서 부탁이 있어. 에미에게 100만 엔 전해줬음 해."

"응?? 응???? 뭐라구?? 100만 엔??? 미쳤어?? 너무하는 거 아냐???"

"응, 100만 엔을 에미에게 전해줘. 일본으로부터 100만 원 송금받기로 했는데 기다릴 시간도 없고, 수수료도 나가고 하니 그냥 직접 전해줘."

"아 잠깐 기다려 봐, 100만 엔이라니, 날 뭘 믿고 맡기는 거야? 믿어주는 건 고마운데. 현금 100만 엔 들고 다니는 사람의 심정도 생각해 줘."

"응, 믿고 자시고는 상관없어. 넌 돈을 잃어버릴 사람이 아니라서 부탁하는 거야. 계좌번호나 불러."

어쨌든 돈 100만 엔을 아무 탈 없이 전해주었다. 세상엔 어처구니없는 사람도 많고, 나도 어처구니없는 사람이라고 생각하지만 아이코도 마찬가지다. 세상은 이런 사람이 사는 곳인가 보다.

그리고 닛포리에서 아르바이트를 했던 음식점 부점장 나와타에게도 5만 엔 빌렸다. 내가 대학에 간다고 하니 기꺼이 빌려주었다. 내가 대학에 입학하는데 물심양면으로 도와주는 사람이 많다. 그런데 그럴수록 나는 참 초라해지는 것 같다.

다케(嶽)

타카사키경제대학의 입학식 날은 날씨가 좋지 않았다. 비가 내렸다. 원래 입학식은 타카사키시청앞의 타카사키음악센터에서 진행될 예정이었지만 비로 인해 타카사키경제대학 5호관에서 진행되었다. 입학식이 끝난 뒤 화장실에 가고 싶었지만 신입생으로 가득 찬 화장실은 늦었다고 판단해서 옆의 도서관 건물의 화장실로 갔다. 화장실에 갔더니 1

명의 신입생이 있었다. 정장을 입고 있었으니 신입생임에 틀림이 없다. 세면대에서 손을 씻고 있을 때 이 녀석이 갑자기 말을 걸어온다.

"가는 날이 장날이라더니 입학식에 비가 오는군. 안녕, 난 다케라고 해. 홋카이도에서 왔어."

이 녀석이 말을 걸어왔을 때 정말 깜짝 놀랐다. 말을 걸어올 것이라 생각을 하지 못했기 때문이다. 나는 처음 보는 사람에게 내가 말을 거는 경우는 거의 없기 때문이기도 했다.

"맞네. 비가 오네. 난 황승원이라고 해. 한국에서 온 유학생."

"응?? 한국에서 왔다고?? 이거 재미있네. 잘 부탁해!"

화장실에서 이런 재미없는 대화가 오고 간 뒤 다케는 대학생활 동안 나의 절친이 되었다. 실은 타카사키경제대학은 한국에 알려지지 않아 한국인 유학생이 많이 없다. 그리고 내가 입학할 당시 타카사키경제대학 경제학부에는 10명의 유학생이 입학했는데, 나 혼자 한국인 유학생이고 나머지 9명은 중국인이었다. 어떻게 보면 정말로 재미없을 법한 유학생활을 다케로 인해 재미있게 보낸 것 같다. 일본에서의 대학생활도 금방 익숙해질 수 있었으며, 학점 따기 쉬운 강의 등의 정보와 학교 내의 정보도 전부 다케를 통해 들어왔다. 언젠가 방 열쇠를 잃어버렸을 때도 이 녀석 집에 신세 지기도 했고, 이 녀석 없었을 대학생활은 상상하기도 싫다. 사람 챙기기 좋아하기에 술자리 등의 모임을 주도하는 다케는 나에게 귀찮을 정도로 참가를 재촉하고, 내 시간을 방해했지만 이 녀석이 싫어지거나 그런 것은 없었다. 사람 챙기기 좋아하는 다케와 타인이 무엇을 하는지 관심을 가지지 못하는 난 서로 상극이기에 그런

지도 모른다. 다케가 나에게 가장 많이 한 말은 "그거 이상하지 않아?", "뭘 생각하는지?", "역시 넌 이상한 놈이야."였다. 역시 이 녀석과 나는 너무 다른가 보다.

좋거나 혹은 나쁘거나

타카사키경제대학 경제학부에는 이상한 강의가 있다. 보통 일반적인 강의는 90분 강의이지만, 이 이상한 강의는 30분 만에 끝난다. 그리고 이 이상한 강의는 금요일 4, 5교시에 이루어진다. 금요일 5교시에 30분 강의가 끝나면 금요일 저녁부터 일요일까지 자유로운 시간을 보낼 수 있다는 말이다. 30분 동안 강의를 한다고 해서 강의계획표의 계획대로 강의를 하는 것도 아니다. 강의를 들어보면 대부분 잡담이다. 또한 이 이상한 강의를 하는 교수는 어떤 시민단체들과 연계를 맺고 프로젝트를 진행하는 모양이다. 이 교수의 강의를 듣는 학생들이 이 시민단체의 프로젝트를 도우면 더더욱 학점을 따기가 용이해진다. 정말로 이상한 강의이다.

이 이상한 강의는 시험기간이 되면 재미있는 광경을 연출시킨다. 평상시의 강의는 4~50명 정도가 강의를 듣는다. 그러기에 강의조차도 2호관의 작은 강의실에서 이루어진다. 하지만 시험기간이면 300명이나 되는 학생들이 이 이상한 강의의 시험을 본다. 인원수가 많아져서 1호관의 111호나 5호관의 511호에서 시험을 보게 된다. 참으로 이상한 강의이다.

시험에 대해서는 모두 예상하고 있으리라 생각하지만 교과서든, 관련서적이든 모두 오픈북 시험이다. 교수가 낸 문제를 70분간 자신의 생각을 정리해 논리적으로 쓰면 되는 시험이다. 강의를 듣지 않아도 오픈

북시험이니 '정말' 간단한 시험이다. 다케는 이 강의에 대한 정보를 입수하고 나와 같이 이 이상한 강의를 듣기로 했다.

운이 좋았는지 모르겠지만 1학기 성적은 A였다. 참 이상한 일이다. 나와 다케는 2학기 강의도 듣기로 했다. 하지만 2학년 여름방학에 있던 빨래 사건으로 슬럼프에 빠졌던 나는 2학기부터 강의 대부분을 취미생활(소설)로 보냈다.

도쿄에서 일본어학원을 졸업하고 타카사키에 이사 와서 대학에 입학하기까지 조금의 시간의 여유가 있었다. 이 여유시간에 「화려한 일족」이라는 드라마를 보았다. 은행을 지키기 위해 차가운 이성으로 살아가야 했던 만표 다이스케와, 새로운 시대를 열기 위해 뜨거운 열정으로 살아간 만표 텟페이의 대립. 그 전쟁 같은 이야기가 재미있었다. 대학생활을 시작하기 전에 재미있는 드라마를 봤다고 생각했다.

대학생활이 시작되고 3개월이 지났다. 레포트 과제의 자료를 찾기 위해 도서관에 들렀더니 『화려한 일족』이 추천소설로 진열되어 있었다. '저 드라마 봤었는데…. 원작인가? 나중에 읽어보자?'라고 생각했다. 1학년 1학기가 끝나고 여름방학에 『화려한 일족』을 읽기 위해 도서관에서 책을 빌렸다. 하지만 1학년 여름방학에 2년 만에 한국에 돌아갈 예정이었기에 결국 책은 읽지 못하고 반납해야 했다. 2년 만에 한국에 귀국한 나는 할 일이 너무도 많았다. 이렇게 읽지 못했던 소설을 2학년 2학기가 되어 읽기로 했다. 나는 하고자 하면 하는 남자이다.

이 이상한 강의는 소설을 읽기에 최고의 강의였다. 교수가 무슨 말을 하든지 듣고 싶은 생각도 없었다. 그냥 소설을 읽기로 했다. 소설을 읽는 시간으로 정했다. 이 시기에 야마자키 토요코의 『화려한 일족』, 『지지 않는 태양』, 『불모지대』, 『하얀거탑』까지 대학생활 중 강의시간과 개인시간에 읽었다.

자기소개서에 소설에 대한 감상을 쓰기는 부적절하지만 조금만 써보기로 하자. 『지지 않는 태양』에선 항공회사의 부당한 인사처우, 항공기 추락 사고의 유족해결 문제, 회사의 부정부패라는 맹수와 싸웠던 사람은 주인공 온치이지만, 작가였던 야마자키 도요코도 같아 싸웠다고 생각된다. 또한 『불모지대』에서의 11년의 억류생활, 일본 미국 자동차회사의 연계실패, 중동 석유개발의 성공도 이키와 작가가 함께했음이 틀림없다. 『하얀거탑』은 정말 읽기 힘들었다. 경제경영학을 전공한 난 일본의 경제발전에 대해 대학에서 강의를 통해 어느 정도 지식이 있었기에 『화려한 일족』, 『지지 않는 태양』, 『불모지대』를 읽는 것은 어렵지 않았는데, 의학을 전공하지 않았던 나에게 『하얀거탑』은 정말 오랜 시간이 걸렸다. 소설에 나오는 의학전문용어는 차가운 수술용 메스가 되어 소설에 집중하고자 했던 나의 집중력을 절단시켜 나갔다. 환자의 수술을 위해 혈관을 절단하는 것처럼.

쓰고 싶은 말이 아직 있지만 여기까지만 하기로 하자. 소설에 대한 열정, 방대한 취재의 양, 전 세계를 다니며 취재했던 작가의 행동력(그 당시 여성의 여행이 허락되지 않았던 중동 국가에서의 취재를 위해 일본기업 주재원들의 도움까지 받았다 함), 일본고도성장기 가부장시대에 여류작가로 당당하게 살아온 삶. 일반여성과는 다른 길을 걸어왔던 용기(모두가 "예."라고 할 때 혼자 "아니오."라고 할 수 있는 용기라고 말할 수 있을까?). 그런 노력들은 내가 간단히 언급할 것들이 아니라고 생각한다. 어서 이상한 강의로 돌아가자.

그 이상한 강의 중 『화려한 일족』을 읽고 있었을 때였다. 옆에서 『원피스』를 보고 있던 다케가 조용히 말을 걸어오기 시작한다.

"이야…. 역시 이상한 놈은 하는 짓도 이상하다니까. 진짜 그 책 읽는 거야?"

만표 텟페이가 자신의 아버지인 만표 다이스케를 고소하여 소설이 흥미롭게 진행되려는 순간에 말을 걸어온다. '망할 새끼…. 재미있어지려는 순간인데….' 하지만 티를 낼 수 없으니 조용히.

"이 드라마 전에 봤었는데. 소설도 읽고 싶어서 읽는 중이야."

"드라마는 나도 봤는데. 책은 아직이네. 길어서 읽지는 못하겠어."

"그래…. 근데 니코 로빈은 동료가 된 거야?"

"언제 적 이야기를 하냐…. 니코 로빈은 동료가 된 지 옛날이고 브룩이라는 동료도 생겼는데…. 너 원피스 안 보냐?"

"응. 니코 로빈 에피소드 중간부터 안 보고 있네. 왜 안 보는지 나도 모르겠지만."

"그래, 뭐 너처럼 이상한 놈은 만화보다 그런 어렵고 긴 소설을 읽는가 보다 한국인이면서. 너 근데 정말 한국인 맞냐? 일본인 아니냐? 연구대상인데?"

"야야. 네가 무슨 날 연구한다고…. 내가 셜록홈즈이고 넌 왓슨 박사냐? 아서라 아서. 아, 아니다. 말 나온 김에 날 한번 연구해 줘봐. 나도 내가 누군지 알고 싶어. 레포트 10장으로 정리해서. 보수는 없다."

"미친…. 뭐라는 겨…. 정말 연구하고 싶어지네."

"그건 그렇고 브룩은 뭐 하는 놈이냐?"

"음악가야, 루피가 항해에는 음악가도 필요하다고 해서 동료가 됐어."

"아, 그렇군 항해도 인생도 음악이 필요하지. 심신이 지칠 때 위로해 줄 음악이."

"뭐, 어쨌든 너 요새 이상해진 것 같다. 요새 네가 쓰는 일본어가 좀 이상해. 일본생활에 슬럼프가 온 건가?"

"이상한 건 어쩔 수 없잖아, 내가 일본인도 아니고."

"그건 아는데. 전에 쓰던 일본어와는 좀 다른데?"

"음…. 아마도 일본에서의 대학생활이 나에게 준 실망감 때문일까?? 허무함?? 매너리즘일지도…. 인생에서 단 한 번뿐인 대학생활…. 그것도 일본에서의 대학생활이라 기대감이 컸는데 대학생활 1년 하고 기대감이 실망감으로 바뀌었을 뿐이야…. 허무함에 공부에 집착했더니 저번 학기 성적은 잘 나온 모양인데, 이 허무함 채워지지가 않네…. 뭐 취미생활 하면 채워질 것 같아서 소설이라도 읽기 시작하는 건데…. 일본에서 대학생활 실망이야…."

"실망이고 자시고 저번 학기 그렇게 좋은 성적 받아두고도 대학생활 재미없다니…. 나 같은 놈은 죽어야겠다?"

"공부 못한다고 죽을 것까지야? 아마 그랬다면 난 벌써 죽어 없는 사람인데? 쓸데없는 소리 말고 보던 만화나 봐…. 나도 소설이나 읽으련다."

이런 대화를 마치고 우리는 책과 만화에 시선을 고정시켰다. 유토리 교육을 받은 다케와 대학의 다른 친구들은 『지지 않는 태양』, 『불모지대』를 읽는 나(외국인)를 어떻게 생각했을까? 정말 연구대상이라고 생각한 것은 아닌지? 하긴 연구대상이라고 생각해도 이상하지 않을 것 같다. 한국에 온 일본유학생이 『토지』, 『한강』 등 한국의 대하소설을 읽는다고 생각하면 이상해 보이기도 하겠지…

『원피스』는 니코 로빈 에피소드 중반부터 아직까지 보지 못하고 있다. 아마도 군 복무 때문에 읽지 못했던 것이 원인이지 않을까 한다. 그 뒤로 흥미를 붙이지 못하고 있다. 지금은 만화보다 소설이 좋은가 보다. 만화처럼 그림으로 하나하나 친절하게 설명하면서 사회에 메시지를 보내는 것도 좋지만, 난 글자가 가득 들어찬 소설이 좋은 모양이다. 특히 숨기고 싶은 사회의 치부를 드러내어 확인사살 해버리는 소설이라면 더할 나위 없는 모양이다.

이렇게 이상한 강의는 소설을 읽기 위한 시간이었다. 정말 이상한 강의라서 강의 내용에 대해 뭐라고 말할 수는 없다. 하지만 하나의 사실을 배웠다.

"사람은 자기가 좋아하는 일을 해야 한다는 것. 좋아하는 일이 뭐가 되었든 좋아하는 일을 해야 한다는 것."

이 사실은 진리이며, 삶을 살아감에 있어 무엇보다 훌륭한 지혜라는 것. 정말 정말 이상한 강의였지만, 타카사키경제대학 경제학부 강의 중에 가장 훌륭했던 강의였다. 적어도 나에게는.

평범과 특별은 같을지도

가끔은 TV를 보다 보면 중학교나 고등학교에 다니는 중년들의 이야기를 볼 수 있다. 그중에는 학교에 다니게 되어 눈물을 흘리는 사람도 있다. 학교가 그렇게 좋은가…? 그 중년들의 이야기를 들어보면 어렸을 때 학교에 다니지 못할 사정이 있어서 지금 중년이 되어 여유가 생겼을 때 학교를 다닌다고 한다. 정말 현실적으로 생각해 보면 그들이 중년이 되어서 학교에 다닌다는 것은 무슨 의미가 있을까…? 아마도 의미가 없지 않을까…? 그런데 그 사실은 그들도 알고 있는 것 같다. 학교에서의 공부는 아무 의미 없다고… 그냥 점심시간이 되면 학교에 도시락을 가져와서 도시락을 먹으며 잡담하고, 시험이 끝나고 쉬는 시간이 되면 시험의 답을 맞혀본다든가, 혹은 소풍을 가서 놀고 싶다고 한다. 아니 대체 그렇게 평범하고 재미없는 것을 그 나이가 되어 하고 싶다고 하는지 알 수가 없다. 특히 잡담…. 잡담을 왜 한다고 하는지 이해를 못 하겠다.

일본에 엄청나게 유명한 가수가 있다. 여성 싱어송라이터로 나이는 나와 같다. 음악 천재로 불리며 가수로 엄청난 성공을 했다. 나도 그의 팬으로 그의 노래는 좀 알고 있다고 생각한다. 가끔씩은 그의 좋은 노래를 며칠간 반복해서 듣기도 한다. 가끔씩은 나와 같은 나이에 크게 성공한 그를 시샘도 하면서.

"나는 당최 뭐 하고 있는지…?"

어느 날 그가 이상한 선언을 했다 '인간활동'을 한다고 한다. 아티스트 활동을 중단하고 '인간활동'을 한다고 이상한 선언을 했다. 자신은 본인이 지금 방세를 얼마나 내고 있는지 모른다고 한다. 광열비등 일상생활에 필요한 비용들이 얼마나 나가는지 모른다고 한다. 그래서 가계부도 쓰고 싶다고 한다. '뭐라는 건지….' 생각했다. '나는 가계부를 쓰고 싶지 않아도 써야 하는데 말이지….'

방세 10,500엔, 광열비 등 15,000엔, 하루 밥값 350~500엔, 일주일 스쿠터연료비 500엔을 고정비로, 그 외의 모임비용 교재비 등등을 변동비로 두고 매월 기록해 나가야 하는 생활. 변동비가 많으면 밥값이나 연료비를 줄이기 위해 밥 대신 빵으로 때우든지, 스쿠터 대신 자전거 생활을 해야 한다. 난 이런 생활 더는 하기 싫은데. 그는 가계부를 쓴다고 한다. 정말 무슨 말을 하는지 생각했다. 좋은 노래나 불러주면 그만이지 생각했다. 그리고 전쟁 같은 해외생활이 계속되어 그의 '인간활동' 소동은 완전히 잊어버리고 말았다. 해외생활에서 오는 내적 긴장감은 머리에 있는 모든 것을 지워버린다.

시간 때우기로 TV를 켜고 재밌는 방송을 찾아보고 있었다. 또 학교에 다니는 중년의 방송이 나온다. '요새 중년들은 학교를 정말 좋아하는 갑네…. 저것도 유행인가…?'라고 생각했다. 그 순간, 하나의 사실이 뇌를 관통했다. 이상하다고 생각한 수수께끼가 일순간 풀려버렸다. 욕조에 들어간 아르키메데스가 "유레카!" 하고 소리를 지르며 튀어나온 이유를 알 것 같다.

학교에 다니는 중년과 그의 공통점을 발견했다. '학창시절'이 없다는 것. 어떤 사정으로 학교에 다닐 나이에 그러지 못했던 중년들과 15세의 나이에 화려하게 가수로 데뷔하여 성공한 그에게는 학창시절이 없다. 그 가수에게 학창시절이 있다 하더라도 지극히 일반적인 학창시절은 아니겠지.

학창시절이 없었던 중년들은 정상적으로 학교를 다녔던 사람과는 다르게 학창시절의 추억이 없다. 그래서 더 늦기 전에 중년이 되어 학창시절의 추억을 가지기 위해 학교를 다니는 것이었다. 그래서 학교에 와서 '도시락 먹으며 잡담하고 싶다.', '시험문제의 답을 맞혀보고 싶다', '소풍을 가고 싶다.'라고 하는 것 같다. 남들은 다 가지고 있는 학창시절의 추억들을 자기만 가지지 못하면 외롭고 억울하니 말이다. 나는 가질 수 없는 것이….

그럼 인간활동을 하고 있는 그에게 가보자. 지금은 열심히 오늘 사용한 금전사항을 가계부에 기록하고 있을는지 잘 모르겠다. 나는 가계부를 쓰는 법을 중학교에서 배운 적이 있다. 매월 제한된 용돈을 받아 매일매일 가계부에 기록했으나, 3개월째 되던 날 그만두었다. 귀찮았다. 하지만 지금 해외생활을 하고 있는 내가 가계부를 기록하지 않아 금전 감각을 놓쳐버리면 해외생활을 그만두겠다는 의미가 된다. 해외생활을 하고 있는 날 신경 써줄 사람은 아무도 없다. 친구와 지인이 도움은 줄 수 있겠지만 그것도 한계가 있는 것. 친구와 지인도 자신들의 일이 있고, 그 일 때문에 여유가 없으니까. 엑셀로 1개월간 금전 사용내역을 확인하고 500엔 적자로 '스쿠터 말고 자전거 일주일'이라는 불쌍한 결단을 하는 나를 뒤로하고 다시 그에게로.

　15세에 천재라고 불리며 화려하게 데뷔한 그에게는 학창시절이 없다. 있다고 해봐야 정상적인 학창시절은 아닐 것이다. 있다고 해봐야 정상적인 학창시절은 아니겠지. 그리고 음악활동이라는 창작작업으로 일반적인 생활을 지내지 못했을 터. 물론 그는 나처럼 학교에서 가계부를 쓰는 방법을 배운 적도 없을 것이며, 제한된 용돈을 받으며 생활한 적도 없을 것이다. 전부 매니저가 다 해결해 주었겠지. 제한된 용돈을 받아서 사용하는 '연습'이 충분히 되어 있지도 않을 것. 그런 생활을 12년. 현실의 일반적인 생활과는 동떨어진 생활을 한 기간이 12년. 지금에 와서 그는 깨달은 것 같다. '더 이상 현실의 일반적인 생활과 동떨어진 생활을 하면 인간으로 살아가지 못한다.'는 사실을.

　여기서 그가 인간활동을 하는 것을 상상해 보자. 마이크를 쥐고 노래를 하는 그가 아니라, 펜을 쥐고 계산기를 두드리는 그를. 은행의 제복을 입고 은행원처럼 일하고 있는 그를. 오선지에 음악기호를 그려 넣는 그가 아니라, 엑셀화면을 보고 오늘 사용한 금전사항을 기록하여 'sum' 함수를 써서 오늘의 금전기록의 결과를 내는 그를. 헤드폰이 아닌 수화기를 귀에 대고 고객의 불만을 듣고 있는 그를. 혹은 비싼 세금으로 인해 세무서 직원과 언성을 높이며 언쟁하는 그를. 요시노야에서 규동을 먹는 그를. 일이 끝나고 피곤함에도 불구하고 친구와 함께 소맥을 말아 마시며.

"씨발, 부장 놈의 개새끼 죽여버릴 거야!!!"

라며 부장을 욕하며 아침까지 술을 마시고 술집에서 그대로 출근한 뒤 과음으로 아픈 배를 부여잡고 취기에 몽롱해진 정신 속에서 간신히 이성을 부여잡아.
"부장님, 안녕하세요. 커피 한 잔 타 드릴까요?^^"
라고 인사하는 그의 모습을…. 유감이지만 난 상상할 수 없다. 계산기를 두드리는 그도 자신의 모습이 이상할 것이다. 한 번도 계산기를 두드려 본 적이 없기에. 그와 계산기는 맞지 않는 물건이므로. 아마도 자신에게 맞지 않는 옷을 입고 있는 느낌일 것이다. 그가 빛이 날 때는 무대에서 노래를 할 때이고, 그가 두근두근할 때는 노래를 하기 위해 무대에 오르는 것을 기다릴 때이고, 그가 제일 즐거울 때는 오선지에 음악기호를 그려 넣는 때일 테니. 그래도 그런 음악활동을 그만두고 인간활동을 시작한 그는 '음악만으로는 인간으로 살아갈 수 없다.'라는 사실을 알게 되었기 때문인 것 같다. 12년이 걸렸지만.

한국에서 12년간 한국어로 교육을 받고 일본에 와서 일본어로 설명된 수학책, 수학공식, 수학기호를 보면 가끔씩 현실과의 괴리, 허무함을 느끼는데 12년간 창작작업을 한 그는 얼마나 현실과의 괴리와 허무를 느꼈을까 싶다. 그리고 음악만 할 줄 아는 자신이 싫어진 것 일수도… 음악이외에는 아무것도 할 줄 아는 것이 없으니까. 논리적인 생각만 가능해서 수학문제 같은 것은 풀어낼 수 있어도 감정표현도 잘 못하고, 빈말, 사교적인 대화를 못 하는 나도 가끔 내가 싫은 것처럼.
여러 가지로 화제가 된 그의 인간활동. 그에게 인간활동은 엄청 어려울 것 같다. 지금까지 그가 해왔던 것과는 다른 전혀 다른 것이므로. 그래도 그의 인간활동을 응원한다. 팬으로서가 아닌 인간으로서. 사사로운 감정이 아닌 가수 이전에 인간으로 살아가려는 인간의 노력에 대한 예의일 뿐 그 이상도 이하도 아닌 응원.

요즘 젊은 애들은…

일본에 와서 귀가 아플 정도로 듣는 질문이 있다.
"일본은 어떻다고 생각해요?"
라는 질문. 외국인이 생각하는 일본에 대해 듣고 싶은가 보다. 상대방이 이렇게 물어오면 난,
"일본은 사람들도 친절하고 마을도 깨끗해서 좋은 나라 같아요."
라고 답한다. 물어오는 상대의 기분을 생각해서 빈말과 사교적인 답변 정도로 답한다. 기계처럼. 하지만 나는 이런 빈말과 사교적인 답변을 잘하는 사람이 아니다. 빈말과 사교적인 답변을 생각해 내는 시간도 길지만, 빈말과 사교적인 답변을 생각하는 것 자체가 귀찮다. 귀찮다. 위의 속 질문에 속 마음을 이야기하자면
"일본도 한국이랑 같아요. 인간이 사는 곳이잖아요. 불완전하고 나약해 빠진 인간이 사는 곳이니까 말이에요."
라고 말하고 싶다. 정말로…. 상대가 이 답변을 듣고 어떻게 생각하는지 관심이 없다. 그냥 이렇게 답하고 싶다. 나도 빈말을 들으면 기분이 좋아지지만, 어차피 빈말인 걸 알기에 생각할수록 빈말은 귀찮다. 귀찮다. 귀찮다.
"일본은 어떻다고 생각해요?"

라는 질문에는 빈말로 대답하지만, 여기서는 한번은 속 마음을 이야기하고 싶다. 그렇다고 해서 뭐 대단한 것은 아니다.

일본의 학생들은 12년간 고등학교까지의 정규교육을 받는다. 수동적으로. 그리고 고등학교를 졸업하고 자유를 만끽하는 대학생이 된다. 대학 4학년을 보내고 취업해서 일한다. 일반적으로는 이런 코스의 인생을 보낸다. 일본에서 대학생활을 하면서 이상하다고 생각한 것이 있다. 일본의 대학생들은 3학년 2학기에 취업활동을 시작한다. 그렇다는 것은 대학교 3학년 3년간 자유로운 생활을 하면서 자신의 인생관, 가치관, 직업윤리 등을 진지하게 생각해서 취업활동을 해야 한다. 그런데 학생들에게 주어진 3년의 시간은 너무 짧은 것 아닌지?

일본의 대학생들은 3년이라는 시간 동안 무엇을 할까? 강의를 듣고 세미나 활동과 서클활동 등의 학교활동, 아르바이트 등의 사회활동, 취미생활과 연애 등의 개인활동. 여기서 수면과 인간의 개인활동을 위해 소모되는 시간을(약 1일 10시간)(365×3×14/24) 약 640일 이런 짧은 시간에 자신의 인생관, 가치관, 직업윤리 등을 진지하게 생각해서 면접 등의 장소에서 자신의 생각을 자신만만하게 피력할 수 있는 학생이 얼마나 될까?

"요즘 젊은 애들은 이직률이 높아, 요즘 젊은 애들은 직업의식이 없나 봐?"라는 말을 정말 간단히 말할 수 있을까? "요즘 젊은 애들은 이직률이 높아, 요즘 젊은 애들은 직업의식이 없나 봐?"라는 말이 나에게는 "요즘 젊은 애들은 글러 처먹었어."라는 불평불만으로 들리는 것은 왜 일까…?

내가 태어나기도 전에 누군가의 입에서 나왔을 "요즘 젊은 애들은 글러 처먹었어." 내가 살아가고 있는 현재에도 누군가의 입에서 나오는 "요즘 젊은 애들은 글러 처먹었어." 내가 죽어도 누군가의 입에서 나올 "요즘 젊은 애들은 글러 처먹었어." 우린 한 번쯤은 생각해 볼 필요가 있지 않을까? "요즘 젊은 애들은 이직률이 높아, 요즘 젊은 애들은 직업의식이 없나 봐?"

개인적으로 난 한국에서 대학생활을 보내지 않아 한국대학생들의 생활은 잘 모르겠다. 한국에서의 대학생활… 어떨까…? 잘나든 못나든 고만고만한 인간이라는 존재들이 만든 곳이 대학인데 한국대학이나 일본대학이나 별반 다르지는 않겠다 싶다.

케세라세라(Que Sera Sera)

케세라세라. 스페인어 "그렇게 되어야 할 일은 결국 그렇게 된다." 우리들 인생에 있어 받아들이기 힘들거나 피할 수 없는 일이 생겨도 그 일은 신의 계획이라는 것. 실망하거나 상실감이 생기는 일들이 생겨도 포기하거나 꺾이지 말고 살아가라는 뜻. 케세라세라.

내가 일본에서 대학을 다녔던 시기는 일본도 참 힘들었다. 대학입학과 동시에 시작한 일본의 엔화 가치 상승은 일본의 수출감소로 이어졌고, 미국의 서브프라임론 사태, 리먼 브라더스사의 파산은 일본경제에 악영향을 미쳤다. 그리고 일본항공(JAL)의 법정관리 사태도 일본경제에 악영향을 미쳤다. 많은 사람들이 해고되었고, 해고된 많은 사람들은 추운 새해 첫날 공원에 모여 "올 한 해 힘들지만 힘냅시다." 서로서로 격려한다. 결혼할 예정이었지만 해고되어 파혼한 커플의 인터뷰도 TV에서 나왔다. 정말로 힘든 한 해였다고 생각한다.

이 많은 해고된 사람. 정말 나쁜 사람이라서 해고된 걸까? 그들은 지시대로 일해왔을 뿐이었다. 케세라세라(Que Sera Sera) 하며 "당신들의 해고는 신의 일부예요. 힘내세요."라고 할 수도 없는데….

인생은 참으로 이상하다. 정말 이상하다. 아무도 인생이 어떻게 흘러 가는지 모를 거다. 죽을 때까지. 한국에서는 공부라고는 해보지도 않고 전문대학에서 학사경고나 맞던 놈이, 일본에 와서는 공부를 잘한다고 장학금까지 받으니. 그것도 3년이나. 난 대학을 졸업할 때까지 입학금과 2학기분의 등록금만 냈다. 정말 인생은 모르는 거다. 정말 모르는 거다. 내 인생이 왜 이렇게 바뀌었는지 나도 알고 싶다. 어디서부터 바뀌기 시작했는지 알고 싶다. 그냥 이렇게 바뀌어 버린 인생을 받아들여도 되는지 싶다. 정말 아무것도 모르겠다. 왜 이런 일이 나에게 일어나지? 김영하의 소설 『검은 꽃』의 말미에는 이런 구절이 있다.

서울에 돌아와 스타벅스에 들렀더니 안티구아 커피원두를 팔고 있었다. 이상한 기분이었다. 안티구아엔 스타벅스가 없는데 스타벅스엔 안티구아가 있었다. 스타벅스는 과테말라의 플렌테이션에서 마야인들을 고용해 커피를 길러 그것을 서울 광화문에서 팔고 있었다. 이 세상은 내가 생각하는 것 이상으로 아주 복잡하게 얽혀 있다.

이 말에 전적으로 동의하는 바이다. 정말 이 세상은 복잡하게 얽혀 있다. 우리 인생도 복잡하게 얽혀 있는 것이 아닐까? 우리도 모르게 말이다. 근 10년이나 지난 이야기이기에 지금의 과테말라에는 스타벅스가 있는지도 모르겠다. 과테말라에 가본 적이 없으니 확인은 불가능하지만.

나는 왜 일본에 와서 이 해고된 사람들이 낸 세금으로 공부를 하게 되었는지 정말로 모르겠다. 그리고 나도 지금 무엇을 해야 하는지 정말 모르겠다. 뭐라도 하고 싶은데 무엇을 해야 하는지 모르겠다. 누가 알려주기라도 하면 좋겠고, 알려주길 바라고 있는데 그 누구도 나에게 무엇을 하라고 하는지 알려주지 않는다. 시간이 해결해 줄까? Time will tell? 아, 정말 모르겠다. 정말 답답하다. 그렇다고 해고된 사람들에게

"케세라세라입니다. 당신이 해고된 것은 신의 계획이에요. 그냥 그러려니 하세요. 나중에 좋아지겠죠, 뭐. 힘내세요."

라고 할 순 없지 않은가…. 인생 어떻게 될지 모른다는 말이 정말 우리 삶의 진리일지라도 말이다. 아, 나 정말 뭘 해야 하는지 모르겠다.

화차

「밴드 오브 브라더스」, 「더 퍼시픽」 전쟁 드라마 「밴드 오브 브라더스」는 전쟁에 참전한 사람들의 활약을 기리는 영화라면 「더 퍼시픽」은 전쟁에 참전한 사람들이 극심한 공포 속에서 겪는 정신적 스트레스와 영혼이 망가지는 과정을 그린 드라마. 사람마다 취향은 다르겠지만, 나에게 하나만 선택하라면 나는 「더 퍼시픽」. 화려한 전쟁신도 좋지만 극도의 공포 속에 놓여졌을 때의 사람의 심리변화, 아니면 미스터리 소설을 좋아하는 나는 「더 퍼시픽」. 하지만 「더 퍼시픽」을 다시 보려면 난 더는 안 보려고 한다.

가끔씩 꿈을 꾼다. 군 복무 중 오발사건의 꿈을. 눈을 감지도 못하고 죽은 시체가 꿈에 나타난다. 식은땀을 흘리며 꿈에서 깬다. 깜깜한 방에는

"무서운 꿈을 꿨어."

라고 말해도 아무도 들어주는 사람이 없다. 단지 들려오는 것은 현도 26호선을 달리는 자동차 소리뿐. 형광등을 켰다. 시계를 보니 새벽 3시. 다시 잠드는 것은 불가능하다. 이렇게 잠에서 깼을 때 가장 먼저 취해야 할 행동은 방문을 닫는 것. 냉장고가 보기 싫어서이다. 사실을 말하

면 냉장고 속의 술을 보기 싫은 것이다. 악몽으로 인해 긴장과 흥분상태에서 술을 마시면, 나중에 술에 취한 내가 무엇을 할지 몰라 무섭기 때문이다. 가끔씩 충동적으로 결정을 해버리는 나에게 있어 이런 상태에서의 술은 하나도 좋지가 않다. 그래서 방문부터 닫아버린다.

TV를 켠다. 당연하게도 방송을 하는 채널이 없다. PS3의 전원을 켠다. 삼국무쌍5 엠파이어스의 오프닝이 흐른다. 보통레벨에서 게임을 시작해 군주가 된 손상향으로 수라레벨에 도전한다. 무기의 스킬은 보통레벨에서 완성해 두었기에 수라레벨에 도전하는 거다.

2~3시간 게임을 하다 보면, 아니 조이스틱 버튼을 두들기다 보면 일출이 시작되어 아침이 온다. 밖이 밝아지면 이때부터 하루나시라카와의 강길을 따라 달리는 거다. 악몽의 긴장과 흥분이 사라질 때까지. 긴장과 흥분이 사라졌다고 생각되면 샤워를 하고 그때 자던가, 강의가 있으면 학교에 간다. 어차피 학교에 가도 졸려서 강의도 머리에 들어오지 않는다. 출석확인을 하고 적당히 강의실을 나와 1호관의 전망라운지에서 자는 것이 제일이다.

이렇게 악몽을 꾼 날은 학교도 가기 싫고, 아르바이도 가기 싫고 친구도 포함하여 그 누구도 만나기 싫다. 그냥 집에 있고 싶다. 혼자 조용히 게임이나 하고 싶다. 혹시라도 긴장과 흥분에 누구를 만나 폭발해 버리는 날 보여주기 싫기에. 이런 긴장과 흥분 때문에 화차가 되어 폭발해 버리는 나도 내가 싫다.

장학금 때문에 주위로부터 기대와 관심도 부담되는데, 정작 나는 뭘 해야 할지 몰라 스트레스에 답답하다. 그리고 과거의 사건 때문에 생긴

트라우마도 너무 싫다. 이 망할 놈의 세상아! 나도 좀 가만히 냅둬라! 아니면 나 뭐 해야 하는지 알려주기라도 하던가….

이성과 감정

경영조직론 강의시간. 너무 재미없고 흥미도 없는 강의. 강의 내용도 무엇인지 강의를 듣지 않으니 알 수가 없다. 강의 중 『대망』을 읽고 있었다. 옆에 있던 다케가 프린트를 건넨다.

"교수가 해보래, 성격검사라나 뭐라나."

(아…. 망할 놈 또 방해하고 있어…. 지금 도쿠가와 이에야스와 이시다 미츠나리가 세키가하라전투를 벌이려고 하는데…. 정말 방해만 하는 놈이네…)

"귀찮아, 내 것도 네가 해줘라…. 귀찮아 죽겠다…."

"야, 나도 귀찮거든, 네 건 네가 해라. 그건 그렇고 그건 또 무슨 책이냐? 한국어로 쓰여진 것 같은데? 그것도 소설이냐?"

"이거? 도쿠가와 이에야스. 시대소설이고 너무 길어서 일본어로 써 있는 책은 도저히 읽을 용기가 없어서 한국어로 번역된 것을 읽고 있어."

"아…. 이 신기한 새끼…. 그렇게 어려운 것 읽는 너 참 신기하다."

"신기하다고 생각할 필요까지 없지 않냐? 신기하다는 건 그만하고 이시다 미츠나리가 왜 세키가하라전투를 일으킨 거냐?"

"그런 거 몰라, 묻지 말아줘, 검사나 빨리 끝내라. 밥이나 먹으러 가자."

"그래…. 알았어, 나도 배고프다."

아무리 생각해도 이시다 미츠나리가 왜 세키가하라전투를 일으켰는지 모르겠다. 토요토미 히데요시의 사후에 자신이 전국통일을 하고 싶었는지, 토요토미 히데요시에게서 도쿠가와 이에야스에 대한 원망과 증오를 너무 많이 들어 세뇌되어 세키가하라전투를 일으키게 했는지 모르겠다. 뭐 이시다 미츠나리 본인만이 세키가하라전투를 일으킨 이유를 알겠지…. 아니면 본인 스스로도 모를지도 모르겠다. 어쨌거나 죽은 자는 말이 없다.

프린트에 있는 성격검사를 해보았다. 몇 개의 질문에 답을 하고 결과를 확인했다. 3개의 결과가 나왔다.

* 감정보다 이론과 논리를 사용하는 사람
* 일에 대해 결과를 중시하는 사람(조직 내에선 인간미 부족이라고 느껴지는 사람)
* 개인적이고 사교성이 없는 사람

이러한 결과가 나왔다.
"야, 나 정말 이래?"
"응? 응. 그거 네 성격, 써 있는 그대로."
"정말?"
"정말이라니까, 네가 말하는 것은 머리로는 이해되는데, 도저히 가슴으로 받아들일 수가 없다. 감정적으로 위로받고 싶을 때도 있는데, 너에게 그런 건 바라지 않아. 감정적으로 전혀 위로받을 수가 없거든. 오히려 화가 나. 그래서 너에게 그런 건 바라지 않아. 친구가 아프다고 하는데 약 먹고 자라니…. 그게 친구에게 할 말임?"

"아플 땐 약 먹고 자면 되잖아? 또 뭐가 필요한데?"

"야, 그만하자 빨리 정리하고 밥이나 먹으러 가자."

나에 대해서 처음으로 타인에게 들었다. 지금까지 타인에게서 나에 대해 들을 기회가 없었다. 타인으로부터 들은 나의 모습이 뭔가 로봇 같은 인간이라 조금은 씁쓸했다. 강의가 끝나고 집으로 돌아온 나는 성격검사의 결과가 신경 쓰였다.

"난 정말 어떤 사람일까?"

인터넷으로 성격검사에 대해 조사해 봤더니 MBTI검사라는 것이 있었다. 약 100개의 질문에 답을 하는 것으로 되어 있었다. 그 질문은 언젠가 취업을 위해 보았던 인적성검사에 실려 있던 질문들과 비슷한 질문들이었다. 100개의 질문에 답을 하고 결과를 확인해 보니 난 'INTJ형'의 성격을 가진 사람이라고 한다. 일반적인 'INTJ형'의 사람은

* 독창적이고 완벽주의적 인간
* 자신의 높은 목표를 타인에게 강요하는 경향이 있음
* 자신만만하며 타인의 비판도 그다지 신경 쓰지 않음
* 사교적인 대화나 의미 없는 잡담은 서툴거나 잘 하지 않음
* 이론중시적이며 타인의 기분과 감정을 그다지 고려하지 않음
* 세계 2~4%의 인구가 이 'INTJ형'이며, 여성보다 남성이 많음 'INTJ형'의 여성은 일반적인 여성적인 면이 다른 유형의 여성에 비해 부족한 경향이 있음

이러한 특징이 있다고 한다. 왠지 학교에서 공부를 잘해 매번 전교 1 등을 놓치지 않는 전교 1등의 포스가 느껴지는 성격 같다. 하긴 어렸을 때의 나를 생각해도 중고교 때는 그다지 공부에 흥미가 없어 전문대학에 입학해 학사경고도 받긴 했지만, 원래 공부를 잘하는 녀석이었는지 모르겠다. 내가 좋아하는 과목은 그다지 공부 안 해도 좋은 점수를 받는 경우가 많았으니. 그리고 초등학교 때는 사회과목을 선생님 대신 가르치는 일도 있었고, 그러고 보니 공부가 나의 재능이 아닐까…? 그리고 주위 사람들의 기분과 감정을 그렇게 신경 쓰지 않는다는 것은 내 고교 입학과정의 경험을 생각하면 난 정말 'INTJ형'의 사람인 것 같다.

고등학교에 입학할 때 제2외국어로 일본어와 불어를 선택할 수 있었다. 나는 제2외국어로 일본어를 선택했다. 어렸을 때부터 한자는 많이 알았기 때문이었다. 고교입학을 하기 위한 면접 당시 면접관으로부터 일본어를 제2외국어로 선택한 이유를 답해야 했다.

"승원 군은 왜 일본어를 제2외국어로 선택했는지, 개인적으로 일본에 대해 어떻게 생각하는지 말해주겠어요?"

"전 중학교 때부터 한자공부가 재미있었습니다. 일본어도 한자가 많아서 일본어를 공부하기에 유리할 것 같습니다. 그리고 일본에 대해서는, 전 일본이 좋지도 싫지도 않습니다. 일본은 그냥 일본이라고 생각합니다. 하지만, 많은 사람들이 과거의 사실 때문에 감정적으로 되어, 서로 비난하는 것이 이해가 되지 않습니다. 대부분의 사람들은 과거의 그 사실을 경험한 것도 아니면서 마치 자신이 경험한 것처럼 감정적으로 행동해 버리는 것은 옳지 않다고 생각합니다. 왜 그렇게 감정적으로 생각하는지 모르겠습니다. 조금은 주체적으로, 이성적으로 판단하는 것이 좋지 않을까 생각합니다."

라고 대답했다. 그리고 난 고교 시절 일본어를 공부했다. 물론 고교 시절엔 전혀 공부를 하지 않았다….

일본에 오기 전에도 주위에 많은 반대가 있었다.

"한국인이라서 혐한에게 뭐 이상한 거 당하는 거 아니야?"

"한국인이라고 무시당하는 거 아냐?" 등등.

무언으로 일축했다. 그리고 일본에 갔다.

일본에서의 생활은 여러 가지로 힘든 점이 있었지만, 지금은 일본이 또 다른 고향이 되어버렸다. 일본에 있는 것만으로 마음이 편해졌다. 그냥 그런 외국인 취급으로 누구 한 사람도 내가 하는 것에 대해 신경 쓰지 않았다. 무한한 자유를 얻을 수 있었다. 나 혼자 무엇을 한다 해도 자유. 정말 그런 자유로운 생활을 할 수 있어 좋았다. 한국에서 일본어를 공부할 때 만났던 친구들은 8년이 지난 지금도 서로 연락하며 안부를 묻고 있다. 도쿄에서 여러 가지 도와준 아베도, 일본어 학원의 선생님들도, 대학에 들어가기 위해 돈을 빌려준 아이코도 나와타도 만날 수 있었다. 대학생활 하면서 다케도 만날 수 있었고, 몇 명의 중국친구들도 사귈 수 있었다.

일본에 가기 전에 일본에 가는 것을 반대당하며 들었던 것들은 일어나지 않았다. 없었던 것은 아니지만, 좋은 인연들을 만났고, 잊지 못할 경험도 했다. 너무나도 자유로운 생활 속에서 나를 알아가는 기회도 얻을 수 있었고, 개인적으로 큰 성취감을 느낄 수 있었던 경험도 했다. 인격적으로의 성장은…. 음… 잘… 모르겠다. 시도 때도 없이 육두문자를 날리는 것을 보면 그건 잘 모르겠다….

우리 인생 살다 보면 믿어지지 않는 일도, 받아들이기 힘든 일도 있다. 나에게는 아빠의 일이 그런 경우이지 싶다. 내가 어렸을 땐 아빠는 집에 없었다. 어느 날 갑자기 집에서 사라져 버린 아빠는 내가 아빠의 존재를 잊고 있을 때쯤 나타났다. 그리고 아빠의 존재가 익숙해지려 하면 또 사라져 버렸고, 아빠의 존재가 잊힐만하면 또다시 나타났다. 그런 시간이 20년이었다.

나에게 부모를 선택할 권리는 없다. 그냥 내가 태어나기 전부터 정해져 있던 것이었다. 난 태어나기 전부터 그런 아빠를 만나야 했던 것이었다. 그냥 그랬던 것이었다. 내가 한국인으로 태어나고 싶어서 태어난 것도 아니다. 태어나 보니 한국인 이었을 뿐. 군 복무 중 목격했던 그 사고도 예전부터 정해져 있었던 것일까…? 그런데 생각해 보니 이런 일들은 누구에게나 일어날 수 있는 것이다. 우린 모두 불완전한 존재이니까. 사람이니까. 이런 일이 일어났을 때는 단지 가슴을 차디차게 얼려 두면 되었다. 아무것도 느끼지 못할 정도로. 가슴이 깨지면 깨진 상태로 두면 된다. 부서진 파편만 잘 모아두면 된다. 나중에 그 파편 잘 붙이면 되니까.

사회에서 성공한 유명한 사람들이 공통적으로 말하는 것이 있다.

"어느 날 정신 차려 보니. 전 그 당시 하고 있었던 것에 열정도 질투도 분노도 증오도 전부 쏟아붓고 있었습니다."

점령되는 전쟁의 고지에 누군가가 깃발을 세우면 병사들은 초인적인 힘을 발휘하여 고지에 뛰어 올라가는 것을 말하는 걸까…. 그런 걸까…. 뭐 성공한 사람들이 하는 말이니 거짓말은 아닐 것이다.

하아…. 한일 양국이 서로 헐뜯고, 비난하고, 다투고…. 그런 기분들과 감정들 모르는 바는 아니지만…(만약 내가 일본을 싫어하고 미워하는 사람이라면, 세상에서 나만큼 일본을 싫어하고 미워하는 사람은 없을 것이다. 그것만큼은 확인한다). 한 가지 바라는 바가 있다면, 많은 사람들이 과거의 사실에 연연하지 말고 자신이 하고 있는 것에 열정도 질투도 분노도 증오도 전부 쏟아부었으면 좋겠다…. 그러면 적어도 개인적으로 자아실현의 기회는 있겠지.

왕자와 거지

소설 『왕자와 거지』. 미국 마크트웨인의 작품이다. 너무나 유명한 소설이고 많은 분들이 제목은 들어 봤으리라 생각하기에 내용에 대해선 생략.

취미가 영화 감상이기에 시간 나면 많은 영화를 보지만, 그다지 좋아하지 않는 장르의 영화가 있다. 영웅 영화, 히어로 영화. 인간, 애당초 나약해 빠진 인간은 자신들이 힘들어질 때 영웅 이야기를 만들어 낸다거나 누군가를 영웅으로 만들어 버린다. 그렇게 만들어진 영웅. 아…. 정말 눈물이 나올 정도로 불쌍하다. 그 영웅은 나약해 빠진 인간들의 욕망을 채워주기 위해 얼마나 허세를 부리며 강한 척을 해야 하는지…. 정말 생각만으로도 불쌍해 죽겠다. 유감일 뿐이다. 자신도 나약해 빠진 주제에 말이다. 아무튼 나약해 빠진 인간들의 욕망을 채워주기 위해 영웅이 된 당신. 허세와 강한 척을 해주세요. 당신이 아프고 허세와 강한 척을 할 힘도 없을지라도 말이에요. 당신의 그런 노력에 존경을 표합니다. 힘내세요, 파이팅!

2011년 4월 29일 나카자토와의 한국어레슨이 끝났다. 나카자토는 CNBLUE의 팬이다. 나카자토에게 한국어를 가르쳐 주고 있지만 생각보다 한국어가 늘지 않는다. 뭐 한국어로 일을 하는 것이 아니기에 상관은 없지만. 한국어레슨이 끝나고 식사를 하기 위해 토오리마치에 있는 한국식당 '친구'에 갔다. 오늘만이 아니고 나카자토와 같이 '친구'에 가서 식사를 한다. 한국인부부가 경영하고 있는 한식당이다. 외국에서 먹는 한국음식은 맛있지만, 특히 '친구'에서 먹는 한국음식은 일품이다. 또 가고 싶다. '친구'에, 타카사키에, 도쿄에, 일본에.

"원, TV 봐봐. 영국의 윌리엄 왕자가 결혼식을 올리네."

"하아, 역시 왕족은 틀리네. 결혼식을 전 세계에 방송하네."

"케이트는 신데렐라네 부럽다."

"부러워? 나는 그다지…. 저 먼 섬나라 왕자님 결혼식에 관심이 없어서 말야."

"원은 참 이상한 사람이야, 이런 역사적 사실에 남을 사건에 관심이 없다니."

"응, 없어. 나에 대해 잘 알잖아, 관심이 없는 것이 아니라, 관심을 가질 수가 없는 것을. 누가 뭐라고 나에게 말해도 내가 관심 없으면 흥미조차 느끼지 못하는 걸 들어 처먹지도 않잖아?"

"알고 있지. 아주 잘. 소녀시대 멤버도 모르는 한국 남자는 원뿐일 거야."

"아니, 비교할 걸 비교해라. 지금 전 세계에 방송되는 저 먼 섬나라 왕자님의 결혼식도 관심이 없는데 소녀시대에 관심이 있을 리가 없잖아. 소녀시대 노래는 몇 곡 들어보긴 했지만 멤버는 누군지 몰라. 소녀시대 모른다고 밥 벌어먹는 데 지장이 있는 것도 아니고."

"으이구. 이 인간 어쩜 좋아."

"어쩜 좋긴 그냥 사는 거지, 뺄소리 그만하고 메뉴 있어? 불고기 먹을까? 달달한 게 먹고 싶네."

"불고기 좋네. 불고기 먹자."

무엇을 먹을까 하고 메뉴를 보고 있었다.

"어? 뭔 생일이 며칠이었지? 6월 21일?"

"아, 뭐야. 갑자기 생일을 왜 물어. 맞아, 6월 21일."

"82년생 맞지?"

"응. 갑자기 생일을 왜 묻는 거야?"

"역시…. 원, TV 봐봐. 윌리엄 왕자랑 너랑 생년월일이 같네, 실은 원은 왕자님이었나 봐."

"원, 듣고 있어? TV 좀 보라고. 너랑 윌리엄 왕자와 생일이 같다고!!!"

나카자토는 메뉴를 향해 고정시킨 내 얼굴에 손을 대어 나의 시선을 TV로 향하게 했다.

"…."

"…."

"#@$$%^&%^*ㅉㅃ#%$^%&^"

TV를 봤더니 정말로 나와 윌리엄 왕자의 생년월일이 같았다. 1982년 6월 21일….

'뭐지…? 이 기분…? 세상으로부터 배신당한 이 더러운 기분은…. 나와 생년월일이 같은 사람은 영국의 왕자이고 지금 전 세계에 자신의 결혼식을 생방송으로 보내고 있고, 근데 나는 여기서 뭐 하는 거지? 왕자

님이라고? 왕자님? 왕자님? 왕자님? 왕자님은 대학 다니려고 아르바이트 2개나 하지 않아도 되겠지? 왕자님은 돈이 없어서 만화카페에서 안 자도 되겠지? 비 내리는 날은 스쿠터 안 타도 되겠지? 스쿠터가 뭔지나 알까 왕자님은? 아, 씨발 스쿠터 더 이상 타기 싫다!!! 왕자님은 아르바이트 찾으려고 필사적으로 뛰어다니고 그러지 않아도 되겠지? 아니 아르바이트를 할 일이 뭐가 있겠어? 왕자님인데 질릴 정도로 가계부 같은 것은 안 써도 될 거야. 재산 관리해 주는 회계사가 있겠지. 방을 구하려고 뛰어다니지 않아도 되고, 거절당할 일도 없고, 범죄자 취급당해 꼭 두새벽에 검문하러 오는 사람도 없겠고. 누가 왕자님을 검문하나 왕자님을… 왕자님을…. 아… 씨발, 잠자는데 쳐들어온 연놈들 누구야!!! 죽여버릴 거야!!!! 씨발!!

"원, 아까부터 무슨 생각을 그리하는 거야? 오늘 좀 상태가 안 좋은 것 같다? 일단 음식 나왔으니 먹자고."

"응? 음식 나왔어? 벌써? 먹자고 먹어. 근데 내 생일은 어떻게 알고 있는 거야?"

"작년에 원 생일날 저녁 먹었잖아 기억 안 나?"

"아 조선반점에서?"

"응응, 그날 밥 먹고 집에 갔더니 윌리엄 왕자에 관한 방송을 하고 있었는데 그때 원하고 윌리엄 왕자와 생일이 같은 것을 알았지. 그리고 나서 원에게 물어보려고 했는데 바빠서 완전히 잊고 있었어. 오늘 생각 난 거야. 결혼식 때문에."

"아 그렇구나…. 난 영국의 왕자님과 생일이 같구나…. 내 인생이지만

227

내 인생이 참 웃긴다. 기가 막힌다. 이 근데 내 생일이 영국의 왕자님과 같아도 나에게 왕자님이라고 부르지는 말아줘. 난 왕자님도 아니고 왕자님 하라고 해도 못 할 거야. 하라고 해도 안 해."

"뭐야? 그래도 기뻐할 줄 알았는데 참. 사람이 말야…."

"기뻐하고 자시고가 문제가 아니라 난 저렇게 4시간이나 되는 결혼식 하라면 못 할 거야. 결혼식 올리다 졸도할 것 같아. 결혼식 도중에 내가 도망가던가…. 4시간이나 되는 걸 어떻게 버텨…. 지루함에 난 죽을 거야 난. 아, 시부야의 백화점에서 아르바이트할 때가 생각난다. 백화점에서 일하려고 단정히 치장하고…. 치장하다 죽는 줄 알았어…. 아무래도 나에게는 저런 품위유지 기능은 없나 봐. 하라고 해도 못 하겠고, 저런 것도 하는 사람이나 하는 거지 난 못해 난 그냥 자유로운 보헤미안처럼 살래."

"어휴…. 내가 다 한숨이 나오네…."

"뭐야. 그런 거 가지고 한숨 쉴 필요는 없잖아. 먹자고 먹어. 식겠어."

세상에 많고 많은 유명인이 있고 그 유명인은 누군가와 생일이 같을 것이다. 각자 자신과 생년월일이 같은 유명인이 있겠지. 근데 난 왜 저기 먼 나라 왕자님과 생일이 같냐…. 그리고 난 이 사실이 정말 싫은 건지.

한국편 하

쇼핑　230
빨래, 선택　233
나도 나태해질 권리가 있다　246
나오코　270
꿈을 위한 베팅　274

쇼핑

대학에 입학하여 6번의 시험기간을 보내고 성적표를 받았다. 졸업하기 위해 요구되는 136학점 중 134학점을 이수했다. 대학 4학년은 졸업논문을 작성하기 위한 4학점만 남겨놓았다. 3년간 취득한 총 학점의 성적은 B+ 일본어 공부를 시작하여 6년이 되던 해의 일이다. 일본에 와서는 4년 6개월 일본유학기구로부터 사비유학생장려금 3년. 대학기간 중 한국어강사 아르바이트와 음식점에서의 아르바이트를 병행하면서 얻은 결과. 나 일본생활 너무 열심히 한 것 같다. 그리고 공부에 재능이 조금은 있는 것 같기도 하다. 하루하루 스스로에게 의미 있는 날들을 보내기 위해 노력하기도 했고.

이 성적표를 확인하고 3일간 몸살로 앓아누웠다. 아무것도 마시지도 먹지도 못했던 것 같다. 일본생활 동안 너무나도 긴장하고 지내왔나 보다. 한순간에 긴장이 풀려버리니 내 몸인데 내 몸 같지도 않고 그냥 누워만 있어야 했다. 이때 페이스를 다시 끌어올리기까지 시간이 좀 걸렸다.

그리고 이건 고백이라고 말하기도 조금은 창피하지만, 지금 생각해 보면 강박증 환자로서의 삶도 한 2~3년 보낸듯하다. 군대에서의 사고, 일본에서의 교통사고, 부족했던 자금과 이사에 쫓겨 다녔던 초창기 일본생활, 일본유학시험의 성취로 인한 흥분을 진정시키기 위해 휴식이 필요했지만, 쉬지도 못하고 돈을 벌고, 친구에게 돈을 빌려야 했던… 장학금에 대한 부담. 이런저런 강박 속의 삶. 아니면 예술가의 광기를 내뿜으며 살아왔나 싶기도 하다. 그렇다면 성적표는 나의 예술작품이 아닐까…? 예술작품이었으면 좋겠다.

    일본에서 대학을 졸업하고 귀국하여 취업활동을 시작해 자기소개서를 100번을 내고 겨우 조그마한 증권사에 취업했다. 30이 넘어서 취업활동을 해서 그런가, 경제가 안 좋아서 그런가 취업도 쉽게 되지 않았다. 어쨌든 난 해외주식시장을 분석해서 리포트를 내는 애널리스트로 취업했다. 해외주식시장분석이라고 해봐야 이런 조그마한 증권회사에 해외주식거래를 하러 오는 개인투자자는 없다. 그냥 해외주식시장을 분석하고 있다는 것만 대외로 알리는 리포트를 쓰면 그만인 한직인 일이었다. 창가에 책상을 두고 하는 일. 나도 이 회사에 뼈를 묻을 생각이 없기에 적당히 일을 하고 있었다.

    어느 날 증권사에 엄청난 사건이 생겼다. 헬스케어를 중심으로 성장하고 있는 제약회사의 주식으로 포트폴리오를 만들고 있던 투자전략부의 이 부장이 느닷없이 사표를 냈다. 제약회사 주식시장의 공매도 거래로 인해 노이로제가 생긴 모양이다. 이 부장과 같이 제약회사 주식으로 포트폴리오를 만들었던 주식운영부 장 팀장은 10억 원의 손실을 냈다. 제약회사의 리베이트사건으로 인해 제약회사들의 주식이 폭락했기 때문이다. 그리고 파생운용팀의 강주임은 900원의 주식을 9,000원으로 사들여 약 8억 원의 손해를 보았다.

상황이 이쯤 되니 사장도 어지간히 충격을 받았는가 보다. 어디서부터 수습을 해야 하는지 전혀 모르는 상태 같다. 강 주임의 실수는 회사 자체적으로 보험이 들어 있고 재판으로 가면 승리해서 돌아올 듯하고, 사표를 낸 이 부장은 잘 설득하면 회사에 돌아올 가능성도 있다. 하지만 장 팀장은 좀 심각해 보인다. 10억 원의 손실을 내고 안색이 변했다. 여차하면 큰일 날 분위기다. 들은 바로는 장 팀장은 기러기아빠라고 했다. 부인과 자식들이 캐나다에 있다고 한다. 집에 가도 아무도 없다고 한다. 저러다 스스로 세상을 버리는 것은 아닌지…. 우리는 다 살자 사는 것 아니겠어요…?

금융계… 연봉이 높다고 한다…. 이 연봉이 높은 곳에서 아무런 가치 없는 '0'이란 숫자 하나 때문에 사람이 이렇게 힘들어질 수 있는지 처음 알았다.

그리고 개인적으로 내가 회사에 있는 것이 무언가 불편하다. 매일 출근하면 앉는 의자와 들여다보는 모니터가 내 것이 아닌 것 같다. 이 사무실은 내가 있을 공간이 아닌 것 같다. 매일매일 같은 것만 반복하는 이 지긋지긋한 일상이 재미가 없다…. 대학생 때 회사원이라는 옷은 나에게 맞지 않겠다고 생각했는데 정말 이 회사원이라는 옷이 나에게 맞지가 않다. 나에게 맞는 옷은 어디 있지?

빨래, 선택

"일본의 여름은 습하고 너무 더워요. 습하고 더워서 빨래에 곰팡이가 피는 정도예요."

한국에서 학원을 다닐 때 강사분이 일본은 너무 덥다고 말해주었다. '아니 얼마나 더우면 빨래에 곰팡이가 피는 정도인지….'
라고 생각했다…. 적어도 그때는….

소윤이로부터 연락이 왔다. 묻고 싶은 것이 있다고 한다. 한국에 와서 술자리에서 알게 되었다. 소윤이는 작년에 대학을 졸업하고 초등학교에서 영어를 가르치고 있다고 한다. 영어공부를 위해 6개월간 어학연수를 했다고 한다. 초등학교에서 영어를 가르친다고 하는데 어째 선생님 같지가 않는다. 머리 좋은 아이들에게 당하는 어리바리한 선생님이라면 모를까…. 아니면 아이들 속 썩이는 선생님 정도? 소윤이에게도 별명을 붙여주었다. '보모' 내가 붙여주었지만 참 어울리는 별명이다. 소윤이도 '보모'라는 별명이 맘에 드는가 보다. 참으로 어리바리하다…. 어쨌든 술자리에서 일본에서 대학을 다녔다니 질문이 마구마구 쏟아진다. "일본생활은 어땠어?", "해외에서의 대학생활은 어땠는지?", "또 일본에 갈 생각은 있는지?" 순식간에 질문이 쏟아져 나왔다. 그리고 확실히 "또 일본에 갈 생각은 있는지?"라는 질문을 했을 때는 눈이 반짝반짝 빛났다. '해외에 가고 싶은 모양이다.'라고 생각했다. 해외생활의 경험이 있으면 자주 있는 일이다. "또 일본에 가고 싶은지?"라는 질문에는 "글쎄…."라고 답할 수밖에….

토요일 밤 소윤이가 정한 술집에 가니 소윤이는 벌써 도착해 있었다.

"빨리 왔네. 기다렸냐?"

"아니, 나도 지금 왔어."

"그래, 그럼 다행이군, 뭐 간단히 마시자."

맥주와 간단한 안주를 시켰다.

"오빠 요새 어때?"

"요새? 다른 회사로 이직할까 생각 중이야. 지금 다니는 회사 여러 가지 문제로 망할 것 같아."

"정말?"

"응. 요새 많은 사건들이 있어서 더 이상 다니기 힘들 것 같아."

"참 오빠도 힘들게 사는구나."

"근데 뭐가 있어서 불렀냐?"

"실은 오빠의 해외생활이 이것저것 듣고 싶어서."

"뭐야, 해외생활? 벌써 애들 보기 지친 거냐? 아님 애들에게 많이 당했다거나."

"그건 아니고 실은 나도 6개월간 캐나다에 있었는데 미련이 있었는지 다시 가고 싶어서 말야."

"뭐 최근에는 여자들의 사회활동도 많아지고 해외에 나가는 것도 이상한 것도 아니지. 일본은 특히 가까워서 일본생활 했던 여자들도 다시 일본에 나가는 경우도 많고."

"그치? 나도 나가고 싶긴 한데 뭘 해야 하는지 몰라서…. 오빠는 일본에 갈 계획 있어?"

"응, 지금은 없다. 일본에서의 취업도 생각했지만, 그만뒀어."

"왜? 일본에 가고자 하면 갈 수 있으면서 안 가는 거야?"

"갈 수는 있는데 일본에서 무엇을 하고자 할 계획과 목표가 없어. 목표가 없으면 일본생활 할 수 없거든 못 견뎌 해외에서."

"그렇구나…. 목표가 있어야 하는구나. 그건 그렇고 오빠의 일본생활은 어땠어? 듣고 싶은데."

"일본생활? 뭐가 듣고 싶어?"

"아니 그냥 여러 가지 대학생활이라든지."

"대학생활…. 그다지 말하고 싶진 않은데 삶의 변화가 너무 많아서 정신 줄 잡고 살기 힘들었어. 나 원래는 수능 망치고 전문대학 다녔는데, 그것도 공부 안 해서 1년 내내 학사경고였어. 근데 일본에서 대학 다니면서 3년간 장학금 받으며 다녔지. 나에게 왜 이런 변화가 생겼는지 이유를 알고 싶기도 했고 말이야."

"우와, 오빠 멋진데? 천재 아니야?"

"천재는 얼어 죽을…. 아마도 공부가 적성에 맞지 않았나 생각해. 근데 내가 나의 적성을 모르고 공부를 안 하고 놀았던 건지도 모르지…. 실은 장학금도 4년간 받을 수 있었어. 학점도 3학년 때 다 끝냈는데 4년간 장학금 받을 성적은 유지했거든…. 아마도 내가 내세울 수 있는 건 지적 카리스마인 듯."

"하…. 오빠 머리 엄청 좋은가 보다?"

"머리가 좋긴…. 난 대학 4학년을 사칙연산과 미적분 계산만 한 기억밖에 없어. 처음부터 학부과정을 회계, 통계, 영어, 역사 관련 강의로 채웠으니까, 회계, 통계는 더하기, 빼기, 곱하기, 나누기, 미적분의 사칙연산과 숫자계산만 하면 그만이었어. 영어는 해야 했었으니까. 역사 관련 강의는 내 흥미 때문이기도 하고. 다분히 전략적인 강의시간표를 짜서 공부한 거야. 그게 다야. 그리고 나도 내 인생에 이런 믿지도 못하고 감당하기 힘들었던 변화가 생겼는지 알고 싶다. 하긴 학교 직원들도 놀라긴 했을 거야. 유학생 한 놈이 여름방학이든 겨울방학이든 학교에 나와 있으니. '저놈 얼마나 공부가 좋으면 방학인데 학교에 나와서 사는 거지?'라고 생각했는지도 모르겠다. 난 공부보다 밥 먹으려고 학교에 간 거야. 집에서 밥해 먹기도 정리도 귀찮고. 그게 다야."

"우와 나에게는 절대 있을 수 없는 일 같다. 근데 장학금은 어디서 주는 거야?"

"있는지 없는지는 해보지 않으면 알 수 없는 거고. 음…. 일본정부가 아닐까 하는데?"

"일본정부라니 이건 또 무슨 소리인지…. 오빠 도대체 일본에서 무슨 짓을 하고 다닌 거야?"

"무슨 짓을 하기는 아무 짓도 안 했어. 그냥 살았어. 구태여 말하면 일본정부이지 않을까 해. 일본학생지원기구로부터 장학금을 받았는데 컨트롤타워가 아마도 문부과학성이 아닐까 싶고 또 장학금은 세금으로 이루어지니 말이야. 그래서 구태여 말하면 일본정부."

"오빠 참, 사람 놀래키는 재주 있구나, 평소에는 이상한 별명만 붙여서 바보라고 생각했는데."

"바보라니…. 날 뭐로 보고. 너도 그 보모라는 별명 맘에 들잖아?"

"딱히 싫은 건 아니고…. 어쨌든 그 장학금으로 유학생활은 편했겠다."

"음…. 경제적으로 편했는데 다른 면으로 좀 힘들었지."

"장학금 받으면서 학교 다녔는데 힘든 점이 있었어?"

"있었지. 세상에 안 힘든 게 어디 있어? 외로움이랄까…. 해외생활에서 오는 외로움이 아니라 다른 의미의 외로움. 너에게 말해도 알랑가 모르겠지만."

"외로움이라…. 외로움 말고 다른 건 없었어?"

"다른 거라…. 위로, 빨래, 선택이었던 듯."

"응? 장난쳐? 위로, 빨래, 선택이라니 그게 뭐야?"

"아, 좀 들어봐. 한국말 다 안 끝났잖아…. 성질도 급하긴."

"알았어. 위로는 뭐야?"

"해외생활이 엄청 멋지게 보일지는 모르지만 실은 그게 아니야. 지독한 자신과의 싸움이 필요한 거야. 위로는 자신과의 싸움에 있어 필요한 것이라고 해야 하나?"

"아, 어렵다 쉽게 설명해 봐."

"예를 들기보다 해외생활 하는 데 있어 자신은 불완전한 존재라고 인정하고 시작하는 것이 나을지도 모르겠다. 아무리 외국어를 공부해도 자신의 의사표현을 하기에는 완전하지 못하고 부자연스러우니까. 외국인이라서 당연한 거라 처음 일본어를 공부할 때는 의사표현이 잘되지 않아도 공부해 가면서 해결하면 되는데, 해외생활도 길어지고 외국어로 일이나 공부도 가능해지는 와중에 의사표현이 잘되지 않으면 허무해지거든.

'난 외국에 와서 일도 하고 공부도 하는데 간단한 의사표현이 잘 안 될까?'

그럴 때 답답함 같은 걸 느끼면 나중엔 우울증으로 번지거나 자신을 믿지 못하게 되는 상황도 생길지도…. 위로는 그때 하는 거야.

'난 원래 외국인이라서 해외에서의 의사표현은 잘 못하지만 다음은 잘할 수 있을 거야.'

하며 자신을 달래는 거야. 그게 내가 생각하는 위로. 근데 그렇게 자신을 달래가는 과정은 인간이라면 평생 해가야 하는 작업이 아닐까, 하는 생각이 든다. 말이 어렵군. 무책임하지만 알아서 이해하길 바라."

"글쎄 빨래는?"

"대학교 2학년 여름이었을 거야. 날씨가 더웠는데 빨래를 하고 나니 빨래에 곰팡이가 생겨서 더는 옷을 못 입게 된 거야. 근데 그때 눈물이 나오더라고."

"아니 빨래에 곰팡이 생긴 게 무슨 상관이라고…."

"아, 좀 들어봐…. 뭐랄까 그냥 내가 미웠다고 해야 하나? 나 실은 수능을 한 번 망치고 전문대학에서도 학사경고 받기도 했지만, 일본어 공부 시작하면서 단 한 번도 실패를 한 적이 없어. 공부를 해서 시험을 봐도 내가 정한 목표보다 더 이상의 것을 이룰 수 있었고, 어학연수 중에도 아르바이트하며 혼자 대학입시 준비해서 장학금까지 받으며 대학에 입학했지. 대학에 입학해서도 1학년 성적이 좋아서 장학금도 받아서 2년간 장학금 받은 상태였고. 모두 내가 생각했던 것 이상의 결과를 이뤄냈던 거지. 근데 그해 여름에 빨래의 곰팡이 때문에 힘들었지. 한 번도 실패한 적이 없었는데 생각지도 못한 곳에서 그런 결과가 나왔으니…. 빨래는 내가 하는 것도 아니고 세탁기가 알아서 해주는 건데 말이야…. 내가 빨래를 한다고 죽어라고 노력할 필요도 없었던 거고…."

'씨발, 사람 참 별것도 아닌 것 가지고 초라해진다….'

"자괴감, 상실감? 이런 거. 몰라. 그때까지 이성으로 억누르고 있던 해외생활의 스트레스가 곰팡이 생긴 빨래로 다 터져 나왔나 봐. 아무튼 그 사건 이후로 좀 힘들 때가 있었어. 우울증이랄까? 내가 내 스스로 감당해 내기가 힘들고, 내가 하는 일에 자신이 좀 없어지더라고. 아무튼 그랬어, 그때는. 나를 달래기에 많은 시간이 필요했지. 그때 하나 생각한 것이 있다면 너무 많은 성공과 기대는 독이라는 것."

"난 오빠처럼 그런 성과를 내본 적도 없어서 말하는 걸 잘 모르겠다. 그럼 선택은?"

"음…. 대학 때 투자가가 되려고 열심히 공부했지. 근데 공부는 잘되는데 투자가로서 일을 하려니 그 일이 나와 맞지 않을 것 같아서 포기하기로 했어. 그 뒤로 목표가 없어진 거지. 그래서 나는 무엇을 해야 하나 아무리 생각하고 찾아도 잘 모르겠더라고. 그렇다고 난 주위 사람들에게 묻거나 조언을 구할 수 있는 상황도 아니었고.

'공부도 잘해서 장학금도 받는 놈이 알아서 잘하겠지.'

이렇게 되어버리니 어디 가서 내가 뭘 해야 하냐고 말을 할 수도 없고 말이야. 그들에게는 나의 고민은 사치였을 거야. 내가 누군지 뭘 하며 살아가야 하는지 진지하게 고민했던 계기가 되었는데, 실은 그 당시는 짜증도 나고 답답하기도 해서…. 실은 내가 지금 하는 말이 너에게 어느 정도 이해되는지 모르겠지만 나중에 시간 가면 알게 될지도 모르고. 그때는 꼭 이해하길 바라.”

“하아…. 오빠 뭔가 어려운 사람 같아 철학자 같아.”

“어렵긴 개뿔. 쓸데없는 농담만 던지고 다니는데 뭘. 아, 그리고 말 해 줄 것이 있다면 해외에 나가기 위해 조언을 구하는 거라면, 난 그렇게 큰 도움은 안 될 거야. 너와 같은 여자에게 묻는 것이 낫겠지. 난 남자라서 결혼이나 출산에 대해서도 여자보다 자유롭잖아. 그래서 여자에게 묻는 것이 낫겠지. 유학경험이 있는 사람이라든지 아니면 결혼적령기에 다른 무언가를 시작한 사람이든지. 나에게 조언을 듣는 건 어느 정도 참고만 해.”

“맞다, 그런 것도 있구나. 오빠는 남자니까 결혼이나 출산으로부터 자유롭겠구나.”

“그리고 그다지 말하고 싶지는 않은데 그냥 말해줄게. 진실은 아름답지 못하지만 그래도 알아두는 것이 좋겠지. 내가 일본유학을 시작할 땐 여자유학생들이 많더라고 남자보다. 특히 일본은 가까우니까 그럴지도 모르겠지만. 많은 여자분들은 봤어. 일이 싫어서 일을 그만두고 건너온 사람. 결혼 하라는 부모님의 잔소리가 싫어서 자유롭게 살고자 건너온 사람. 진짜 자신의 꿈을 가지고 넘어온 사람. 이도 저도 싫고 그냥 넘어온 사람. 많았지. 그중에서 진짜 꿈을 가지고 왔는데 해외생활이 맞지도 않고 견디지도 못해 그냥 돌아간 사람도 있었고, 정말 아무 생각 없이 왔는데 해외생활이 너무 잘 맞아서 잘나가는 사람도 있고 그래. 해외생활도 정말 꿈이 있고 목표가 있어서 성공을 하고 잘나가는 건 아닌 것 같아. 그냥 자신에게 생기는 문제해결을 잘해가는 사람이 성공한다고 해야 하나? 아무튼 그래. 내 생각은 정말 꿈과 목표가 있어 해외에 나왔어도 해외생활을 함에 있어 수반되는 문제들을 해결할 수 없어서, 아니면 애당초 자신이 해결할 수 있는 문제가 아니었기에 중간에 포기하고 돌아간 거고, 정말 아무 생각 없이 건너왔어도 해외생활에서 생기는 문제들을 잘 풀어갔기에, 아니면 자신이 해결하려 하지 않았어도 그런 문제들이 스스로 풀려버렸기에 성공하고 잘나가는 거 아닐까 해. 그냥 내 생각. 이 말도 어렵게 들릴지 모르겠군."

"응. 어려워. 좀 쉽게 말해봐."

"어떻게 설명하면 쉽게 설명했다는 말을 들을까…. 실은 내가 나의 사용법을 잘 모르겠어. 어쨌든 난 어렸을 때부터 주체성도 강하고 자기 세계가 확실한 아이였어. 그리고 같은 나이 또래 아이들이 하는 일반적인 대화나 잡담에는 관심도 없었지. 인간관계에서 오는 즐거움을 잘 찾지 못하는 사람. 내면을 잘 드러내지 못하는 사람? 드러내야 하는 내면이 있나? 하는. 그냥 자기 세계에 빠져 사는 아이? 왜, 좀 이상하다 싶은 녀석들이 있잖아, 학교 다니다 보면. 그 이상하다 싶은 녀석들 중 하나. 그리고 일반적인 회식 자리에는 관심도 없고, 아니 잡담을 못 한다고 할까? 진지한 이야기가 좋지. 고등학생 때까지는 나만의 특별한 세계들이 남들의 방해로 깨지는 일이 없었어. 학교라는 테두리에서 지내면 그만이었으니까. 그런데 고등학교 졸업하고 사회에 나오니 나만의 세계가 깨지기 시작하는 거야. 남들의 시선 때문에. 조직생활이라는 것 때문에. 한국은 다양성을 존중해주지 않는 나라잖아? 얼마나 다양성을 존중해 주지 않으면, 에디슨은 전파상 주인이고, 헨리 포드가 카센터 사장이라는 말도 있을까…. 에휴…. 한국은 그냥 다양성을 존중해 주지 않는 나라라기보다, 존중할 수 없는 나라라고 하는 것이 나을듯하다. 지난 몇십 년간 경제성장에 매달려서 다양성이란 것은 생각해 볼 수도 없었으니 말이야…. 다양성이란 걸 생각할 여유조차 없었겠지. 그런데 지금 우리 세대야 마음만 먹으면 내 발로 공항에 가서 다른 나라로 가는 것이 가능해서 다양한 것들을 보고 느낄 수 있지만, 경제발전을 위해 일만 해왔던 기성세대들이 자기 발로 공항에 가서 자신만의 의지만으로 비행기를 타는 것이 가능했을까? 불가능했을걸? 아, 자신만의 의지로 비행기에 몸을 실어 외국에 간 사람들도 없지는 않군. 아마도 독일로 광부, 간호사로 일하러 간 분들은 자신만의 의지로 독일행 비행기를 탔겠지. 베트남 전쟁에 참전하신 분들도 자신만의 의지로 비행기를 타셨겠고…. 하지만 정말로 순수한 자신만의 의도로 해외에 가셨다는 생각은 들지 않는다, 나는. 어쨌든 난 이걸 말하고 싶은 것이 아니라. 군대에서는 난 완전 이상한 놈 취급당했지…. 뭐 한국 남자에게 군대는 별로 좋은 곳은 아니겠지만…. 나에게는 지옥 그 자체였어. 그런데 난 일본에 갔어. 일본에 갔더니, 와… 이거 완전 편한데…? 아무도 나에 대해 신경을 안 써…. 그 누구도 내가 뭘 하는지 관심을 가져주지 않아….

와… 씨발…. 이곳은 천국이다…. 내 세상이다…. 너무 좋다! 일본에서 난 한국인도 아닌 그냥 외국인…. 아 그냥 외국인이네? 이런 반응…. 이런 일본에서 내 세계와 사상?? 사상이라고 말하기는 좀 이상하지만…. 한국에서 지키려고 했던 내 세계와 사상들은 일본에 와서는 지키려고 노력할 이유도 필요도 없었어. 내가 일본에 갔기에, 일본에 있었기에 알아서 온전하게 지켜진 거야. 아 횡설수설하는데 알아서 이해하길 바라. 난 이 이상은 친절하게 설명할 수 없으니까."

"으음…. 좀 어렵지만 오빠는 남들이 자신에게 신경도 안 쓰고 너무나도 자유로웠던 해외생활이 편했다는 거네? 누군가가 자신을 봐주고 신경 쓰고 해주는 사람이 필요한 사람들과는 다른… 애당초 해외생활 체질이든가."

"응응. 어렵겠지만 그렇게라도 이해해. 그리고 하나 더 해줄 말이 있는데, 지금 하고 있는 일이 짜증 나고 힘들어도 그 일을 회피하거나 도망치려고 하지 말라는 거. 학교에서 애들이 말도 안 들어 처먹고, 짜증 나게 해도 그런 문제들로부터 회피하거나 도망가지 말라는 거지. 지금 이 문제들이 싫어서 회피하고 도망가서 다른 것을 시작한다고 해봐야 나중에 생겨버리는 문제들을 회피하고 도망가고 싶어 할 거야. 결혼도 마찬가지 아닐까? 지금의 불합리한 상황과 일에서 도망가고 싶다고, 혹은 그냥 남들이 결혼할 나이라고 압박하고 부추겨서 무작정 결혼해 버리면 나중에 생기는 육아 문제나 다른 문제들이 생겨도 해결하기보다 도망가고 싶어지겠지. 그땐 도망가고 싶어도 도망갈 수가 없다…. 그러니까 도전이나 목표를 가지는 것은 좋은데 현실회피나 문제로부터 도망치기 위한 수단으로 생각하지 말라는 거야."

"응. 목표를 세우거나 도전을 하는 건 좋은데 그것을 현실도피나 문제로부터 도망가는 수단으로 여기지 말라는 말이네?"

"맞아. 내가 하고 싶은 말이야. 아 맞다. 한 가지 추천해 주고 싶은 책이 있는데 나중에 읽어봐. 근데 너에게는 엄청 어려운 책일지도 모르겠다."

"응응. 읽어볼게. 무슨 책인데?"

"『불모지대』라고 내가 유학 중에 읽은 책인데 총 5권짜리 소설이야 길어서 읽긴 힘들긴 하겠다."

"『불모지대』? 제목이 뭐 그래? 제목부터 건조한 소설 같네. 무슨 내용이야?"

"내용? 음…. 간단히 말하면 말 그대로 지독히도 건조하고 외로운 삶을 살아간 남자의 이야기?"

"지독히도 외로운 삶을 살아간 남자의 이야기와 내가 해외에 나가고 싶은 것과 관계라도 있어 권하는 거야?"

"뭐, 자신의 모든 것을 다 걸고, 선도 악도 모조리 이용해 가며 살아가는 남자들의 이야기라 너에게 딱 다가오는 내용을 아닐듯하다. 근데 소설에 등장하는 여자 주인공이 예정되어 있던 결혼을 하지 않고 예술가로서의 삶을 살아가는 여성으로 나오는데, 그 여성의 심경변화 같은 것을 살펴서 읽다 보면 커리어우먼으로 살아가는 여성의 삶을 이해하는 데 있어 도움이 되지 않나 해서. 실제 작가도 소설을 전업으로 하는 여성작가였고. 몇 년 전에 『하얀거탑』이라는 드라마 방영했던데 그건 봤나?"

"응. 그 드라마 봤어. 엄청 재미있던데?"

"실은 그 드라마의 원작이,『불모지대』를 쓴 작가가 쓴 거야. 원래는 일본소설이지. 난 소설로 읽었기에 드라마를 보지는 않았지만."

"아, 그랬구나. 나중에 꼭 한번 읽어볼게. 그나저나 지금 몇 시?"

"야, 벌써 12시다 집에 가자. 오늘 내가 하는 게임에서 이벤트 있는데 잊고 있었네. 망할…."

"오빠 지금 몇 살인데 게임을 하고 그래? 초등학생이야? 이런 인간에게 고민상담을 한 내가 바보지…. 에휴…. 여자친구 소개해 달라기 전에 게임 그만둘 생각 없어?"

"게임을 끊으라고? 난 못 해. 절대 못 해. 차라리 여자친구를 게임 캐릭터로 만들겠다."

"뭐라는 거야, 이 변태 아저씨. 으그 그러니까 여자친구가 안 생기는 거야. 평생 안 생기겠지. 그냥 평생 혼자 살아!"

나도 나태해질 권리가 있다

"형, 일본의 야마나카 신야 교수가 노벨상 탔던데 알고 계세요?"

정수가 물어왔다. 심리학 동호회에서 알게 된 녀석이다. 올해 군 복무를 마치고 학교에 복학한다고 한다. 의학 관련 전공을 하고 있다고 한다. 고집은 있는 것 같다. 뭐 고집이 있어야 자기 인생 산다는데 고집 좀 있는 것은 좋은 것 아니던가…. 고집을 어떻게 부리는가 그것이 더욱 중요한 문제이겠지만.

"응. 알고 있어. 뭐 실제로 야마나카 교수의 강연도 직접 본 적도 있고."

"예? 정말이에요? 형님 경제학 전공 하신 거 아니에요? 의학 관련은 전혀 없으시면서."

"응. 관련은 없어. 근데 4학년 때 취업활동에서 보게 됐지. 입사를 생각했던 회사가 있었는데, 그 회사가 마침 과학자들을 초청해서 강연을 열었어. 그때 야마나카 교수도 왔었기에 보게 됐었지."

"그렇군요. 야마나카 교수는 무슨 이야기를 했어요?"

"특별한 이야기는 없었어, 미국에서 연구한 이야기. 일본에 돌아와서 연구할 때 결과가 나오지 않아 우울증에 걸린 이야기. 대학원에 취업한 이야기. 그리고 10년 후의 계획 정도? 자신의 연구에 대해서는 10분도 이야기하지 않았던 것 같아."

"자신의 연구에 대해서 이야기할 줄 알았는데 의외네요."

"아니, 난 자신의 연구에 대해서 자세히 이야기하지 않은 게 다행이라 생각하는데, 어차피 강연에 온 사람들은 과학자들도 아니고 일반인이고 외근을 핑계로 마실 나온 영업부 할배들이 대부분이라. 그리고 나도 대학에서 숫자 조작질을 배웠지, 자연의 이치를 연구하거나 했던 사람은 아니라서 야마나카 교수가 본인의 연구에 대해 이야기했어도 이해 못 하지."

"뭐, 생각해 보니 형님이 숫자 조작하는 이야기 들어도 저는 모르겠네요. 하하."

"그리고 점심 먹고 자버려서 다른 과학자들의 강연은 보지도 못했어. 노벨상 수상자도 있었는데."

"형님다운 이야기군요. 근데 왜 일본은 과학에 강할까요? 노벨상 수상자도 많고."

"나도 왜 일본이 과학에 강한지 생각해 봤는데, 언어 때문이지 않을까 해. 넌 일본어를 몰라서 말해도 모르겠지만 일본어는 어려운 언어야."

"일본어는 한국과 문법이 같아 공부하기 쉽다고 들었는데요."

"누가 그런 소리 하는지 모르겠지만 일본어 한 문장에 히라가나, 카타카나, 한자, 알파벳, 숫자, 기호의 6개의 문자가 필요해. 졸업논문 쓸 때 멘붕 왔어. 일본어로 쓰여진 계량경제학 교과서 수백 번 던져버리고, 불 질러버리고 싶었어. 망할…. 이게 글자야 암호야…. 6개의 문자로 써 있는 일본어 문장을 보고 이 뜻이 무슨 뜻인지 이해해야 했으니까."

"언어의 구조가 치밀하다는 말이에요? 하신 생각해 보니 한국어는 한글, 알파벳, 숫자, 기호의 4개의 문자로 이루어지네요. 언어의 구성요소가 달라서 인지능력이나 지각능력이 한국인보다 일본인이 월등할 수도 있겠어요."

"나도 잘 모르겠지만 그럴지도 모르지."

"정말 그럴지도 모르겠네요. 근데 회사는 어떻게 되셨는지?"

"회사? 방금 말한 그 회사는 한국에 자회사가 있어서 자회사에 이력서를 두 번이나 넣었는데 다 떨어졌다. 면접의 기회도 안 주더군."

"와…. 일본에서 대학을 졸업하고 일본본사의 강연에도 다녀오고 했는데도 입사가 안 되다니요…. 저로서는 이해가 안되는 이야기인데…."

"그런 이야기도 있는가 봐. 다른 일본계 회사도 다 떨어졌어. 일본계 회사 40사 정도 이력서를 넣었는데 말이야. 회사 이야기는 그만두자. 술맛 떨어진다. 사람은 아무리 노력해도 안 되는 것도 있는 건 가봐. 그럴 때는 미련 없이 포기하는 게 편해. 살다 보니 버릴 줄도 알고 포기할 줄도 아는 것이 삶의 지혜인 것 같아. 그리 오래 산 인생은 아니지만."

"알았어요. 회사 이야기는 그만할게요. 그럼, 형님 대학생활 어땠어요?"

"대학생활이라…. 일본에서 대학생활 어땠지…? 아… 재미없었어…. 갑갑하고 우울했어…. 허무했어. 그지같이 바빴어…. 전쟁이었지…. 내가 생각했던 대학생활과는 너무나도 다른 생활이었어…. 대학에 입학하기 전에는 일본에서의 대학생활이니 뭔가 다르겠지 하며 큰 기대를 하고 입학했는데…. 실상은 아무것도 아니었어. 정말 아무것도 아니었어. 일본에서의 대학생활이…."

"대학생활이 어떠셨길래…."

"나 한국에서 여러 가지 우여곡절이 있어서 대학입시에 실패했지…. 아니 실패라기보다 내 스스로가 안 했다는 것이 맞을 듯. 결론은 전문대학 학사경고 후 자퇴. 한국에서의 내 학력은 이게 다야. 전역 후 일본어 공부하다가 일본에 갔고, 우연히 대학입학시험 잘 본다면 장학금 받고 대학에 입학할 수 있다는 말에 미친 듯이 공부했어. 정말 미친 듯이 공부했어. 내 모든 걸 걸고 공부했던 시기였으니. 그렇게 장학금을 받고 대학에 입학하게 되었던 거야. 엄청난 성취감을 느꼈지. 내 인생에 다시 없을 성취감. 내 인생의 화려한 순간을. 고등학교 졸업하고 6년도 지나서 공백기간도 길었고, 전문대학 다니다가 학사경고 맞을 정도로 공부도 안 했는데 일본에서 장학금 받고 대학을 간다는데 믿어지지도 않았어. 주위에 한국에서 고등학교 다니며 나보다 많은 시간을 투자하며 일본유학을 준비해도 장학금도 못 받고 오는 녀석들도 많았는데, 나는 그들보다 공부한 시간이 부족했어도 장학금 받을 수 있었잖아. 아무튼 대학에 입학할 때는 나에 대한 기대, 대학에 대한 기대를 가지고 입학했지…. 그런데 그런 기대들이 대학생활을 시작하며 박살 나기 시작하는 거야…. 자신감과 기대감을 가지고 시작했던 대학생활은 내 생각과 너무 달라서…. 내 대학생활의 기대감들은 엄청난 집중호우에 쓸려가는 산의 나무처럼 다 쓸려가 버렸지…."

"정말 대학생활이 어떠셨는데요…?"

"대학에 입학했더니 대학은 나에게 주체성을 가지고 살아가래. 무한한 자유 속에서 자신을 찾으래. 논리적이고 비판적인 사고력을 기르래…. 뭐지… 이건…? 내가 그렇게 죽자 살자 일하고 공부해 가며, 돈이 없어 친구에게 아쉬운 소리까지 하며 돈 빌려 입학한 대학이 나에게 저런 걸 하래…. 나보고 주체성을 가지고 살라고…? 난 어렸을 때부터 주체성이 강했는데… 무한한 자유 속에서 살래… 난 어렸을 때부터 너무나 자유로웠다고! 누구도 내 삶을 간섭한 적이 없었어…. 심지어 엄마도 나에게 이래라저래라하지 않았다고…. 논리력과 비판력을 기르라고? 주위 사람들은 내가 하는 이야기는 머리로는 이해할 수 있어도 가슴으로 받아들이기 싫다는데? 논리력과 비판력을 기르라고? 아, 씨발! 이게 무슨 개소리야!! 내가 고작 이런 걸 배우려고 대학에 온 거야? 난 공부해서 내 존재를 사회에 증명해 보이려고 대학에 왔는데…? 내 자아실현의 기회는 어디 간 거야? 외국인 누군가는 인간의 최고 욕구는 자아실현의 욕구라고 하던데? 그런 내 자아실현의 기회를 박탈당했지…. 대학이 내 자아실현의 기회를 뺏어간 거야…. 씨발…. 허무했어…. 내가 왜 대학에 온 건지…. 대학에 입학하려고 했던 내 노력들은 도대체 무엇이었는지…. 도대체 뭐였을까…?

너무나 허무해서 공부에 집착도 했다. 공부에 집착한 결과 대학기간에는 2년이나 장학금을 받아서 결과적으로는 대학 4년간 난 대학을 다니기 위해 내 주머니에서 나간 돈은 입학금하고 1년 치 학비뿐이었어. 지금 너와 같은 한국의 대학생들은 등록금이 비싸서 대학 다니기 힘들다고 날 부러워할 수 있겠는데 딱히 부러워할 필요 없어. 나에게 있어 공부는 나의 존재를 세상에 증명시켜 주는 재능일 뿐이야. 시합 도중 너무 맞아 눈이 붓고 살이 찢어져서 피도 나고 맞아서 정신을 잃고 기절해도 싸워야 하는 격투기 선수들의 격투기 같은 것이고, 산에 오르다 실종되고 얼어 죽을지 몰라도 기어코 산에 오르는 등산가들의 등산 같은 거야. 차가운 빙판 위에서 넘어져도 다시 일어나 연기해야 하는 피겨 선수들의 피겨 같은 거지. 소설을 쓰기 위해 전 세계를 떠돌아다니는 소설가의 소설 같은 것이고, 비 오는 날 자신은 비에 맞아도 자신의 악기만큼은 비에 젖지 않게 해야 할 음악가의 악기 같은 거야. 단지 나에게 그런 것일 뿐이고 격투기 선수나, 등산가, 피겨 선수, 소설가, 음악가처럼 공부했기에 장학금 받을 수 있었던 것. 그리고 공부가 재능이었던 것. 딱히 재능은 아니라도 격투기 선수나 등산가, 피겨 선수, 소설가, 음악가같이 공부하면 누구라도 장학금은 받을 수 있을 거라 생각해.

그리고 나에겐 공부가 재능이다 보니 나보다 아는 것이 많은 새끼라면 죽여버리고 싶을 정도로 미운데, 차마 죽일 수는 없고, 그 새끼가 싫을지언정 그 새끼가 그 지식들을 자기 것으로 만들려고 투자했던 시간들은 인정해 줘야 하겠지. 내가 공부해 보니 알겠더라고. 내 시간을 책에 희생해야 무언가를 알아낸다는 사실을…. 나는 그렇게까지 못했으니까 말이야…. 진짜 마음속으로는 그걸 인정하기보다 내가 죽어버리는 것이 나을지도 모르겠지만.

그리고 지독히도 바빴고…. 매일 살얼음판을 걸어가는 전쟁과도 같았지…. 장학금 받고 학교를 다닌다고 사람들이 나만 찾아…. 유학생 관련된 사항이면 학교에서 나만 찾아… 승원 씨… 승원 님… 황상….

아… 씨발! 내 이름 좀 그만 불러요!!! 황승원 그거 내 이름인 거 나도 안다고요! 내 이름이에요! 당신들이 안 불러도 내가 잘 알아요! 내가 내 이름 듣다가 노이로제 생기겠어요!! 신경쇠약에 걸리겠다구요!!! 이 학교에는 유학생이 나밖에 없어요? 나 없으면 그 일이 안 돌아가요? 나 없으면 세상이 끝나요? 내가 뭐 만능로봇이에요? 왜 나만 찾는 거야!!! 사실을 말해드릴까요? 나 6년 전만 해도 공부 지지리도 못해서 전문대학에서 학사경고 맞고 자퇴한 머저리! 병신! 돌대가리! 였어요! 근데 지금은 장학금을 받으며 공부하고 있어요. 이런 내가 나도 이해가 안되고, 나에게 너무 많은 일들이 생겨 현실감각도 증발해 버렸는데 당신들은 지금 나에게 뭔가 당신들의 기대를 채워주길 바라요! 난 어렸을 때부터 누군가의 기대를 채워주는 법을 배우지도 못했단 말이에요! 누가 어떻게 하면 사람들의 기대를 채워줄 수 있는지 좀 알려줘요!! 대체 나한테 뭘 바라는 거야!! 난 내 의사표현도 제대로 못 하는 외국인일 뿐인데!! 왜! 왜! 나한테 뭘 바라는 거야!! 악!! 미쳐버리겠네!!! 씨발!!!!

    이렇게 말하고 싶었는데 결국은 할 수가 없었지…. 그들은 나에게 이런 말을 듣고 싶은 것은 아니었으니까…. 이런 이야기 들으면 그들은 실망하겠지…. 그들은 자신들의 기대만을 채워주길 기다리고 있었으니까…. 그 사람들은 자기들이 듣고 싶어 하는 말을 해주길 바랄 뿐이었어. 그 기대들을 채워주려고 항상 긴장하고 지내야 했어…. 살얼음판이었지. 어떻게 하면 그들의 기대를 채워줄 수 있었을까…. 시간이 지나고 돌아보니 그냥 그런 일들이 나에게 있었구나 하게 되었는데…. 그 당시는 너무 많은 일들이 나에게 생겨서 현실감각도 증발한 뒤라 내가 어떻게 했는지도 잘 모르겠고. 내가 그때 했던 것들이 그 당시 내가 할 수 있는 최선이었는지 나도 모르겠다. 나에게 쏟아지는 기대들도 너무 싫고…. 되레 도망가고 싶었어. 오죽하면 모든 강의를 3학년 때 끝내 버리고 4학년 1학기에 졸업논문 제출해 버리고 한국에서 취업한다는 핑계로 4학년 2학기에는 한국에 와버렸지. 이도 저도 다 싫어서 말이야. 학교고 뭐고 질려버려서….

내 나름대로 혹독하게 배워야 했어. 남들의 기대를 채워주는 법을. 그리고 남의 기대를 저버리는 법도. 난 공부에 재능이 있는 사람일 뿐이지 완벽한 사람은 아니었으니.

'나 그거 못해요.', '나 그거 못하니까 시키지 마요.', '나 안 할래요. 시간 없어요.', '내가 못 하는 것을 왜 하라고 그래요? 난 완벽한 사람이 아니에요. 불완전한 인간일 뿐이에요. 그러니 나에게 그런 기대하지 마세요. 서로의 기대가 틀어져 서로 상처받는 것보다 좋잖아요? 그러니 나에게 그만 좀 기대해요.' 여태까지 아무도 알려주지 않았던 것들을 혼자 배워야 했어…. 근데 아무도 알려주지 않더군.

대학에서 공부는 재미있었어. 재능이기도 했고, 남들보다 지적호기심도 많은 사람인가 봐, 나는. 근데 대학에서 아무리 공부하고, 허무함에 공부에 집착해서 장학금을 받아도 마음 한구석은 너무 허전한 거야 이상하게 채워지지가 않아…. 내 마음인데 나도 모르겠고 이상해…. 그래서 그 뒤로 나도 나태해지기로 했나 봐…. 세상이 나태해지는 것처럼.

'다케, 나 오늘 학교 안 간다.'

'너 뭐야 학교를 안 나온다니…. 매일 학교에서 사는 놈이 학교를 안 온다고?'

'어, 안 가. 가기 싫어 안 갈래. 오늘 통계학 강의는 대출해라.'

'미친 새끼…. 통계학 강의를 대출하라니…. 다음 주 중간고사 있는 거 몰라?'

'시끄럽고, 나 요새 강의시간도 소설만 읽고 있는 거 알잖아? 내일 회계학 시간에 통계학 프린트나 가져와 시험 내용 알려줄게. 방학 때 도서관에서 올해 통계학 내용 공부해 놨는데 수업 좀 안 듣는다고 별 탈 있겠냐…. 난 그냥 세상이 나태해지고 있는 것처럼 나도 나태해지고 싶어. 한국에선 등산으로, 일본에선 한류로 세상이 나태해지고 있잖아? 그래서 나도 나태해지기로 했어. 나에게도 나태해질 권리가 있어.'

'병신 새끼…. 무슨 말 지껄이는지 모르겠지만 내일은 학교 와야 한다 시험 내용 알려줘야 해.'

'알았어. 걱정할 필요 없어. 전화 끊는다.'

아…. 씨발…. 자유다! 나도 나태해질 거다 아…. 이참에 핸드폰 부숴 버릴까? 핸드폰 부숴버리면 아무도 날 찾지 않겠지? 그냥 핸드폰 전원 꺼두면 나중에 나도 몰래 켜버릴지도 모르니까 그냥 부숴버리자. 어설프게 부수지도 말고…. 찻길에 던져둘까? 그럼 차가 알아서 밟아 부숴버리겠지? 아님, 저기 개천 풀숲에 던져버리던가 찾지 못하게. 그럼 핸드폰에 미련도 안 남고 좋네? 나도 폐인 좀 되고 싶은데 온라인 게임 좀 해볼까? 재미있는 게임 찾아서. 근데 배고프네. 밥이 있나? 아… 밥이 없구나…. 밥 먹으려면 학교 가야 하는구나…. 씨발…. 몰라 학교 안 가. 그냥 라면이나 먹고 말지…. 뭐 라면 먹는다고 죽는 것도 아니고!

정신적인 공허함을 채우기 위해 내 스스로 나태해져야 했어. 해외생활을 하기 위해 내가 만들었던 원칙들도 여러 가지 깨버렸지…. 그 많은 원칙들을 깨버렸더니 편하더라고. 아주 편해. 내가 왜 그 많은 원칙들을 만들고 그 원칙 속에서 살았었나….

생각해 보면 내 스스로가 나태해진 것도 우울하고 허무했던 대학생활을 버티는 데 도움이 되었지만, 가장 큰 도움은 어렸을 때부터 보고 느꼈던 비극과 허무함이 아닐까 해. 어렸을 때는 가난한 마을에 살면서 누군가는 가난함에 가족을 버리고 도망가는 것도 봤고…. 아빠는 20년을 집을 나갔다 들어오는 과정을 반복했고. 덕분에 엄마도 바빴고. 어렸을 땐 아빠가 왜 그런 생활을 했는지 이해가 안 됐지만, 나이 먹은 지금은 조금은 이해가 되긴 한다. 사춘기 때는 추리소설과 만화에 빠져 살았고. 군대에서의 그 사고도…. 참 비극과 허무가 나와 너무 친숙한 것 같아. 누군가는 '질투가 나의 힘' 나에게는 '비극이 나의 힘'이라는 거. 좀 또라이 같아. 정서장애자 같기도 하다.

'승원아 안녕?^^'

'허무야…. 이 개새끼 또 나 찾아온 거냐? 지긋지긋하다 이제 좀 꺼져주라….'

'오랜만에 본 친구에게 꺼지라니…. 우리가 몇 년 지기인데 그런 말을 하는 거야? 서운하게….'

'아…. 너 정말 싫어…. 나 그만 찾아와라….'

'너 그런 말 하면 안 되는 거 알지? 넌 내가 있어 그 지독히도 우울하고 갑갑했던 일본에서의 대학생활을 버틸 수 있지 않았어? 내가 네 눈치 보며 비위 맞춰주고 하느라 얼마나 힘들었는데…. 너도 나와 비극이를 어렸을 때 만나지 않았더라면 우울증과 상실감에 다른 대학생들처럼 너 스스로 세상을 버렸을지도 모르지. 한순간 감정에 울컥해서 자제력을 잃고 충동적으로 세상아 안녕… 끝…. 이런 인생 이야기로 종결…. 아마도 네가 화목한 가정에서 하하호호 하며 정말 좋은 것만 보고 자랐다면 정말 그랬을지도 몰라. 그 사람들은 그런 상실감을 느껴본 적이 없었을 테니 말이야.'

'그래 그건 인정하는데…. 정말 솔직하게 말하면 너를 더 이상 보고 싶지 않아…. 제발 좀 사라져 줘….'

'에이, 승원아 넌 말은 그렇게 해도 우울해질 때는 나를 찾는 거 알고 있어. 네가 나를 필요로 할 것도 알고 있고.'

'아오, 씨발. 저 망할 죽여버릴 아가리 꿰매 버리든가 갈기갈기 찢어 버리든가 해야지. 따박따박 말대꾸야.'

'승원아, 왜 그래. 흐흐…. 이 말대꾸는 다 너를 따라다니며 터득한 거란다. 흐흐.'

'아…. 저 씨발 개 같은 아가리! 빌어먹을 아가리!! 개그지 같은 아가리! 지금 당장 갈기갈기 찢어버릴 거야!! 칼 어디 있어!!!'

'저기 어디 부엌에 있겠지, 뭐. 가져다줄까? 흐흐흐.'

'야이, 개새끼야!!! 언젠가 네놈의 그 아가리 찢어버리고 말 거야…. 그리고 그 웃음소리는 내지 마라…. 나 또 우울해지고 침울해지려고 한다…. 내가 오지 말라고 해도 넌 날 찾아오겠지…. 내가 너를 어떻게 막겠냐…. 근데 올 땐 오더라도 좀 칙칙하고 우중충한 모양 하지 말고 좀 깔끔하게 해서 찾아오면 안 되겠니? 나 때문에 나도 우울하고 칙칙한 사람이라고 오해받잖아.'

'싫어, 그것도 바라지 마. 난 무슨 조각미남처럼 생겨서 남들에게 불려 다니는 것도 싫다. 내 자유가 없어지잖아. 난 음지에서 나대로 자유롭게 살아갈 거야. 내가 미쳤다고 사람들에게 불려 다녀야 해? 싫다. 그런 건 사양하겠어…. 네가 대학 다닐 때 생고생하던 걸 봐와서 그건 더욱 사양하겠어요. 너처럼 미련하게 학교에서 글 써달라고 해서 글 써주고 강연해 달라고 해서 강연해 주고 난 그런 거 못 해. 그러니 나에게 그런 거 바라지 마. 그건 그렇고 요새 비극이 만난 적 있어? 비극이 요새 뭐 한데? 비극이를 찾으려고 돌아다녀도 만날 수가 없다. 비극이가 나타났다고 해서 가보면 비극이는 없고 처참한 광경만 남아 있어.'

'몰라. 나도 요새 비극이 만난 지 오래라 비극이 소식은 잘 모르겠는데…. 비극이 새끼도 뭔가 사고 친 거 아냐?'

'비극이가 요새 정신이 나간 것 같아. 사람들 놀래키는 서프라이즈~! 또 하고 돌아다니네. 뭐 남들 놀래키는 것이 비극이의 유일한 삶의 의미이며 즐거움이겠지만.'

'서프라이즈~! 가 비극이의 삶의 즐거움인 건 알겠는데 사람들 놀래키는 건 그만하라 해라. 사람들이 무슨 죄야.'

'승원아 비극이에게 그런 말은 하게 하지 말아줘…. 비극이에게 삶의 의미와 즐거움을 빼앗을 말은 하고 싶지 않다. 너도 그 기분 알잖아. 삶의 의미와 즐거움을 빼앗긴 기분…. 대학에서 그 기분 느껴봤잖아. 그지 같았잖아….'

'그래서 대학기간 내내 내가 널 위로해 준 거 아냐. 우울함에서 상실감에서 헤어 나올 수 있도록…. 근데 비극이는 내가 위로해 줄 수 있는 녀석이 아냐…. 아마 비극이는 그 상황이 되면 정말 미쳐버려서 우리가 감당하지 못할지도 몰라…. 앗! 비극이가 나타났대. ××대학 기숙사에서 또 세상을 버린 친구가 있대. 그럼 나 비극이 만나러 가볼게! 잘 지내. 또 올게!'

'그래 허무야 잘 가! 비극이 만나면 잘 달래주고~!'

'그런데 허무야. 비극이가 나타나서 처참한 광경이 남는 게 아니라 허무 네가 비극이를 찾아다녀서가 아닐까? 난 그렇게 생각하는데. 그렇다고 내가 너에게 비극이를 그만 찾아다니라고는 못 하겠네. 네 인생의 의미는 비극이를 찾아다니는 것이니까. 나도 너의 인생의 의미를, 삶의 낙을 뺏을 수는 없겠네. 그냥 사람들이 긴장하기를 바라야겠다. 비극이와 너를 만나도 당황해하지 말고 실의에 빠지지 말라고. Que Sera Sera.'

어렸을 때 아빠가 없어서 혼자 오랫동안 혼자 이것저것 해봤던 경험이 있어서 혼자서 살아가는 일본에서의 생활도 남들보다 잘하는구나. 어렸을 때 읽었던 추리소설에나 볼 수 있는 비극적인 사건들이 현실에서 매일매일 발생해도 나는 그래도 죽지 않고 살아가는구나 하는 위안…. 난 그래도 살아갈 이유가 있기에 살아가는구나 하는 위안과 위로. 비극과 허무가 나에게 해준 위안과 위로들. 내가 삶을 살아가게 해주는 것들.

나에게 비극과 허무는 누군가의 담배와 술 같은 거야. 담배 한 모금에 지옥 같은 현실을 잠시 잊고, 술의 힘을 빌려 취해 현실을 잊어버리고, 또 누군가의 로또와도 같은 거지. 비록 1등에 당첨된 확률은 미세할 정도로 작지만 만약에…. 당첨된다면 어떨까 하는 상상만으로 즐거워지고 이 지옥보다 힘겨운 현실을 잊을 수 있는…. 예술적 영감이 필요한 예술가에게는 영감을 얻기 위한 마약과도 같은 그런 것.

또 누군가에는 막장드라마와도 같은 거야. 막장드라마를 보며

'아, 내 여자친구는 참 같이 밥을 먹기에는 힘든 얼굴이지만, 그래도 저 드라마의 여주인공처럼 된장 짓은 안 하는구나.'

하며 위안받아 연애사업을 지속할 수 있는.

'내 남편이는 참 끔찍하게 생겼어도 저렇게 조각미남이 아니라서 다른 여자들 때문에 내 마음고생시키지 않겠구나, 내 남편이는 내가 아닌 일과 결혼한 워커홀릭이 아니라서 내가 맛있는 거 먹여주려고 차려놓으면, 일 때문에 늦게 돌아와 나 혼자 밥을 먹게 한다든가, 내가 임신을 해도 내 수발 안 들어주고 일하러 나가지 않겠구나, 내 남편이는 돈이 너무 많아 돈 때문에 인생의 성취감을 못 느낀다든가, 혹은 사기를 당해 허무함을 느낀다든가, 돈 때문에 자신의 인간관계가 파탄 난다든가 하는 건 없겠구나. 그리고 내 아이에게 터무니없는 경제관념을 알려준다든가, 아이가 돈으로 살 수 없는 추억을 못 가지게 한다든가 하는 그런 돈이 가지고 있는 기대, 질투, 시기에 압사하는 사람을 살아가는 사람은 아니구나.'

하며 결혼생활에 문제 있는 부부들에게 위안 주고 결혼생활을 지속하게 해주는 막장드라마 같은 거. 그런 거야 나에게 비극과 허무는. 요새 막장드라마가 많다고 뭐라고 하지 말라고. 이건 비약일지도 모르겠지만 막장드라마 없으면 산더미처럼 쌓이는 이혼서류 때문에 과로로

쓰러지는 변호사들 많을 거야."

"크크크. 막장드라마가 없다면 과로로 쓰러지는 변호사가 생긴다니…. 그 말은 좀 웃기네요. 하하하."

"뭐, 단순한 비약이고 궤변일 뿐이야. 지금 네 나이에는 잘 모르겠지만, 내 나이쯤 되어 세상일에 관심을 가지고 둘러보면 알겠지. 그리고 대학생활 중에 엄청난 허무함을 느꼈기 때문인지 모르겠는데, 한국에서 잘 나가는 대학을 다니다가 자기 스스로 세상을 버려버린 학생들의 뉴스를 보다 보면 스스로 세상을 버린 심정을 알 것 같아. 자기 딴에는 열심히 자기 모든 것을 다 걸고 공부해서 대학에 왔는데, 정작 대학에 오니 대학은 자기가 바라왔던 것과 너무나도 다른 거야. 너무 큰 실망감과 허무함에 이성을 잃고 한순간의 충동으로 그런 비극적인 선택을. 그들 중에는 자기가 가장 화려한 시기에 있기 때문에 그런 선택을 했을 거라고 생각도 해.

'가장 화려한 시기에 죽으면 다른 사람들에게는 난 가장 화려하게 기억되겠지? 앞으로는 이제 내려갈 일만 남았고 혹시라도 실패라도 해서 남에게 나의 수치스러운 모습은 보여주기 싫으니 남들이 박수 칠 때 정리하자.'

하는. 왜 가끔 예술가들도 그런 선택들을 하잖아? 그런 것들이 아닐까 하는. 뭐 그런 선택들은 그들의 문제이긴 하지만 그들의 수치스러운 경험들을 인정해 주지 않는 우리 사회에도 문제가 있는 것이 아닐지도. 사람이니까 완벽하지 못하기에 그런 수치스럽고 창피한 일들도 생길 수도 있는데 우리 사회는 그런 것을 용납해 주지 않으니.

어떻게 보면 난 수능시험을 한번 크게 망쳐놓은 경험이 나에게는 큰 행운이 아닐까 한다. 공부에 재능이 있어서 일본에서 좋은 결과를 만들었던 나도 '공부 안 하면 망하네.' 하는 경험을 깨달을 수 있었잖아. 내가 나중에 어떤 걸 했는데 결과가 좋게 안 나오면 그건 '내가 열심히 안 한 거구나 실망할 필요 없이 또 열심히 하면 되는구나.' 하는 그런. 비유하자면 이런 거야. 온라인 게임을 하고 있는데 어떤 유저가 나타났어. 근데 그 유저는 게임 내에서 몇 개 안 되는 레어보호구를 입고 보스몬스터와 싸우는 거야. 현금으로 몇백만 원 하는 템을 입고 싸우는 거야. 조용히 등장해서 레어보호구로 별 탈 없이 보스몬스터를 해치우고 전리품을 챙겨서 유유히 사라지는 유저. 그 유저의 아이템 같은 거야. 수능에 한번 크게 망한 경험은.

수능? 그딴 거 한 번 못 봐도 인생 사는 데 별 지장 없어. 수능 못 봐서 실망할 필요도 좌절할 필요도 없어. 수능 못 봤는데 일본에서 내가 그렇게 대학을 다녔을지 어떻게 알았겠어. 수능 못 보면 수능보다 잘할 수 있는 거 찾아 하면 그만이야. 수능 따위 지나가는 개나 줘. 멍멍이님, 여기 수능이란 거 있는데 가져가실래요? 그냥 드릴게요. 구워 드시든, 삶아 드시든 알아서 하세요!

그런데 생각해 보면 그런 비극적이고 안타까운 선택들은 우리 사회가 만든 환상이 만들어 내지 않았을까 싶다. 정확하게 말하자면 '경제개발만을 이뤄왔던 시기의 환상' 지금 네 나이대의 자녀, 이제 대학에 입학할 자녀를 가지고 있는 부모들 아마도 60년대 중후반 70년대 초반의 부모들이 아닐까 하는데, 그 부모들이 보고 자란 시기는 한국이 경제개발이 잘 진행되었던 시기였지. 대학을 졸업한 기성세대들이 회사에 취업해서 경제발전을 시키는 시기를 보냈단 말이야? 뭐 그 시대 기성세대들이 대학을 졸업한 사람들이 얼마나 있겠냐마는. 어쨌든 그 시기를 보낸 부모들은 자녀들도 기성세대처럼 살아가기를 바랐는지도 모르지. 부모들이 보아왔던 건 기성세대들이 회사에 취직하면 노후보장도 다 안전했잖아. 그때 당시는. 대학졸업 후 취직. 그럼 만사 오케이. 그래서 자녀들에게 대학에 가라고 강요했던 결과가 그런 비극을 만들어 낸 것일 수도 있고. 자녀들도 부모의 말만 듣고 대학에 갔는데 대학은 자신의 생각과는 다른 곳이었지. 자신이 가지고 있는 환상이 깨져버린 거야. 대학은 나를 회사에 보내준다 하는 그런 기대가. 그 후 무엇을 해야 할지도 모르겠고 그러다 상실감에 그만. 지금은 회사에서 노후보장 그런 것들 아무것도 해주지 못하는데, 회사의 존속 자체도 불투명한 시대인데 자녀에게 대학을 강요하기보다 자녀가 하고 싶은 것을 하게 했으면 어땠을까 하는. 그런데 그런 부모들도 자녀에게 하고 싶은 것을 하게 하는 것도 힘들지 않았을까? 가뭄에 콩 나듯이. 그런 케이스를 찾고 싶어도 없다시피 했기에. 지금 우리 사회에도 그런 비극적인 선택의 책임은 없지 않다고 생각해. 한마디로 '사회도 가해자'라고 생각하는 거야. 뭐 사회도 가해자가 될 수밖에 없던 그 시대 상황을 생각하면 음. 진정한 가해자는 누굴까? 어딘가에 있기나 할까? 개개인의 재능으로 발전해 나가야 할 사회가 왜 사람들의 재능을 죽이고 있을까? 만약 지금 너의 나이대의 자녀를 두고 계시는 부모들 특히 어머니들이 당시 대학에 입학해서 공부할 수 있는 경험들이 있었다면 지금과 같이 대학생들이 스스로 세상을 버리는 일들이 일어날까…. 어머니들이 대학에 입학해서 '대학은 별다른 것이 없구나. 대학은 회사에 입사하기 위해 다니는 곳이 아니라 자아실현을 위해 있는 과정이구나.'라고 생각했으면 지금의 자녀들에게 대학에 입학해서 취업하라고 하지는 않았을 텐데. 그당시 여성들에겐 대학진학보다 결혼하는 것이 사회 분위기였지. 이건 그냥 내 생각이야 비약일지 모르는 궤변.

음 무슨 이야기를 하다가 막장드라마까지 나왔는지 모르겠지만. 좀 사람의 인생이란 것을 좀 늘려서 생각해 보자. 지금 네가 나를 여기에 불러서 밥을 사 주고 술을 사 주고 하면서 이야기를 들으려 하는 건 너의 자아실현에 대한 문제를 해결하기 위해서야. 그렇지? 내 해외에서의 대학생활에 대해 궁금해하는 건 너 스스로도 대학생활을 어떻게 보내야 할까 하는 고민이 있으니까 그런 거겠지? 난 해외유학 경험이 있어서 소윤이나 너에게 대학생활에 대한 질문 받고 있지만, 정작 내 친구들이나 내 나이대 사람들을 만나면 주로 하는 이야기가 결혼 이야기, 육아 이야기가 대부분을 차지해. 지금의 그들에게 대학생활이 어땠는지 묻는다면 그들의 반응은 응?? 대학생활? 어땠지?? 라는 반응이 대부분일 거야. 이미 그들의 머릿속은 해결해야 할 결혼 문제와 육아 문제로 대학생활에 대해서는 까맣게 잊고 있겠지. 당장 해결해야 할 문제가 코 앞에 있으니. 사람에게 대학생활은 이런 거야. 요새 경연프로그램 많이 하잖아? 경연프로그램에 출연자라고 생각하면 되겠다. 출연자의 퍼포먼스가 너무 멋진 거야. 와… 이건 대박이다…. 그런데 뒤의 출연자도 너무 잘해. 감동과 여운이 장난이 아니야. 그러다 보니 앞의 출연자가 어떤 퍼포먼스를 보여줬는지 기억이 안 나. 모르겠어. '도대체 앞의 출연자가 나에게 뭘 보여줬지?' 그런데 그 뒤에 나온 출연자도 너무 잘해…. 앞의 두 출연자의 퍼포먼스를 아예 모르겠어…. 이런 거야.

사람이 살아가면서 무수히 해결해 나가야 할 문제들이 경연프로그램의 출연자들이고 경연프로그램이 사람의 인생이라는 거지. 자아실현을 위해 대학생활을 끝내면 취업 문제가 이어지고, 사람에 따라 취업이 아니라 창업에 뜻이 있으면 자기 스스로 창업에 시작하든가, 예술을 하는 사람이면 예술의 길을 걷겠고, 학문에 뜻이 있으면 다시 대학으로 돌아가겠지. 그렇게 취업 문제가 해결되면 결혼 문제, 육아 문제 등등…. 많은 문제들이 우리를 기다리지…. 대학생활이란 그런 거야. 취업 문제에 대학생활이 잊히고, 결혼 문제에 취업 문제가 잊히고, 육아 문제에 결혼 문제가 잊히고…. 대학생활은 자아실현을 위해 거쳐가야 하는 과정일 뿐 그 이상도 이하도 아니야. 누구에게는 대학과정이 필요할 수도 있고, 필요 없을 수도 있는 과정. 물론 자아실현은 사람이라면 평생 해야 하겠지만, 자아실현에 가장 많이 도움을 주는 시기가 대학생활이 되는 거라.

나에게 대학생활이 어땠냐고 물어봤는데. 뭐, 장황하게 막장드라마가 나오고, 나태해질 권리가 있네 없네, 비극과 허무가 뭐네, 경연프로그램이 뭐네 했는데, 내 대학생활은 나에게는 좀 기대 이하였고 그랬기에 허무했기에 그랬다고 생각해. 그리고 앞으로는 내 대학생활에 대해서는 묻지 말아줬으면 해…. 난 선천적으로 감정노동보다는 지적노동을 하기 위해 태어난 것 같은 사람이라 대학생활의 실망감과 허무함을 꺼내고 다시 넣어두고 하는 일들이 그리 쉽지가 않아서.

　이래저래 이야기가 길어졌지만, 내가 대학생활에 대해 이야기해 주고 싶은 건 짧고 간단해. 대학생활 4년 길다고 생각하면 길고, 짧다고 생각하면 짧은 시간인데, 그냥 자신에 대해 아주 진지하게 생각해 보는 시간을 가져봐. 회사에 취업하기 위해 대학을 다니지 말고, 공무원 하려고 대학에 다니지 말고, 회사에 취업할 생각이면, 공무원 시험 볼 생각이면 뭣 하러 그 비싼 돈을 지불해 가며 대학을 다녀. 차라리 자격증 학원에서 공부해 자격을 획득하면 그만이지. 애당초 대학이 학생에게 해주는 강의도 실질적으로 시간계산 해보면 많아야 3~4개월뿐이야. 대학생활에 10%에도 못 미치는 시간들이라고. 나머지 90% 시간을 그저 취업만을 위해, 공무원 시험만을 위해 보내는 것은 너무 아깝지 않아? 차라리 그 시간에

* 나는 누구인가?
* 내가 좋아하는 것은 무엇인가?
* 난 무엇을 잘하는가?
* 나의 재능은 무엇인가?
* 나는 나의 욕구를 어떻게 해결해 왔는가?

　이런 철학적인 생각들을 해봐. 남들도 이런 이야기 너무 많이 해서 지겹겠지만, 나도 남들이 하는 이야기하는 것도 그다지 달갑지도 않지만,

다 이유가 있어서 이런 말을 하겠지. 세상에 이유가 없는 것은 없잖아? 그런 것을 진지하게 생각해 보는 시간을 가져봐. 그리고 자유로운 대학 생활에 여러 가지 해보면서 너의 재능이란 것을 찾아봐. 재능을 찾으면 재능이란 것이 네가 세상을 살아가면서 가질 수 없는 것, 버려야 하는 것을 대신 채워준다고 느끼게 될 거야. 그리고 그 재능을 발견하면 넌 어디 있어도 세상으로부터 사랑받고 있다고 느낄 수 있을 거야. 세상으로부터 사랑받고 있음을 느끼면 너도 세상을 사랑하면서 살아갈 수 있겠지.

그렇게 발견한 재능으로 무언가 남들에게 밝힐 수 있는 성취감을 만끽해 봐. 대학기간 중에도 좋고, 대학과정과는 다른 일이라면 과감하게 대학을 휴학하는 것도 괜찮아. 대학 몇 년 늦게 졸업한다면 지금 당장은 남들과 비교되어서 불리하고 불안할지 모르겠지만, 인생 멀리 보면 대학 몇 년 늦게 졸업한 것, 늦게 입학한 것 별반 차이 없어. 누가 너의 선택에 대해 뭐라 해도 그 말은 듣지 마. 요새 이야기하는 토익 990이니 어학연수니 그런 것 말고 너만의 재능으로 남들에게 말할 수 있는 성취감을 느껴봐. 그 성취감은 앞으로 네가 살아감에 있어 너의 자아존중감을 지켜줄 거야. 그 지켜지는 자아존중감은 자아실현으로 이어질 거야. 그리고 네가 성취감을 느끼기 위해 했던 그 수많은 다짐과 노력, 자아성찰, 정신수양은 앞으로 너의 할 일에 대한 태도와 마음가짐을 바꿔줄 거야. 일에 대한 태도와 마음가짐이 바뀌면 너의 인생도 분명히 지금과는 다른 인생으로 바뀌어 갈 거야. 이건 내가 확신해. 내 개인적인 경험일 뿐이지만···. 아마 다른 사람들도 다들 그럴 거야. 성공을 한다라고 이야기는 못 하겠지만, 정말 너의 인생은 새로운 인생으로 바뀌어 갈 거야. 대학생활 중 너의 인생을 바꿔줄 만한 성취감을 느껴봐. 대학생활에 대해 내가 해주고 싶은 말은 이게 다야.

취업 시 면접에서 '1등 해본 적 있는가?', '무언가 성취감을 느껴본 적 있는가?'라고 묻는 것은 이유가 있어서일 거야. 지원자의 성취감을 토대로 그 지원자의 일에 대한 태도나 생각들을 파악하겠지. '아, 그 정도의 성취감이라면 이 지원자는 자신이 해야 할 일에 이러한 태도와 생각들을 가지고 있겠구나.' 하고 판단할 거야. 그러한 판단도 지원자가 회사에 입사하기 위해 중요하게 여겨질 거야. 누구를 만나도 '이런 노력들을 해서 이러한 성취감을 느꼈습니다.' 말할 수 있는 성취감을 느껴봐.

그리고 대학생활 중 큰 성취를 했다고 모든 회사에 취직할 수 있다고 생각하지는 말길 바라. 너의 성취감이 너무 커서 우주를 정복할 기세인데, 정작 회사가 너의 성취감을 이룰 기회를 주지 못한다면, 그 회사는 앞으로 네가 해 나갈 자아실현에 예의를 지켜주지 못하는 거야. 그런 회사에 설령 취업이 되었다 해도 너 스스로 성취감을 채우지 못해 언젠가 너 스스로 그 회사를 그만두고 너의 자아실현과 성취감을 이루려고 할 거야. 지금까지 많은 사람들이 그래왔던 것처럼. 내가 너에게 대학생활에 대해 해주고 싶은 말은 정말 이게 다야. 이게 전부 끝!

대학기간 동안 이런 사소한 것 말고 유학이나 해외연수 같은 거창한 것 해보라고 기대했을지 모르겠다. 하지만 글쎄… 난 그렇게 생각 안 하는지라…. 우리 사람 살아가기 위해 무슨 거창한 것이 필요할지도 모르겠는데, 실은 그런 거창한 것은 필요가 없어. 우리 인생은 지극히 사소한 것들로 이루어지고 있는데, 다만 우리들 눈에 보여지는 것이 거창해 보일 뿐이야. 실체는 지극히 사소한 것들이지. 우리가 잊고 지내는 아주 사소한 것들. 우리가 항상 보고 듣고 있기에 잊게 되는 그런 것들."

"성취감이라…. 뭔가 어렵네요. 무엇을 성취해 나가야 할지…."

"그러니까 대학생활 중에 찾으라는 거야. 그게 쉬우면 얼마나 좋겠어."

"근데 형님은 대학생활 중에 뭔가 하고 싶은 것 있었어요? 회사생활 말고 형님만의 어떤 일이라든지."

"있었지. 근데 좀 터무니없기도 하고 실제로 해보자니 부담도 되고, 내가 생각해도 이건 웃긴 일이라서 자신도 없었고. 그런데 해볼까 해서 막상 생각해 보니 구체적인 생각이 안 떠올라 잊고 있었는데, 요 근래 뭔가 구체적으로 떠오르는 것 같아서 해보고 싶긴 하다."

"무슨 일을 하려는지요?"

"그건 말해줄 수 없다. 비밀이야. 나도 실행으로 옮길지 포기할지는 모르겠어. 만약 실행하게 된다면 그 일을 하기 위한 능력이 나에게 있는지, 인맥은 충분한지, 일을 위해 희생시켜야 할 것은 무엇인지, 희생시키는 것에 대해서 오는 죄책감 같은 것을 버틸 수 있을 것인지. 가장 중요한 것은 지금 하려는 일이 이성적으로 하려는 건지, 충동적으로 저지르는 건지 판단하는 것이 가장 중요한 거라."

"어찌 됐든 의미가 있는 일이라면 해보세요, 저도 뭘 하려는지 궁금하거든요."

"하긴 할 거야, 근데 고민되는 건 어쩔 수 없다. 나중에 내가 왜 그렇게 고민했는지 알게 될 거야."

"예, 알겠어요. 그날을 기다릴게요."

나오코

"승원아, 통계학 좀 알려줘, 통계학 강의가 있는데 들어도 알 수가 없어."

나오코에게서 전화가 왔다. 이상하다 난 가만히 있는데 날 찾는 사람이 많다.

나오코. 나이는 생략. 한국에서 일본어를 공부했을 때 교류회에서 만난 친구다. 나오코도 나에게 일본어를 알려주기도 하고, 가끔씩 술자리도 하면서 친구가 되었다. 나오코와 만나면 신이라는 존재도 가끔씩 실수를 하는 존재인가 싶기도 하다. 일본인이 아닌 한국인으로 태어났어야 할 사람. 어렸을 때부터 한국이 좋아서 한국에서 살고 싶다라고. 10년 전에 한국에 와서 지금은 완벽한 한국 여편네가 되었다. 사고방식도, 생활방식도 한국인보다 더욱 한국인 같은 일본인. 변화가 느린 일본보다, 다이나믹한 변화가 있는 다이나믹한 한국을 더 좋아하는 한국 여편네. 취미는 서핑과 스케이트보드라는 다이나믹한 취미를 가진 다이나믹한 한국 여편네. 그렇다고 해서 한국에 귀화할 생각은 없는가 보다. 지금은 한국 남자와 결혼해서 신혼생활 중이다.

한국에 와서 한국어를 공부한 나오코는 큰 꿈을 품고 대학교에 입학. 나는 일본으로 가출. 대학을 졸업한 나오코는 더욱 공부하기 위해 대학원에 진학하여 열심히 공부하고 있다. 나는 일본에서 대학을 졸업하고 귀국. 나오코는 대학원에서 통계학, 계량경제학 강의가 있는 모양이지만 이해하지는 좀 어렵나 보다.

   나오코에게 통계학을 가르쳐 주었지만, 역시 논리적으로 생각하는 것은 잘되지 않는가 보다. 뭐 여자는 그다지 논리적인 생각을 잘 하지 않는 모양이긴 하다. 대학에서의 통계학 세미나 수업에서도 여자는 1명도 없었던 것을 생각하면…. 아무래도 여자는 숫자를, 논리적인 생각을 싫어하나 보다.

   생각해 보니까 지금까지 여자라는 종족과 접촉해 본 결과 몇 개의 공통점을 발견했다. 여자라는 종족이 할 수 있는 것들은 질투, 사치, 툭하면 울어대는 것, 감정적으로 상처를 받으면 삐쳐버리는 것, 논리를 무시해 버리는 것 정도. 아, 하나 더. 시간약속을 지키지 않는다. 신은 왜 이런 종족을 만들어 내었는지 정말 모르겠다. 여자라는 종족에게도 별명을 붙여보자. 기억하기 쉽게. MP3. "우리 맞지 않는 것 같다. 헤어지자."라고 반복하는 MP3. 이젠 듣기도 싫다. 질렸다.

   감정적으로 상처를 받으면 울어대는 종족. 나의 소중한 논리가 무시당했는지는 전혀 생각해 주지 않는 이기적인 종족. 나의 과거는 어디서 알아냈는지 화가 나면 귀가 아플 정도로 내 과거를 들춰내는 종족. 전 남자친구는 자신의 모든 것을 가져다 바쳤는데, 왜 나에겐 바치지 않는지 삐쳐버리는 종족. 그러면 무엇을 가져다 바치면 되는지 '직접' 말해 주든가…. 같이 영화를 보러 갔을 때도 약속시간에 늦어 영화 보고 싶은 생각도 사라지게 만드는 종족. 약속시간에 늦은 주제에 "구하라처럼 화장했는데 어울려? 예뻐?"라고 물어온다.

도대체 얼굴에 무슨 짓을 한 건지…. 얼굴이 스케치북도 아닌데…. 구하라는 대체 누구인지…. 스마트폰으로 검색해 봤다. '카라'라는 아이돌 그룹의 멤버라고 한다. 처음 알았다. 여자친구와 구하라를 비교해 봤다. "아…. 씨발…. 그지 같다…."

이 여편네는 도대체 어느 행성에서 온 건지…. 이 여편네는 동족도 없는 모양이다. 영화 같은 걸 보면 자기 동족을 찾기 위해 지구에서 전쟁도 불사하는데, 어떻게 이 여편네는 그런 것도 없는지…. 그냥 툭하면 헤어지자고 하지 말고 자기가 자기 행성으로 돌아갔으면 좋겠다…. 그때 나로호에 태웠어야 했다…. 영화고 뭐고. 다 때려치우고 그냥 집에 가고 싶다…. 오늘부터 스마트폰의 배경화면은 구하라다.

몇 권의 연애 관련 서적을 독파하여 몇 개의 사실을 발견해 냈다.

* 울어댈 때는 선물을 주고 사랑한다고 말해줄 것. 근데 선물만 해줘도 될듯하다.
* 어느 정도 사치는 하게 해주자. 사치가 없으면 정신건강에 아주 안 좋은 모양이다.
* 항상 편이 되어주자. 논리적으로 말이 안 되더라도.
* 화장하는 시간은 꼭 기다려 주자. 아무리 시간이 오래 걸려도.

이상과 현실과의 괴리…. 연애는 공부만 한다고 되는 것이 아닌가 보다…. 망할….

그래도 여자라는 종족은 소중히 대하고 사랑해 주어야 할 존재인 것 같다. 그러기 위해 태어난 존재들이 아닐까 생각해 본다.

이야기가 엄청 삼천포로 빠졌지만 나오코에게 통계학을 가르쳐 주기 위해 대학에서 공부했던 교재들을 다시 펼쳐 공부하기 시작했다.

꿈을 위한 베팅

나오코에게 통계학을 알려주면서 심경에 변화가 생겼다. 첫 번째는 회사에서 주어지는 해외주식 시장의 분석리포트는 정말 하기 싫어 마감일에 꾸역꾸역 분석해서 제출하지만, 주말이 되고 나오코에게 통계학을 가르쳐 주기 위해 누가 시키지 않아도 알아서 도서관에 가서 공부를 하고 있다. 그리고 그런 내가 하나도 이상하지가 않다는 것. 마치 누군가에게 무엇을 가르치기 위해 공부하는 것이 나에게 꼭 맞는 옷을 입은 것 같은 기분. 그리고 머릿속에서 번뜩 떠올라 가시지 않는 하나의 생각.

'역시 나는 누군가를 가르치는 것이 천직이 아닐까…?'

라는 생각. 국민학교 6학년 때 선생님 대신 50명이나 되는 아이들에게 사회과목을 가르쳤던 경험이 그냥 단순한 우연만은 아니란 생각이 들었다.

'나는 누군가를 가르치기 위해 공부하는 것이 나의 재능이 아닐까…? 누군가의 지적 호기심을 풀어줘야 하는 사람인가…?'

공부가 나의 재능이었기에 일본에서의 대학강의도 아무런 어려움 없이 소화할 수 있지 않았을까? 그리고 누가 시키지 않아도 방학이 되어도 학교 도서관에 있었던 나를 생각하면 아무래도 난 공부가 재능이 맞는 것 같다. 물론 집에서 밥해 먹는 것이 귀찮아서 학교에 간 것도 있고,

저녁에 있는 아르바이트 때문에 집에서 나와야 했지만 장시간 집에만 있으면 아르바이트 가기가 귀찮고 늘어지는 마음을 추스르고자 학교에 나오기도 했다. 일본의 집은 냉난방이 안 되어 여름에는 덥고, 겨울에는 추워서 차라리 학교 도서관에 가는 것이 더 경제적으로도 차라리 나았다. 이런 생각들 때문에 회사에 가는 것보다 책을 보고 공부하고 싶어지는 마음이 생겼다는 것.

윤아 녀석은 나에게 종종 묻는다.
"오빠, 내가 잘하는 게 뭘까요?", "나 뭐 하면 좋을까요?", "회사에서 노력은 하는데 결과가 그다지 좋지 않아 속상해요."
"야, 내가 널 얼마나 만났다고 네가 잘하는 게 뭔지, 뭘 하면 좋을지 어떻게 알아!! 그건 네가 찾는 거잖아!! 노력해서 결과가 좋지 않으면 더 노력하든가 때려치워!!!"
라고 말해주고 싶지만 이렇게 나답게 직설적으로 말하면 분명히 상처받을 것이다. 한국에서 좋은 대학을 나오고 회사에 취직한 윤아 녀석은 회사에서 일과 자신과의 사이에서 고민을 하는 중인가 보다. 일이 자신과 맞지 않는지 성취감을 느끼지 못하는 모양이다.
사람이 조직에 들어가서 일을 시작함에 있어 발생하는 '거래'에 대해 생각해 봤다. 개인이 조직에 들어가 일을 해서 경제적인 보수를 받는 것은 당연한 것이다. 일을 하여 보수를 받는 것은 사람이 살아가기 위한 것이니까. 그리고 또 하나의 '거래'는 조직은 개인에게 개인의 역량에 맞는 일이나 임무를 주어 조직을 성장시키게 하며, 개인은 그러한 일과 임무를 실행하여 개인의 성취감을 느끼고 사회적존재로 성장해 나가야 한다. 이 두 가지가 개인과 조직 사이의 '거래'가 아닐까 한다.

경제적인 보수에 대해서는 객관적인 데이터가 있기에 개인과 조직 간에 어느 정도 가늠이 되겠지만, 개인의 성취감과 사회적 존재로의 성장은 상당히 주관적이기에 개인과 조직이 서로 맞추어 가기에 너무 힘들지 않을까? 개인과 조직과의 미스매치는 여기서부터 출발하지 않을까 싶다. 첫 번째 거래인 경제적인 보수보다 두 번째 거래가 지금 윤아 녀석의 고민과 딜레마가 아닐까….

노력해서 결과가 좋지 않다고 해서 회사를 그만두거나 하는 결단도 그리 쉽지 않겠다. 취업난도 있을 것이고 지금까지 일을 하면서 생긴 동료들과의 유대관계도 있겠고. 사람이 모든 것을 논리적으로만 결정지어버리는 것이 아니기에.

취업난에 불안하여 그만두고 싶은 일을 그만두지 못한다든가, 동료들과의 유대관계가 좋다고 회사에 남는다든가, 착한 것이 좋다고 조직에 남아 자신의 것을 다 내어주는 행위도 옳지 않다고 생각한다. 사람은 불완전하고, 이기적이고, 나약해 빠졌고, 자신의 욕구조차 스스로 채우지 못하기에 자신의 것을 내어주는 행위는, 언젠가는 자아존중감의 상처로 돌아온다는 것. 착한 것과 자신의 것을 내어주는 것과는 전혀 다른 개념이 아닐까?

개인이 조직에 들어가서

"저는 이 조직에서 여기까지 성장하고 이러한 성취감을 느끼고 싶습니다."

라고 말하는 것이 어려운 것인지 쉬운 일인지 모르겠다. 하지만 동양권의 나라는 확실히 자신의 의사를 표현하는 것이 힘든 나라인 것 같다. 그러한 것이 힘든 일이겠지만 나는 그렇게 할 것이다. 누가 뭐래도 그렇게 할 것이다. 나는 자기주장이 있는 남자다.

윤아 녀석의 고민으로 생각해 봤다. 윤아 녀석은 오늘도 회사에서 날을 새려는지 모르겠다. 일하는 직종이 날을 새는 경우가 많다고 한다. 그건 그렇고 윤아 녀석은 겁나게 쿨한 여자가 되고 싶다고 한다. 겁나게 쿨한 여자라…. 겁나게 쿨한…. 성공한 사람들의 공통점은 '결단력' 있다고 한다.

'결단력(決斷力)' 결정할 결, 끊을 단이라….

결정한다는 뜻이다. 잘라내는 것을. 윤아 녀석이 겁나게 쿨한 여자가 되기 위해 무엇을 끊어갈 것인지는 본인에게 맡겨보자. 참고로 난 결단을 내릴 때는 매 순간 후회와 미련을 잘라내려고 노력한다. 물론 나도 불완전한 인간이라 잘하지 못하는 것 같다.

대학졸업 후 취직을 했다가 이직을 한 지훈이는 마음에 드는 회사를 다니며 소소한 행복을 느끼며 지내는 듯하다. 다시 해외에 나가 보겠다는 소윤이는 결국엔 학교를 그만두고 외국의 대학원 입학을 위해 공부를 시작했다. 약대를 졸업하고 약사로 근무했던 지윤이는 디자인 공부를 하기 위해 일을 그만두고 디자인 학원에 다니며 공부를 하고 있다.

난 그대들의 지금의 선택이 올바른 선택이었다고 생각하기를 바랄 뿐이다. 먼 훗날 지금을 되돌아볼 때에. 그리고 응원하리다. 그대들이 사회적존재로 성장하고자, 사회에 자신의 존재를 증명하고자 하는 용기와 노력들을. 사사로운 감정보다 인간으로서. 뭐 내가 사사로운 감정을 표현 못 하는 사람인 것을 그대들이 더 잘 알 테니.

"너희들이 알아서 할 거면서 왜 나에게 물어!!!"

군 복무를 끝내고 대학 복학 전 나에게 대학생활을 어떻게 보내면 좋겠냐고 물어왔던 정수. 평생하고 싶은 일을 찾기 위해 휴학한 은현이. 20살이 되어 집으로부터 독립을 하겠다는 지원이. 대학에 복학하는 정수도, 자유로운 대학생활에서 자기의 할 일을 찾기 위해 더더욱 자유로운 보헤미안이 되어버린 은현이도 자유 속에서 자신의 성장과 사회적 존재로 성장하는 시간을 보내길 바라네. 독립한다는 지원이에게는 무책임하게 독립하라는 말은 못 하겠다. 20살이 되어 일본에 와서 무수한 고생들을 하며 지냈던 지원이 또래의 아이들을 봐왔기에. 하지만 독립하여 수반되는 문제들을 해결하면서 삶을 살아가는 지혜를 하나씩 깨닫지 않을까 싶지만….

난 그대들이 자유 속에서 모든 것을 응원하리다. 자유 속에서의 그대들이 하는 선택이 앞으로의 삶을 살아감에 있어 지혜가 되기를. 이런 응원도 사사로운 감정이 아닌 인간으로서. 그대들도 내가 사사로운 감정표현을 못 하는 것을 잘 알 테니.

"좀 너희들이 알아서 해라!!!! 귀찮아!!!"

한국에 귀국해서 1년이 지나지 않은 나에게 생긴 변화. 사회초년생들과 사회에 나올 준비를 하는 녀석들이 나에게 여러 가지로 묻는다.
"나 뭘 잘할까요?", "어떤 대학생활을 보낼까요?"

이 질문들은 그들이 사회적 존재로 성장하기 위해, 사회에 자신의 존재를 증명하기 위해 하는 질문들. 사회를 움직여가기 위해 하는 질문들. 그들은 왜 나에게 이런 질문을 하는 걸까? 나도 사회초년생일 뿐인데….

이유가 무엇일까…? 해외에서 살아봤기 때문에? 일본에서 살던 나는 일본에서 만난 한국인들은 다 일본에서 살았던 사람들이라 내가 일본에서 살았다는 것이 별 감흥이 없는데 한국에서만 지내온 사람들에겐 해외에서 살다 온 사람이 신기해서일까? 해외경험 때문에 그런 고민들과 질문들을 묻는 걸까?

나의 일본생활은 가난이 싫어서, 한국이 싫어서 일본어공부를 해서 취업하겠다는 사실을 핑계로 가출한 것뿐이었다. 한국에서 한국인으로 살기 위해 이것저것 눈치를 보며 사는 삶보다, 일본에서 외국인으로 살며 나에게 아무런 간섭도 없이 자유롭게 사는 생활이 나에게 너무 맞아서 대학까지 입학하여 5년이나 살게 될 줄은 정말 나조차도 몰랐는데 말이다. 나의 일본으로의 가출은 누군가에게 호기심이 되고 벼슬이 되는 모양이다.

나는 왜 사회초년생들과 사회에 나올 준비를 하는 대학생들에게 이런 질문을 받고 고민을 들어주는지 모르겠다. 한 가지 확실한 것은 내가 그들의 질문과 고민을 들으려고도 하지 않았는데 말이다. 나도 내가 바빠서 누구의 고민을 들어줄 시간이 없는데. 나도 사회초년생일 뿐인데.

어느 순간 이런 고민들을 듣다 보니 회사 일도 싫어졌고, 이 회사에서 사회적으로 성장하고 싶지도 않고 애당초 그럴 생각도 없었고 이 회사에 내 것을 내어주고 싶은 생각도 없어졌다.

"그래, 그냥 내가 하고 싶은 일을 하자. 그 일이 나에게 의미가 있으면 되는 거지 뭐."

요새 TV를 보면 자신의 일에 열정을 가지고 하는 사람들이 종종 나오는 모양이다. 나도 내가 하고 싶은 일을 써보자. 내 자기소개서에다.

"왕자와 거지의 소설 속에 거지가 세웠던 학교처럼 나도 학교를 하나 세우자!"

그 학교는

* 아이들이 스스로 재능을 찾아내어 재능을 표현하는 기쁨을 느끼고 그 재능으로 자아실현과 사회적으로 성장하게끔 도와주는 학교
* 사람이면 누구나 가져야 할 학창시절의 추억을 가질 수 있게 하는 학교
* 아무리 재능이 뛰어난 천재라도 그 역시 불완전한 인간이기에 혼자서 세상을 살아갈 수 없다. 하지만 혼자서 기본적인 생활을 영위하기 위한 상식과 기술을 알려주는 학교
* 자신이 무슨 일을 하며 어떻게 사회적으로 성장해 나갈 치열한 고민을 응원해 주는 학교
* 한 사람, 한 사람이 자신의 주체성과 자아존중감을 스스로 지켜

나가게 해주는 학교

이러한 역할들을 학교가 될 것이다.

나도 대학에 들어가면서 3년씩이나 장학금을 받으며 학교를 다니게 될 줄은 몰랐다.

"한 번뿐인 일본생활 후회 없이 멋지게 열심히 살아보자!"

생각하며 열심히 살려고는 했었다. 예상치도 못하는 장학금이 들어오고 학교로부터 관심을 받게 되다 보니 나조차도 왜 이렇게 되어버렸는지 너무 알고 싶었다. 너무 운이 좋은 일들만 생기고 삶 자체가 바뀌다 보니 현실감각마저 증발해 버리는 듯했으니까. 왜 이런 일들이 생겼을까 대학생활을 하면서 생각하고 생각한 끝에 2개의 이유를 찾아냈다.

* 가난
* 추리소설

대학은 나에게 자유로움 속에서 주체성을 찾아 살아가기를 바랐다. 그리고 논리적, 비판적 사고를 하며 살아가기를 바랐다. 어렸을 땐 아빠는 집에 없고, 엄마마저 일하러 가면 나에게는 무한한 자유가 있었다. 내 스스로 모든 것을 누릴 수 있었던 자유였다. 경제적 범위만 좁았을 뿐이었다. 하나하나 모든 것을 내 스스로 해 나가야 했던 자유. 그 자유는 내가 일본생활을 하기 위해 필요했던 계획들을 세우기 위한 연습이었다. 일본생활을 하기 위해 필요한 금전계획부터 대학에서 내 스스로 강의시간표를 만들고 그 강의시간표대로 실행할 수 있었던 계획을 만드는 데 큰 도움이 되었다. 그냥 말로만 들으면 금전계획이나 강의시간표를 세워서 실행한다는 것이 쉽다고 느낄지 모르겠지만, 그 계획을 실행하는 것은 정말 생각보다 쉽지가 않다…. 지금 생각해 보면 어렸을 때의 가난은 내가 세웠던 계획들을 포기하지 않고 실행시키기 위한 연습을 시켜주었을지도 모른다.

10년 전엔 가난함만을 이유라고 했지만 가난함은 큰 문제가 아니었을 수도 있다. 어디까지나 부모의 사정이었기에. 생각해 보니 난 누구보다 호기심, 모험심도 많고, 독립심도 강한 아이였다. 모든 것을 내가 해보지 않으면 안 되는 아이. 이러한 성격이었기에 일본까지 가서 그렇게 모든 것을 겪으며 지내왔다고 생각한다. 유년시절 내가 집사가 딸린 부잣집 도련님이었어도, 집사를 따돌리고 내가 하고 싶은 것을 하고 지내는 아이였을 것이다.

중학교 때는 다른 아이들과 마찬가지로 만화를 좋아하던 아이였지만 추리소설, 만화는 너무 좋아해서 다양한 추리소설과 만화를 섭렵하며 읽었었다. 특히 만화 소년탐정 김전일은 완결까지 다 봤고 소설도 나오면 그것도 섭렵했고 아무튼 난 김전일 팬이었다. 그 추리소설과 만화들은 대학에서 나에게 바랐던 논리적, 비판적 사고를 기르기 충분했다. 대학에서 수십 번 써야 했던 레포트들은 논리적, 비판적 사고를 기르기 위한 훈련이었다. 내가 왜 이런 생각을 하며, 왜 이런 주장을 하는지 그

근거를 제시하는 것이 레포트를 쓰는 것이었으니까. 근거가 없는 생각과 주장은 판타지와 허구가 되어 그 학점은 Fail…. 대학은 판타지와 허구를 받아주는 곳이 아니었다. 내 생각과 주장을 뒷받침할 근거를 찾는 것은 추리소설의 탐정이 범죄의 증거를 찾는 작업과 같으면 같았지 전혀 다른 작업은 아니다. 단지 방법만 틀릴 뿐이었다. 결과적으로 중고교 시기에는 학업을 등한시했지만, 대학이 나에게 바랐던 논리적, 비판적 사고를 하는 훈련은 충분히 해놓은 상태였다. 대학 때는 준비되었던 논리적, 비판적 사고를 가지고 학업에만 충실하면 되었다. 중고교 시절에 등한시했던 학습내용은 대학에서 충분히 가르쳐 주는 커리큘럼이 마련되어 있었기에 모자랐던 부분을 금방 채울 수가 있었다. 중학교 때는 항상 뒤에서 10등을 하고, 고등학교 때는 학업을 등한시해서 수능결과가 좋지 않았어도, 중고교 시절 내가 좋아하는 것을 했기에 일본에서 대학생활을 잘할 수 있었다.

　나 혼자만의 경험이지만, 사람은 재능을 찾으면 어디를 가더라도 살아남을 수 있는 존재인 듯싶다. 이런 재능을 아이 스스로가 찾아가는 학교. 그리고 그러한 재능으로 사회적으로 성장해 나갈 일을 스스로 찾아 나가게 하는 학교.

　세상에 일어나는 일들에 관심을 가지며 지켜보니 학창시절의 추억들은 누구나가 가져야 할 것. 그리고 아무리 능력이 뛰어난 천재라도 혼자서는 이 세상을 살아갈 수 없다. 그러기에 학교에서 학생들에게 학창시절의 추억을 가지게 해주고, 능력이 뛰어난 천재들에게는 스스로 자신을 지켜갈 상식과 기술을 가르치는 학교.

우리가 일을 함에 있어 '무슨 일을 해야 하는지.', '무슨 일이 나의 적성에 맞는지.', '일이 자신에게 주는 의미는 무엇인지.', '왜 일하면서 살아가야 하는지.' 등의 철학적인 고민은 개개인의 삶을 살아가기 위해 중요한 고민이지만 사회적으로도 꼭 필요한 것들이다. 누군가가 그런 철학적인 고민을 한 뒤 일을 해야 우리 불완전한 인간의 욕구와 욕망이 해소되기 때문이다. 이러한 철학적 고민을 응원해 주는 학교.

우린 타인의 일이 있어야 욕구와 욕망이 해소할 수 있는 존재이기 때문이다.

개인의 자아실현=불특정 다수의 기대충족과 욕망의 해소.

그리고 사람은 언제까지나 자신의 것을 내어주며 살 수 없는 존재이다. 우린 전부 이기적인 존재이기 때문이다. 그러기에 자기 스스로 주체성과 자아존중감을 지켜가며 살아야 한다. 그런 주체성과 자아존중감을 지키는 학교.

내가 세우는 학교는 이러한 역할을 할 것이다. 또 다른 역할을 하게 될 수 있겠지만 학교를 세워가며 하나씩 하나씩 찾아보자. 내가 세우는 이 학교가 우리 사회를 조금 더 풍요롭게 해 나갔으면 좋겠다. 그 일이 나의 일. 내가 하고 싶은 일. 나는 할 것이다. 나의 일을 할 것이다. 그 누구도 나를 나의 일에서 유배 보낼 수 없다. 그리고 나는 싸워 나갈 것이다. 사회가 만든 환상과 싸워 나갈 것이다.

'대학에 가면 회사에 취직하거나 좋은 직장을 얻을 수 있다는 환상'과 싸워 나갈 것이다. 그런 세상은 원래 없었다. 경제성장기 시대가 사람들에게 그렇게 보여준 것뿐이었다.

어렸을 때 포커를 치면서 왜 인생이 포커 같다고 생각했는지 알 것 같다. 인생도 자신이 가진 카드 중 보여줄 카드를 보여주고, 보여주지 않을 카드는 보여주지 않고 가는 포커와 같다고 생각한다. 보여주지 않을 카드는 보여주고 싶어도 보여주지 못하는 카드가 아닐까? 인생이라는 포커에서 보여주지 못하는 카드는 운, 재능이라는 카드가 아닐까 한다.

애당초 우리는 자신이 가진 운을 알 수가 없다. 그러기에 자신의 운이라는 카드를 보여줄 수가 없는 것이다. 그리고 재능이라는 카드는 많은 자아성찰과 철학적인 고민들이 있다면 누군가에게 보여줄 수 있는 카드가 아닐까 싶다. 자신의 재능을 찾는 것은 너무 어려운 일이기에 상대에게 자신의 재능을 보여주는 것도 어려운 일이라 생각된다. 나도 나의 운, 재능이라는 카드가 어떤 카드인지 잘 모르겠다. 그냥 지금까지 살아오면서 겪고, 생각하고, 느끼고, 공부해 왔던 것들 중에서 보여줄 카드를 찾아야 한다. 그럼 내가 인생을 살아가면서, 꿈을 위해 살아가면서 보여준 카드는 무엇일까….

* 나의 재능으로 일본생활을 해왔던 경험과, 부족하지만 그 생활에서 얻어낸 삶의 지혜
* 다양한 독서생활과 세상을 관찰해 가며 얻은 지식들
* 자신을 사랑해야 세상으로부터 사랑받을 수 있다는 삶의 가치관
* 저기 저 먼 섬나라 왕자님과 생년월일이 같다는 것

이 4장의 카드를 꺼내고 꿈을 위한 베팅을 시작한다. 베팅을 시작하

면서 포기란 없다. 다이도 없다. 일본생활처럼 포기란 것은 없다. 뜨거운 열정으로 해왔던 대로 베팅을 할 것이다. 자 이제 시작이다!

"딜러님, 칩 교환해 주세요. 저 포커 한 판 할게요."

끝

참고자료

『검은 꽃』, 김영하 저, 문학동네(2003)

사事애愛

초판 1쇄 발행 2025. 5. 30.

지은이 황승원
펴낸이 김병호
펴낸곳 주식회사 바른북스

편집진행 김재영
교정 박하연
디자인 김효나

등록 2019년 4월 3일 제2019-000040호
주소 서울시 성동구 연무장5길 9-16, 301호 (성수동2가, 블루스톤타워)
대표전화 070-7857-9719 | **경영지원** 02-3409-9719 | **팩스** 070-7610-9820

•바른북스는 여러분의 다양한 아이디어와 원고 투고를 설레는 마음으로 기다리고 있습니다.
이메일 barunbooks21@naver.com | **원고투고** barunbooks21@naver.com
홈페이지 www.barunbooks.com | **공식 블로그** blog.naver.com/barunbooks7
공식 포스트 post.naver.com/barunbooks7 | **페이스북** facebook.com/barunbooks7

ⓒ 황승원, 2025
ISBN 979-11-7263-395-0 03810

•파본이나 잘못된 책은 구입하신 곳에서 교환해드립니다.
•이 책은 저작권법에 따라 보호를 받는 저작물이므로 무단전재 및 복제를 금지하며,
이 책 내용의 전부 및 일부를 이용하려면 반드시 저작권자와 도서출판 바른북스의 서면동의를 받아야 합니다.